Achterbahn

Ein Roman vom

Tommes

Pour Louise

Gedruckt von Libri Books, Deutschland.
Printed in Germany
ISBN 3-8311-0343-7
www.tommesart.com

Zum Autor

Der Autor wurde irgendwann in den 60er Jahren geboren und bekam die Beatles eigentlich nie so richtig mit.

In der vierten Klasse schmiß ihn der Pfarrer aus dem Religionsunterricht - wegen eines Zettels der am Pult klebte:

"Der Pfarrer ist doof"

Er spielte in einer Hard Rock Band - aber als Groupies gab es nur rothaarige sommersprossige Brillenträgerinnen. Er jobbte als Austräger, Taxifahrer, bei der Post, hatte einen eigenen Skateboardladen, half einem Freund als Friseur aus und schrieb schon damals Kurzgeschichten. War in einem halblegalen Club Rausschmeißer und Barkeeper, erste Bundesliga American Football. In England Lagerarbeiter, Student und später Manager in einem großen Elektronikkonzern. Er liebt Sportarten wie Wellenreiten, Rugby und Paragliden, Bier trinken und Frauen. Beim Golf gibt's zuwenig Frauen. ... is' auch kein Sport ... .

Sein Motto: "Enjoy life and you will enjoy yourself" und "Das einzig Steile auf der Welt ist ein Hefeweizen".

In dem vorliegendem Buch sind etwaige Ähnlichkeiten mit lebenden oder verstorbenen Personen rein zufällig und nicht beabsichtigt.

Papst Johannes XII. (955 - 964) wurde von dem betrogenen Ehemann der Dame, mit der er sich gerade vergnügte, zu Tode geprügelt.

Anfangs ...

Ein wundervoller Morgen. Naja Morgen. Es war so gegen Mittag. So 12 Uhr. Ich kam gerade aus dem Knast. Stand so vor der Tür und guckte den Himmel an. Alles bestens. Blau. Ein paar Zirruswolken die dem ganzen ein bißchen Gestalt gaben. Es war warm. Frühlingswarm. Mit ein bißchen kalter Luft die gerade noch daran erinnerte, daß es wohl ein bißchen zu kalt wäre nur im T-Shirt. Im Schatten war bestimmt noch ein bißchen Rauhreif zu finden. So in den Ecken. Alles in allem : Gut ! Ich zündete mir eine Zigarette an. Verweilte auf den Stufen um der Welt zuzusehen. Ein friedlicher Samstagmorgen. Leute beim Einkaufen. Ich war wieder dabei.

Komische Geschichte, das. War wohl ein bißchen besoffen gewesen ?!. Viel haben sie mir ja nicht gesagt, heute morgen. Kann mich im Moment nur noch an die Sirenen erinnern. Mein Auto könnte ich am Montag besichtigen. Versicherung wüßte „Bescheid". Kein Problem. War geparkt. Mußten mich über Nacht behalten. „Wir entschuldigen die Unannehmlichkeiten." Hatten meine Taschen durchwühlt und die Versicherung benachrichtigt. Dann einen Wisch in die Hand gedrückt. Dieselbe geschüttelt und den Weg zur Tür gezeigt. Lese ich alles später. Muß jetzt erstmal heim. Schädel größer als dieser Planet es ohne Eifersucht zugeben würde.

Auf der anderen Straßenseite stand eine.

Heftiges Makeup.

Nuttenstiefelchen mit Flappe überm Knie. Fishnets.

Schwarze Lack Hotpants. Bestimmt Anfang 40. Die Falten erzählen mal wieder was die Kunst nicht verbergen kann. Versucht ein wenig zittrig sich `ne Kippe anzünden. Gelingt. Verstaut ihr Zippo in der Krokko Tasche. Ein Augenaufschlag kreuzt die Straße. Sie kommt ´rüber. Stellt sich vor mich hin. Seitlich. Klopft sich auf den Arsch.

„Erstklassiges Fleisch Alter !"

Sind wir auf dem Schlachthof, oder was ?

Sie schaut mich über die Schulter an.

„Wie heißt er denn ?"

„Soweit sind wir noch nicht, glaube ich."

„Ich bin die Angeline - und wie heißt mein kleiner Prinz ?"

„Hör mal, Arscheline, Ich war hier nur `ne Nacht. Siehst Du es mir etwa schon aus den Ohren kommen, oder was ?"

Ich zeig ihr mein linkes Ohr. Stecke mir den Finger rein.

„Schau - Gelb, `ne Sache für`n Tempo, glaubste nicht ?"

Hol` mir ein Taschentuch aus der Jacke und wisch` mir die Fingerkuppe ab.

Sie dreht sich resigniert um.

„Time waits for noone, honey. Hat schon der alte Mick gesagt. Kauf Dir `nen Stairmaster und mach klar, daß Du ihn nicht nur an Regentagen benutzt, Froscharsch ! Die Konkurrenz schläft nicht. Bevor Du es weißt, kriegst Du nicht mal mehr den Mund voll. Hab was besseres Zuhause !"

Sie schmeißt ihre Kippe in den Rinnstein und stampft arschwackelnderweise davon.

Is` alles Geschäft, denke ich mir. Trete die Zigarette aus. Höchste Zeit nach dem Haustier zu schauen. Hätte eigentlich von der Polizei aus schnell anrufen können. Hoffe sie ist da. Mein Kopf ist eigentlich zu dick für `nen üblichen Streit, aber es war ja nicht meine Schuld. Diesmal. Freue mich auf Federbett und ein bißchen warme Haut.

Vorher war alles grau
dann wurde alles rosa um mich
Jetzt ist alles rot -

Das Leben

Ich hoffe das es nie braun wird
Wie der Herbst der alles beendet

Oder die Flecken
In meinem Bett
Das immer noch nach Dir riecht

Ich war also auf dem Weg nach Hause. Das Leben in den Straßen pulsierte. Menschen die irgendwelchen Sonderangeboten nachjagten. Geschäftig. Kinder die an den Rockschößen, von wahrscheinlich, ihren Müttern zogen, und wohlmeinende Omas, die den obersten Knopf der Anoraks der von den ihnen überlassenden Kindern zuknöpften. Alle waren sehr mit sich selbst beschäftigt. Zu sehr beschäftigt um den „Sträfling" zu beachten der zwischen ihnen bummelte. Ich mußte lachen. Und fiel auf. Laut lachen in einer Großstadt war schon immer etwas Merkwürdiges. Etwas Seltsames. Wie kann man einfach so lachen, ohne Grund ? Menschliche Regungen in einer Welt aus Beton, Glas und Blech. Nutten dürfen lachen, dachte ich mir, denn jeder weiß daß sie ein Ziel damit verfolgen. Auch Geschäft. Dann ist das ja OK. Ich suchte in meinen Taschen nach den Schlüsseln, verbrachte eine Weile damit die Bullen zu verfluchen die sie vermeintlich einbehalten hatten, bis mir bewußt wurde daß mein alter geheiligter Peacoat Löcher in den Taschen hatte und sie irgendwo im Saum verschwunden sein mußten.

Ich blies den Hauch vor mir her und kämpfte mit dem Alten Schloß. Von außen Altbau, vom Schloß her auch. Aber wir hatten umgebaut. Umbauen lassen. Man trat durch die Haustüre direkt ins Wohnzimmer. Die alte Treppe war immer noch mitten im Raum. Archaisch wie Mobi Dick. Eine Reminiszenz an den Architekten. Hölzern und knarzend. Das Wohnzimmer außenrum, offene Küche, sehr gestylt. Es hatte etwas. Mußte ich zugeben. War aber nicht meine Erfindung. Stadtwohnung, von außen unscheinbar, aber von innen sehr religiös, wie meine Freundin zu sagen pflegte. Religiös, weil jeder der reinkam den gleichen Spruch losließ „Oh Gott - schau Dir das an !". Naja.

Zum Glück lagen meine Zeitschriften und auch sonst ziemlich viel 'rum. Das Ganze war dadurch einen Schritt weiter weg von „Schöner Wohnen".

Ich schloß die Tür hinter mir.

Keiner da, dachte ich mir. Strenggenommen war ja schon Nachmittag, und wenn man's genau nimmt in Japan schon Nacht - da gäbe es dann sicher keinen Grund für kein Bier. Der Kühlschrank war bestens gefüllt. Brav.

'Ne leere Schampusflasche lag vor dem Fernseher. Ein umgefallenes passendes Glas vor dem Sofa. Kein Mantel zu sehen, kein Regenschirm. Kein Regenschirm ? Regen ? Regen gab's gestern Nacht. Jetzt durchflutete die Sonne das gestylte Heim. Der Fernseher war noch an, leise. Ich schaute mich um, bis mein Blick auf einen weißen Umschlag fiel, der vor der Tür lag. Unverschlossen.

Schal und Hut waren weg, genauso wie ihre Schuhe, die immer vor der Tür verstreut lagen. Kein benutztes Frühstücksgeschirr.

Ich ging langsam auf den Umschlag, zu der da auf dem Boden lag, beäugte ihn von allen Seiten wie eine Vogel, der sich nicht sicher war ob sich da im Rasen gerade ein Wurm bewegt hatte.

Ich hob ihn auf.

„Ich habe die Schnauze voll. Ich glaube Dir kein Wort mehr von Deinen Geschichten. Es ist Freitag vier Uhr früh und Du bist immer noch nicht von der Arbeit zurück. Arbeit ! Von mir aus kannst Du machen was Du willst. Ich hab's satt. Fick Deine Sekretärin bis sie auseinanderbricht. Mach was Du willst, aber nicht mehr mit mir. Fick Deine Schlampen bis Du alt und grau und allein bist. Dann wirst Du wieder an mich denken, aber dann ist es zu spät, „Supermann". Hab sowieso keine Ahnung was sie alle an Deinem kleinen Schwanz finden. Wahrscheinlich sind sie alle sowieso zu besoffen was zu merken. Durchschnittsficker !!!!!

Das war's Schatzi !"

Sie meinte wohl Samstag vier Uhr früh ...

Mein alter Freund Reggie kündigte sich per Fax an und fragte mich ob er wohl Unterschlupf bei mir finden könnte. Er hätte geschäftlich in der Stadt zu tun und seine Firma hätte bestimmt nichts dagegen eine alten „Geschäftsfreund" zum Essen einzuladen, zumal ja die Übernachtungskosten wegfallen würden. Ich hatte ja auf einmal Platz genug und freute mich riesig meinen alten Kumpel mal wieder zu sehen. Es waren Jahre vergangen seit dem ich ihn das letzte Mal gesehen hatte. Jahre, seitdem ich aus Deutschland weggezogen war um mein Glück woanders zu versuchen. Ich konnte es kaum erwarten.

Die Maschine war natürlich wieder mal verspätet. Das passiert häufig wenn man sich in die Hände amerikanischer Fluggesellschaften begibt. Ich stand bei den bestellten Limofahrern die kein Wort miteinander sprachen. Konkurrenz verstummt das Geschäft.

Die meisten schienen ziemlich verkrachte Existenzen zu sein, denen man eine Uniform und eine Mütze verpaßt hatte. Nützte aber nicht einmal um den Schein zu wahren. Fettige Haare, ungebügelte Hemden mit verdreckten Krägen, versessene Hosen und Krawatten die mit ihren Mustern stark an Tapeten erinnerten, ließen sie beim näheren Betrachten als das erscheinen, was sie wirklich waren. Männer die vom Leben enttäuscht waren. Die ihre Abende mit Budweiser und verschmierten Burgern vor der Glotze verbrachten, die Highschool niemals zuende gebracht hatten, zu unfähig waren eine festen Job zu bekommen. Lagerarbeiter die es nie geschafft hatten auch nur in die Kaste der Trucker oder Taxifahrer zu kommen weil sie da ja einen Test bestehen hätten müssen. Ortskenntnisse gleich null (ich hatte mal einen der nicht einmal wußte daß der Broadway in New York City war).

Ich stand da also in der Masse der gelangweilten, nach Schweiß stinkenden, „Dienstleister" und traute mich nicht einmal nach draußen zu gehen um eine Zigarette zu rauchen, weil ich ja dann Reggie hätte verpassen können. Ich bin etwas ungerecht, ich weiß. Einige verdienen ja den Begriff „Limodriver" und was man damit verbindet. Luxus und Stil. Aber die waren in der Minderzahl - weil teuer. Das waren dann diejenigen, die es fertigbrachten wenigstens die Namen auf ihren Kundenschildern richtig zu buchstabieren, so daß man wußte wer auf wen wartete. Es wimmelte nur so von „Muller", „Bowman" und „Shmits". Der Flieger hatte wohl viele Deutsche an Bord.

Doch da kam Reggie !

„Der Meister aller Klassen, Rassen, Massen. Der DJ der Dich kennt, und nennt, mit Deiner Freundin pennt ..."

Ein Plattenreiter war er mal. Ziemlich lange.

Hatte einen immensen Vorteil seiner Hautfarbe wegen. „ 'n Besatzungskind" hätten meine Eltern gesagt. Haben sie eigentlich auch. Meine Mutter immer : Der Reggie kommt ? Da muß ich mal noch ein paar mehr Kartoffeln machen daß die Schnitzel reichen.

Sein Appetit war legendär. Nicht, daß er Zuhause nix bekommen hätte, aber Essen war sowas wie ein Hobby von ihm. Und er langte gründlich zu. Keine Ahnung wo er das alles hin aß. Dünn wie Bohnenstroh. Sein Vater war ein Mischling irgendwo zwischen Puerto Rico und Jamaika. Mutter aus der Vorstadt, Germoney. Kasernenähe. Die Zupfer brachten damals die Musik, die Feten. Wahrscheinlich auch die Drogen und den harten Alk. Muß 'ne gute Zeit gewesen sein. Damals. Frauen sagten den Petticoats „Ade" ... Englisch war die neue Sprache.

Schwarze fingen da langsam an sich um ihre Freiheit zu kümmern. Beeinflußten die Musik immer mehr - die Beatles, Stones und „good old Janis" kupferten ab. Schwarze fickten weiße Frauen. Die sexuelle Revolution fuhr in den Bahnhof ein.

Irgendwann, zwischen LSD und Ecstacy, wurde Reggie produziert. Er erblickte das Licht der Welt mit großen runden haselnußfarbenen Augen und schrie mit der Hebamme um die Wette. Man hatte die arme Amme nicht darauf vorbereitet, daß da was Braunes 'rauskommen würde.

Der Vater war schon weg. Zurück in den Staaten. Sie mußten es ihm wohl erzählt haben, den Reggie bekam zum Geburtstag eine Zeitlang Geschenke geschickt, sagte er. Er hatte keine Probleme damit. Mit den Geschenken, meine ich. Die Liebe zur Musik, die hatte er sicherlich vom Vater vererbt bekommen, und das war, wie sich später herausstellte, nicht das Schlechteste was ihm jeh widerfahren war.

Wir gingen auf die gleiche Schule. Er - Cappucinofarben mit komischen Haaren - immer mit der Plastiktüte vom lokalen Plattenladen als Schultasche unter dem Arm. Immer die neuesten Platten dabei. Ausgeliehen, 'rumgetauscht. Dann kam was kommen mußte. Während einige von uns sich die Haare lang wachsen ließen und die Zeit damit vertrödelten in Bands zu spielen - Rockstar werden - wurde er, Reggie, der Mann mit dem Finger an den bpm's der Zeit - Discjockey.

„Klar Alter - DJ !"

Aber nicht in irgendeiner Spelunke - nee - im neuen Szenetreff. Neue geile Kneipe, mit Biergarten im Sommer und immer cooler Musik in der guten Stube. Jeder der „Sehen und Gesehen" werden wollte war da. Alle guten Tussen.

Die Mädels standen um seine Teller Schlange. Das war kometenhaft. Und es ging weiter steil bergauf. War er noch Jungfrau, als er anfing, konnte er bald die Frauen nicht mehr zählen.

Aber er war auch zu schlau um am Teller zu verhungern und stieg bald ins Geschäft ein. Produzent. Kleine Sachen. Zuerst. Aber dann, weil er wußte wo's langing, fand er Gruppen von denen er wußte, sie würden es schaffen. Deutschland war ihm groß genug. Er machte es wie die Beatles damals. Als Erster hören was westlich vom Teich so lief - man hatte ja schließlich Freunde dort - dann schauen was da Bands in (damals) „West-G" so trieben. Vorspielen. Begeistern. Aufnehmen. DJ's spielen lassen. Die Ersten fragten dann in den Discos nach, was das denn wohl wäre. Promoten. Trend setzen. Klappe zu. Affe reich.

Letztes Projekt, letzter Zug auf den sie alle aufsprangen, war Deutscher Sprechgesang (nix Rap, Sprechgesang, is' viel fetter, weißte.) „Meister aller Klassen, Rassen, Massen ..." Man kennt's.

Da kam er also den Gang 'runter, mein Kumpel und Kupferstecher. Und wie sah er aus !? Ich hätte auf der Stelle schwul werden können. Groß, etwa 1,85 m, schlankes eckiges Gesicht. Dunkelgrauer Hut. Anthrazitfarbener Mantel aus feinstem Kaschmir. Anzug gleiche Farbe. Schwarzes Turtleneck. Glänzende, schwarze Lobbs. Handgenäht. So sieht Geld aus dachte ich mir. Das letzte Mal kam er als abgefuckter Rapper mit halblangen Dreadlocks und Beads an. Jetzt der reichgewordene Neger Zuhälter. Aber das breite Grinsen im Gesicht war immer noch das Gleiche.

„Z'up, kid ? 'need a drink."

„Alles organisiert our Highness MC Reggie ! Schampus und Stretchlimo. Keine Frauen diesmal. Wußte Deine Präferenzen nicht, wollte Dich nicht enttäuschen. Sorry."

Wir umarmten uns und lachten.

„Alles klar ?"

„Alles klar !"

Ich hatte tatsächlich eine Stretchlimo bestellt. Lang und weiß und dekadent. Braune gab's leider nicht ... wäre bestimmt 'ne Marktlücke ...

Wir fuhren in den Sonnenuntergang und tranken Champagner auf nüchternen Magen.

Die Feier ...

„Schön wieder hier zu sein, wo ist Dein Haustier?"

Wir lehnten am Küchentisch und poppten zwei Bier.

„Lange Geschichte, Autotür und Homey dabei weggeflogen. Tür hab ich wieder, aber Homey is' noch immer weg. Hat 'nen Zettel hinterlassen, so von wegen es reicht jetzt endgültig. Verdächtigt mich, daß ich meine Sekretärin ab und an vernasche. Hab's immer wie Ovid gehalten. Wenn's 'raus is', alles leugnen und lasse Deine Lenden von der Liebe sprechen. Bah. Diesmal aber war's Ironie des Schicksals. Hab' mit der Kleinen nie zwischen ihren großen Zehen gespielt. Weiß eigentlich gar nicht warum nicht. Hatte glaub' ich diesmal keinen Bock auf die übliche Nachgeburt von sowas. Weißt ja, wenn's dann „Mau" wird, und sie das meckern anfangen weil sie denken sie hätten dich am Sack. Lief eigentlich zu gut mit dem Haustier und mir. Diesmal."

Wir lachten, aber mir gar nicht so zum Lachen zumute.

„Jedenfalls war's ein ganz normaler Freitag und wir sind alle nach der Arbeit noch was Schütten gegangen. Hab' mit Whiskey angefangen, böser Fehler. Das Nächste was ich weiß, war daß ich die Nacht in einer verdammten Zelle verbracht hatte. Naja. Das mit dem Whiskey hat immer so eine verheerende Wirkung auf mich, wie Du weißt.

Was passiert ist war daß ich zum Auto ging, mich 'reinsetzte und nach meinem Telefon suchte. Ich war rotzbesoffen und konnte das Teil nicht finden. Schande war, daß ich die Fahrertür aufgelassen hatte. Kommt doch so ein mieser verbeulter Minilaster und fährt mir einfach die Tür ab. Rrrumms! Ich war so beieinander daß ich mit der Tür in der Hand auf die Typen losgehen wollte. Muß ein geiler Anblick gewesen sein. Ein besoffener Mitdreißiger rennt mitten auf der Straße wie am Spieß brüllend einem abgefuckten Laster hinterher.

Jedenfalls hat dann jemand nach der Polizei telefoniert und die haben mich ratzfatz eingeladen. Kein Wunder wenn man sich das somal genau überlegt."

Wir schwiegen.

„Die Typen haben sich aus welchem Grund auch immer bei der Polizei gemeldet. Mein Glück. Haben erzählt was passiert war, und da mein Motor kalt war, war klar daß ich wirklich nicht besoffen gefahren war. Dabehalten haben sie mich trotzdem. Rausch ausschlafen. Am nächsten Morgen haben sie mich heimgeschickt. Zuhause dann der Zettel. Das war dann das. Ohne Austausch von Körperflüssigkeiten im Vorfeld. Mal zur Abwechslung was anders."

„Du machst ja Sachen."

„Ja. Is' ja schon 'ne Weile her. Und bei Dir? Ansonsten im Westen nix Neues, ... nicht einmal im Süden ...", ich grinste.

„Bei mir? Bei mir is' alles Fenjala. Wie immer. Aber Du brauchst 'mal wieder Treatment. Schlonzt mir ja sonst total ab. Trink Dein Bier aus. Wir fahren!"

Wir saßen in meiner „Kiste" und die Lucas GmbH hatte mal wieder zugeschlagen. Ich hab immer so viel Glück mit der Elektrik. Völlig egal ob neue oder alte Kisten. Teuer oder billig. Immer gab die Batterie auf. Und kein „Kurzer" wurde jemals gefunden. Ich glaubte schon nicht mehr an das Wunder, als der Karren dann endlich ansprang. Gute deutsche Wertarbeit! Ich strich über die Instrumente. Brav.

„Wo geht's hin?"

„Boogie Down Bronx. Geile Fete. Gute Frauen. Musik und alles."

„Jaja, kenn' ich schon. Deine special Feiern. Entweder die Musik ist scheiße, oder die Frauen. Oder die Frauen sind gut - sich zu gut - Du weißt was ich meine. Am Ende geht der Alk dann noch aus, und dann, dann war's das mal wieder. Nee keinen Bock. Alles schon gehabt."

„Nix!! Is` alles echt diesmal. Null „Slomo" oder so. Lauter Junge. Geile Hütte. Guter Stuff. Trust me."

„Nee, nee. Kenn` wir schon." Ich hörte nicht auf zu motzen. „Warum keine Kneipe und reden und so. Organische Frauen. Weißte, Tampons die recyclebar sind. Birkenstöcke. Lavalampen. Sigmund Freud. Die ganze Kiste"

„Du wirst alt, Mann. Setz` den Fuß auf - und geb' Gummi!"

Er knallte mit der Faust auf mein geliebtes Armaturenbrett um dem ganzen - was weiß ich - zu geben.

„Ich sag's Dir Meister. Wenn das ein Flop wird, dann zahlst Du die Rente!"

„Fahr los!"

Er war tatsächlich ärgerlich. Kaum zu fassen. Mußte also gut sein. Oder _er_ wird alt.

„Organische Tampons? Nix?!"

„Halt die Klappe Mann, und fahr los."

„Chill - schau, bewegt sich ja schon. Wo soll's denn hingeh'n der Herr. Rechts, Links? Das andere Links? Jawohl, mein Herr."

Ich war guter Laune. Hatte meine Schwulenkluft an. 70er Kragen. Hautenges Polyester. "Esther hatte eine Schwester, die hieß Poly-ester!"

Mir war klar, daß ich `mal wieder der einzige Weiße unter Schwarzen sein würde. Sie würden andauernd „Nigger" sagen. „Nigger" dies und „Nigger" das. Aber wenn ich dann „Nigger" sagen würde ... „ und hier, meine Damen und Herren, sehen Sie die berühmte Stecknadel in Zeitlupe in den Flukati einschlagen ..." Weiße dürfen das nicht. Uncool, das. War halt so. Temporäre Minderheiten dürfen halt nicht alles.

> „Und wehe Dir Du sagst auch nur einmal Nigger heute abend!"

Er konnte wirklich Gedanken lesen, der Dreckskerl !

> „Is` ja gut."

> „Versprochen ?!"

> „Beim Arsch meiner Mutter."

> „Ich warne Dich. Ich kenn' den Arsch Deiner Mutter. Welche Du auch meinst ... Die waschen Dir ..."

> „Is' ja gut ! Aber geiler wär's schon !"

> „Ich ..."

> „Jaja, schon gut ..."

So war's dann auch. Ne ganze Menge alter Chevys. Aufgelackt. Bummsverglasung. Breitreifen. Aufkleber von „Mean people suck - good people swallow !", bis zu „X". Der gute alte Malcolm ! Ich parkte auf dem handtuchgroßem „Rasenstück", mit der Schnauze gegen die paar Treppenstufen die zum Hochparterre führten und erntete nur ein breites Grinsen von Reggie.

> „Besser ich laß meine Karte auf dem Dashboard liegen - man weiß ja nie !"

> „Tu das, Master Reggie - the party of two has arrived !"

> „Let's start our engines !!"

Wir stiegen zwischen den auf den Stufen sitzenden „Brothers" nach oben. Die Tür stand offen. Dicker Rap knallte uns entgegen. In der Vorhalle eine „Bohnenstange" von einer „Sista". Braunes „Schlauch T-Shirt Kleid" bis zu den Knöcheln. Weiße Turnschuhe. Sie hüpfte auf der Stelle wie ein Masai. Nur viel schneller - und viel niedriger. Eine Zentimeter hoch höchstens. Sah aus wie Zittern. Ihre winteräpfel großen Brüste standen offensichtlich unter Starkstrom. Hatte ich schonmal gesehen. War der neue Tanz. Sie nahm keine Notiz von uns. Hatte CD-Man in der Hand und Kopfhörer auf. Yo Baby !

Wir drangen weiter ins Innere vor. Neger in allen Schattierungen. Fubu Klamotten. Sonnenbrillen. „Tommy Pull that Finger". Adidas. Dazwischen graue Anzüge die wie Chrom glänzten. Gangstas die sich mit Faustgruß. ...(neulich beim Basketball) ... Eingekiffte Rastas. Gestylte Frauen. Gestylt ! Augenweiden, mein Lieber ! Joint von links. Schultergkloppe. Cooles Nicken von allen Seiten. Man kannte sich.

Weiter hinten in der Hütte gab's G-Funk. Halbdunkel. Weinrote Samttapete. Niedrige Tische und noch niedrigere - ich meine -kurze - Röcke. Diskokugel an der Decke. Schwarzlicht über der Bar. Ein freier Hocker zwischen zwei Babes die sich eigentlich nicht auf Barhocker setzen sollten - von wegen Rock und so. Braunes Fleisch. Oberschenkel die noch keine Strumpfhosen brauchten. Keine Orangenbäume zu verstecken. Mein Gin Tonic sah giftig aus. Blaues Eis. Mal sehen was hier noch alles optische Täuschung war. Gut. Das Eis kühlte meine Lippen. Das Klacken und Rascheln der Cubes beim Trinken ließen mich relaxen.

Ich lehnte mich auf meinem Stuhl mit dem Rücken gegen die Bar, legte die Ellbogen auf, und ließ meinen Nacken kreisen.

Aah !

Ich sah Reggie jemanden eine seiner selbst geburnten CDs 'rübergeben und er deutete mit dem Kopf zu mir. Der Typ sah aus wie Hendrix zu seiner besten Zeit. Er glotzte mich an und nickte. Das hieß wohl ich war „safe". Reggie war also schon wieder im Geschäft. Tauscht CDs aus, networking, anreißen, labern. Und richtig. Kurz darauf wechselte die Musik. Ultra cool. Smooth. Obwohl, na, irgendwie Upbeat. Es war wie Clapton in slow motion Rap. Der nächste Gin Tonic wurde mir lächlenderweise in die Hand gedrückt. Was für eine Eindruck schwarze Haut und weiße Zähne unter Schwarzlicht doch machen ... Ich faßte sie um die Taille, halber Arm hätte auch gereicht, und küßte sie aufs nackte Schlüsselbein. Sie kicherte, legte den Kopf schief, und drückte sich sanft ab.Mal seh'n was die hier für 'nen Rotwein haben. Erlesen, Bruder, erlesen ! Nicht teuer, aber gut ! Santa Maria, Chile 1996. Wer immer es auch war der die Feier ausrichtete. Kompliment. Beeindruckend. In der Bronx hätte ich sowas nicht erwartet.

Anscheinend war hier Geld im Spiel - aber doch soviel Vernunft nicht Pomerol wie Perlen vor die Säue zu werfen. Und keinen von den abscheulichen Nappa Valley Cabernet Sauvignons. Man hatte hier offensichtlich Kenntnisse beyond Adidas Plastik.

Ich stieß mich mit meinem Glas von der Bar ab, Küßchen links und rechts- „Ich warne Euch, ich komme wieder!", und stiefelte zu Reggie ´rüber.

„Kumpel, Verlier´ mich nicht. Ich mach mal die Runde."

Leute tanzten in den Gängen. Oder „Zitterten". Wie auch immer. Zimmer mit Fernseher und Basketball. Und - Oops! - falsche Tür. Da versuchte doch tatsächlich jemand ´ne Frau mit seinem schwarzen Dampfhammer stehend die Wände hochzutreiben. Sie hatte ihren Kopf auf seine Schulter gelegt. Er, ihre Bein - Kniebeuge in Armbeuge - stehender Spagat, und pumpte mit einem Finish das sie jedesmal vom Boden abheben ließ. Einbeinige Ballerina.

Stöhnen, dumpf er, schrill sie. Ich schloß die Tür, langsam und leise. Man wollte ja schließlich keine Szene.

Ich arbeite mich durch ein immer dichter werdendes Gewühl, was mich vermuten ließ, daß da irgendwo in der Richtung die Küche sein mußte. Ein kühles Bier aus´m Kühlschrank. Mein Weinglas war leer. Ich drückte es irgendjemanden in die Hand. Der Typ nahm nicht einmal Notiz davon. Dachte wahrscheinlich es war von seiner Freundin. Auch gut, Alter.

Da war er! Weiß, glatt und oversized. Amerikanische Kühlschrank mit Eismacher. „Sub Zero". Öffnen - Schauen - Finden. Grüne kleine Flaschen. Europäische Dünnbierpisse. Aber kalt. Eiskalt. So wollen wir das. Drehkronenkorken. Kein Stil westlich vom Teich. Aber was soll´s.

Ich sah mich um. Mit der Küche und allem sah das aus wie eine Studentenfeier. War plötzlich viel weißer hier. So New York Weiß. Weißte, nich´ richtig weiß. Die Frauen, wenn weiß, hatten sowas „Mittel Östliches". Große Nasen und so. Dunkle Haare. Braune Augen. Brusthoch alle. Leicht angeschwippst.

Die Typen, wenn weiß, sahen alle aus wie angehende Rechtsanwälte. Die Schwarzen waren alles geklonte Spike Lee´s. War das noch die gleiche Feier?! Die Musik - jetzt tatsächlich Clapton. „Wonderful tonight". Oder „tonite", ganz wie man will.

Hinterhof. Bessere Terrasse. Oder was das war. Jedenfalls stand da´ne offene Tür. Nix wie raus. Riecht hier alles so nach Hektik. „Tschuldigung". Ich nahm einer dieser fröhlichen Nullen das Bier aus der Hand und ging hinaus ins Freie. Ich fühlte die Blicke von dem Typen in meinem Rücken. „Was soll´s" - Klappe, die Zweite.

Die Musik schallte von den Hauswänden zurück. Der private Hinterhof war leer. Fast leer.

Zwei Tussen standen herum und rauchten. Sie sprachen Französisch. Ich fragte nach Feuer und sie verstummten. Ich versuchte eine Unterhaltung anzufangen. Bißchen Smalltalk. War wohl nix. Verdammt ernst, die beiden. Sie musterten mich von oben nach unten und kamen zu dem Schluß, daß meine Polyesterkrägen wohl nicht der letzte Schrei waren. Hättest sehen sollen ... die Kluft die sie anhatten. Pastellfarbene Röckchen bis zu den Knien. Weiße, aufgedunsene Knie. Langweilig gemusterte Viskose Blusen. Platte Pumps. Die hatten wahrscheinlich einen 70er Jahre Busch unter ihren Stoffetzen in dem man Christbaumlichterketten verlegen hätte können. Ich wandte mich mit Grausen ab. Pflügte meinen Weg zurück in den gemütlichen weinroten samtenen Raum mit der Diskokugel und Schwarzlicht. Wo die Leute chillten und genossen was da war.

Ich konnte es mir gerade noch verkneifen die falsche Tür aufzumachen um zu sehen wie weit wohl die Sache schon gediegen war. Aber wieso Ärger bereiten, oder haben. Cool man.

Ich ließ meine flache Hand mal kurz ein paar Inches unter einem schwarzen Stretchmini hochgleiten. Fühlte den Puder zwischen meinen Fingern, und zog zurück bevor irgend jemand es mir krumm nehmen konnte. Ich erntete ein freundliches Kichern. Setzte mich auf den Barhocker, hob den Zeigefinger und bekam meine Gin Tonic hingestellt. Rutschte von meinem Stuhl. Kickte ihn nach hinten (fiel zugegebenerweise beinahe dabei um - ich, micht der Stuhl). Grabschte nach zwei extrem schlanken Taillen, und versuchte die Schwärze zwischen zwei Paar Titten zu erkunden die mich aus zwei hochgeputschten Ausschnitten anbebten. Tauschte Küsse aus und zog sie in die Mitte des Raumes. Bald waren wir zu Viert. Lippen von Vorne. Meine Hände gerecht links und rechts auf richtig netten festen Arschbacken verteilt. Wir tanzten mit Zungen die in unseren Ohren spielten. „Castles made of sand melt into the sea, eventually ..." 'ne richtig nette Party.

Reggie hatte recht gehabt. Drinks kamen und gingen. Und ich hatte meine Entourage. Wir hatten so richtig Spaß zusammen.

Der kleine Zeiger auf meiner Uhr kam und ging, und schließlich gab ich es auf ihn zu finden. Es waren ein paar Frauen um mich 'rum, und sie schienen Spaß zu verstehen. Kein Bruder, der kam und mir in der allzu bekannten Art und Weise zu verstehen gab, daß ich wilderte. Und alle, alle feierten sie mit. Bis zum Punkt. Jedenfalls dem nach zu schließen was ich manchmal aus meinen Augenwinkeln zu sehen glaubte. Eiweißcocktails ... „Oral B - für Best !" Mean people suck ... .

Eine hing wirklich an mir. Etwas zuviel für meinen Geschmack. Es war die, der ich meine Silberring vermacht hatte. War ihrer fand ich. Roch mittlerweile sowieso nur noch nach ihr. War echt leicht abzunehmen. Flutschte richtig runter, wenn Du weißt was ich meine. Steckte ihn auf ihren Mittelfinger und lutschte ihn langsam. Drückte ihn ihr ganz nach hinten, poppte ihn zwischen ihren vollen dicken Lippen wieder 'raus. Das Einzige was mich ihr störte, waren ihre stumpf abgeschnittenen falschen Fingernägel, mit den komischen silbernen Mustern d'rauf. Auch, daß sie andere Frauen wegstieß, und das „bitchen" anfing. Ich saß an der Bar, sie links von mir. Sie rollte mir mein halbleeres Glas G&T in meine Hand.

Wo war Regie verdammt noch mal ?!

Ich suchte nach meinen Autoschlüsseln. Waren noch in meiner Hosentasche. Gut. Die Eiswürfel klickerten in meinem Glas. Die Zitrone schwamm obenauf. Aber da war noch was in meinem Glas. Dreck ? Ach du Scheiße - „searching my brain, you are my teacher and my student. I know you're taking me away ... the story might be ruined". Ein kleines Stückchen - Papier ? „Skip that needle ... your shade don't hide my brain from me".

Es lachte mich auf einem Papierviereck ein kleines chinesisches Zeichen an.

Oh Gott.

Ich preßte meine Hand gegen meine Stirn. Noch kein kalter Schweiß. Aber irgendwie schaute das alles sehr interessant aus. Tischplatte und alles. Joints, Alkohol, Bier ... Pissen. Wasser. Reggie.

Wo ?

Die Pisse plätscherte. Langsam. Wann hörte es auf, auf ? Ich mußte. Lachen. Die Streichhölzer. Fielen auf den Boden. Runterbeugen. Nein. Erst mit dem Pissen. Aufhören. Die Putzfrau - hat morgen 'ne Menge zu tun. Wo ? Filter von der Zigarette weg ... Ich stolperte durch die Tür. Noch 'ne Tür. Bett.

Ich muß wohl 'ne Weile dagelegen haben. Ich fühlte nur noch die Tür aufgehen.

Und schließen.

> „Wer bist Du - hier ? Was machst Du hier ?"

> „Das ist mein Bett. Ich bin die Gastgeberin."

Ich drifte weg. Nur noch das Eine. Weiche. Feuchte. Küsse.

Überall.

Wahr wohl 'ne Weile gewesen. Als ich wieder zu mir kam lag ich allein im Bett. Der Baß bumperte dumpf von unten. Gläserklirren und Gelächter. Ich sammelte meine Sachen im Dämmerlicht zusammen und begab mich wieder in die Weinrote Stube. Alles so schön samtig hier. Wieder an der Bar. Man kannte mich noch. Margarita diesmal. Ohne Salz. Muß auf den Blutdruck achten - ach nee, 'nen „Martini Dry". So richtig Sprit. Der Wodka würde mich wieder aufrichten. Männer die Oliven essen, essen alles, sagen sie ... auch gut. Es war merklich leerer als vorher. Aber angenehm. Ich liebe diesen Zeitraum auf Parties zwischen „nur noch der harte Kern" anwesend und die Langweiler schon weg. Ich hasse es, wenn sie alle nach den Mänteln greifen, manche die Gelegenheit beim Schopf ergreifen zu gehen, weil es sich gerade anbietet. „Wir müssen auch los, morgen Früh einkaufen und so ... es ist ja auch schon spät". „Haustiere on the run" ... danach fallen die Übriggebliebenen wieder in die Sessel . Schrauben wieder an den Frauen 'rum und lassen es sich gutgehen, Relaxen und genießen.

Schade daß meine „Gespielinnen" nirgendwo mehr zu sehen waren. Aber Egal.

Der „Martini Wodka" tat seine Wirkung verläßlich. Knallte ohne Rücksicht auf Verluste die Synopsen zusammen. War wieder gut auf dem Level der Gottlosen. Spazierte ein wenig mit dem Glas in der Hand 'rum. Wo zum Teufel war Reggie ? Der Knallkopf war doch bestimmt noch nicht weg ?! Die Autoschlüssel hatte ja schließlich ich. Plötzlich tauchte er auf. Steuerte mit den beiden pastellfarbenen „Französinnen" die Bar an. Ich machte mich 'rüber.

„Da schau an. Der Herr. heute ein König, wa' ?"

Er lachte mich an. Vergab links und rechts ein Küßchen und griff sich ein Glas.

„Was trinkst Du ?"

„Martini Dry, Herr Ober".

„Aye - gibst Dir wohl die Kante. Is' ja auch schon früh".

Die beiden Mädchen starrten mich wortlos an, als er mir das Glas in die Hand drückte. Dann fingen sie wie auf Kommando gleichzeitig an hysterisch zu lachen. Ich stand da wie der Depp.

„Hör mal Reggie, wo warst Du eigentlich die ganze Zeit ?! Arbeiten, oder was? Überläßt mich hier meinem Schicksal, und den Negerbräuten, und tauchst dann plötzlich mit „Eurotrash" auf." Ich grinste.

„Hör mal - ich kann Dich auch fragen. Wo warst Du ? Lange nicht gesehen."

„Meistens hier an der Bar, ein bißchen unterwegs und so, bis mir jemand den Drink „gespikt" hat. Wurde alles ein bißchen bunt auf einmal. Hab' mich dann aber oben abgelegt. Mit der Gastgeberin. Seit 'ner halben Stunde wieder auf Achse".

Er starrte mich an - hatte sein Gesicht selten so leer, so erstaunt, gesehen.

„Mit wem ?!. Kennst Du, weißt Du ...?"

Er deutete hinter mich und fing an zu prusten ! Kriegte sich gar nicht mehr ein.

„Was ? Komm - geht schon wieder. Is' genug. Deuten hilft nix". War dunkel, und so. Wie gesagt, hatte Papier im Drink ...

Sein Lachen schwoll zum Inferno an. Er schaffte es gerade noch dem Barmann zu deuten mir noch 'nen Drink zu geben. Der kam an. Der Drink, meine ich. Langsam beruhigte er sich wieder. Nein. Nicht der Drink. Reggie. Zwischendurch fing sein Körper wieder an zu beben. Gerade so wie ein Vulkan kurz vorm Ausbruch. Schließlich kriegte er sich wieder ein.

Ich nippte frustriert am Glas. Schaute ihn von unten an. Ich hätte den Rand abbeißen können.

„Schau nicht so blöd ! - Ich auch !"

„Was ?? Du auch ?"

„Naja, ich auch. Vorhin. Mit - dahinten !"

Er ruderte hilflos mit den Armen und brach nun völlig in Gelächter zusammen. Wir hatten also beide ... „doppelt gebuttert" nennt man das, glaube ich. Ich sah mich um, konnte aber komischerweise keine einzige Frau, außer unseren beiden „Französinnen", im Raum entdecken. So war das also.

Ich mußte wohl ziemlich blöde dagestanden haben, so mit dem Glas vor meiner Brust. Nicht mehr ganz frisch in meiner Schwulenkluft. Jedenfalls stieß er mir lächelnd eine der beiden „Französinnen" zu. Mehr fiel sie, als ging sie. Umklammerte mich wie warme Butter und fing an sich an meinem Hals festzusaugen.

„Champagner !"

Ich wachte in meinem Bett auf. Allein. Nachmittag. Wüste. Meine Zunge wie Sandpapier. Was für'n Trip. Völlig ausgedörrt.

Ich rollte mich aus dem Bett und schwankte dem rettenden Wasserhahn entgegen.

Köstliches, kaltes Naß.

Wäre ich jetzt sechzehn, ich würde mir schwören - nie wieder Alkohol, nie wieder Zigaretten. Aber man weiß es ja mittlerweile besser. Heiße Luft, das alles. Solche Schwüre halten immer nur bis zum nächsten Wochenende. Völliger Blödsinn von Anfang an.

Also lasse ich es bleiben.

Ich hänge am Wasserhahn wie ein Verdurstender. Setze mich - kommt nicht oft vor - zum Pissen hin (nicht weitererzählen !), und halte meine Kopf in Agonie zwischen meinen Händen. Versuche die letzte Nacht wieder zusammenzustückeln. Wie zum Teufel bin ich eigentlich nach Hause gekommen ? Versuche mein Hirn zu defragmentieren und zu rebooten. Kein Erfolg. Harddisk abgestürzt. Man sagt doch immer ein Gehirn sei wie ein Computer. Anscheinend haben Computer mehr Gehirn als ich jetzt. Jedenfalls trinken sie weniger ... Meine Software war wirklich - soft. Der komplette Filmriß. Ich gab's auf. Da waren die „Französinnen", aber dann war nix mehr. Gespikte Drinks. Paare, die in der Abstellkammer vögelten. Weinrote Samttapeten.

Ich legte mich wieder hin. Wozu den Kopf zerbrechen, wenn sowieso alles schon in Stücken war.

Ein paar Stunden später stand ich schon wieder auf der Matte. Putzte mir die Zähne. Rasierte mich. Reggie war noch immer nicht da.

Etwas in meiner Hosentasche. Die Autoschlüssel ! Wo stand der Kübel eigentlich ?!

Blicke aus dem Fenster brachten auch nichts Neues.

Ich zog den Mantel an und lief die Straße auf und ab. Wurde zunehmender nervöser. Kein Auto. Verdammte Scheiße. Nix zu sehen, weit und breit. Und ich hätte schwören können, ich wäre gestern Nacht noch gefahren.

Schon genug Zeit verschwendet. Das Teil wurde entweder abgeschleppt oder geklaut. War etwas zu teuer diesmal, um es einfach dabei bewenden zu lassen. Bin noch dabei es abzubezahlen.

Also dann, Polizei.

Und richtig, die Kumpels kannten mich noch von vor ein paar Wochen. Ich konnte sie hören wie sie im Hinterzimmer lachten.

„Aber sicher doch. Wir checken aber erstmal ob, ihr Fahrzeug abgeschleppt wurde".

Manchmal ist Behördenslang richtig gut. „Zeug !!".

Ich gab meine Adresse an, und die von der Feier.

Kein „Zeug" in „Polizeigewahrsam".

Glücklicherweise hatte meine Versicherung mich überredet einen dieser „geheimen" Sender einzubauen, die auf der gleichen Frequenz wie der Polizeifunk senden sobald „activated". Gut zum „Zeug" lokalisieren. Zu meinem Glück war Polen weit weg ...

Sie legten mir nahe nach Hause zu gehen. Man würde mich anrufen wenn sie den Kübel lokalisiert hätten ... könne sich nur um ein paar Stunden handeln.

Ich ging also nach Hause und kam mir vor wie der Mann der auf die Entbindung seiner Frau wartete. Ein Whisky würde mir gut tun. Das tat er dann auch.

Ich flickte durch die Programme. Gähnende Langeweile. Nur Scheiße in der Glotze. Bis dann endlich das Telefon klingelte.

Ja, man hatte mein Auto gefunden. In Brooklyn. Steht jetzt abgeschleppt an der Wache. Ist ein Neger dran rumgestrichen. Haben sie auch gleich mitgenommen. Sollte abholen. Gut, bin in fünf Minuten da. Taxi. Nix wie hin - mein Baby abholen.

Auf der Wache war ziemlich die „Berta" am Laufen. Anscheinend wollte der Negertyp nicht stillhalten. Aber erst Dokumente unterzeichnen.

Führerschein ... Fahrzeugpapiere. Schlüssel 'reinstecken, Auto anlassen.

„Alles klar !"

Na also ! Man brachte mich zurück in die geheiligten Hallen. Nochmal unterschreiben. Haben sie getrunken ? Wo denken sie hin, Herr Offizier ? Diese Blaufräcke ... Ob ich den Dieb sehen wollte ?

„?"

Aber klar doch. Man führte ihn mir vor. In Handschellen.

Es war Reggie !

Sah ziemlich übel aus. Nicht geschlagen, versteht mich recht Freunde. Die Polizei, und so, ich verstehe, aber ihr seht zuviel „fern". War mehr „Guhl-mäßig". Übermüdet. Nette tiefviolette Halbmonde unter seine Guckern. Ein etwas gräuliches braun in seinem Gesicht. Der Mann brauchte 'ne Dusche und 24 Stunden Schlaf. Oder ein paar Bier.

Er lachte als er mich sah.

Ein wenig später saßen wir im Auto und fuhren zu mir.

„Mensch Kumpel, das hat aber lange gedauert."

„Wie hast Du den Kübel kurzgeschlossen ?? Der hat Wegfahrsperre!"

„Hab' nix kurzgeschlossen. War daneben gestanden als diese Bastardos anschmierten. Blaulicht. Christbaum und alles. Haben mich gefragt, ob ich den Kübel kenne, und haben mich dann gleich eingepackt. Zelle, die ganze Show. So mit Fingerabdrücken, Blut ... Haben mir kein Wort geglaubt. Dann, Jahrzehnte später, kamst Du. Hättest Dich echt waschen sollen. Schau Dich bloß an. Kein Stil, mein Lieber. Warum hast Du immer noch die gleichen Klamotten wie gestern an. Du Tramp!"

Er bepisste sich vor Lachen und stahl mir eine Kippe. Er hatte recht. War mir gar nicht aufgefallen.

„Erzähl mir. Was ist passiert. Hab' versucht mich zu erinnern, is' aber nicht":

„Du hast keine Ahnung ?"

„Nee".

„Du kannst doch Dich noch an die „Französinnen" erinnern. Die eine hat sich wirklich an Dich 'rangeschmissen. Hast bestimmt noch Veteranenabzeichen am Hals".

Ich war versucht die Sonnenblende mit dem Spiegel 'runterzuziehen um nachzuschauen.

„Naja, Du hast andauernd versucht ihren pastellfarbenen Mini hochzuflappen - war ihr gar nicht mal so verkehrt - und ihr ihren hautfarbene Slip im Stehen 'runter zu ziehen. Gute Show, war live dabei. Schließlich mußten wir gehen. Hast dann noch den Bruder hinter der Bar zum Schwanzvergleich 'rausgefordert. Blöde Sache, das. Hättest nicht probieren sollen. Weißt ja. „ Once they go black, they never come back !". Jedenfalls war die Feier sowieso am Ende als sie uns dann endgültig die Tür zeigten.

Du wolltest unbedingt noch fahren. Bist dann auch. Beide Bräute im Auto. Ab zu ihnen. Als Du dann wieder auf dem Rasen parken wolltest - war übrigens keiner weit und breit zu sehen - Rasen meine ich - hab ich uns mit der Handbremse in der Einfahrt zum Stehen gebracht. War besser so. Bin dann mit den beiden ins Haus. Paar Minuten später nach Dir gecheckt. Du hattest Dein Lenkrad umarmt und gepennt. Hab Dir ein Taxi geholt. Vorab bezahlt - und weg warst Du. Den Rest kennst Du ja."

„Spaß mit zwei ?"

„Klar - bis daß es dem Morgen graute"

„Dreckskerl. Und für sowas hab' ich einen Freund".

„Genau".

"Läßt mich da einfach außen vor. Dreckskerl ".

„Hehe !"

„Nix - Hehe !"

„Drink ?"

„Drink !"

„Hättest anrufen können".

„Hättest Du auch nicht".

„Hmm".

Transzentales „Abschleppen" ...

Reggie war wieder abgefahren. Aber er hatte mir etwas hinterlassen. Eine „Rezeptur" nannte er es. Für einsame Abende, die nicht einsam zuende gehen sollten. „Synchronisierte Hypnose ! Geht nie schief, Alter. Hast nix zu verlieren. Is' „voll Fett"! Ne Lachnummer. Mußt bloß genau hinhören. Was sage ich, die „Hyperschleppe ...".

Ich hörte hin. Genau hin ...

Es war einer dieser Abende. Rastlos am Kühlschrank. Irgendwie zu früh um den Abend schon zu beenden. Etwas mußte noch ... Es war die letzte Flasche Bier des Hauses, warm geworden in meiner Hand, die mich an Reggie's „famous last words" vor der Abreise erinnerte. Ich zog also los.

„Frauen aufreißen mit Hypnose"; Klappe, die Erste.

Die Lokalität wurde mit äußerster Sorgfalt ausgesucht. Alter Irish Pub mit Stil. Nicht zuviel, aber gerade genug Stil, so daß die Wahrscheinlichkeit dort eine einsame verlassene Mitdreißigerin anzutreffen - am Ende eines langen Tages versteht sich - sehr groß sein würde.

Das war mein Beuteschema für heute. Man muß Einfach anfangen. Ziele setzen, die zu erreichen sind. Lebensweisheit. „Immer Slomo, Alter".

Ich trat durch die Tür.

1. Nach einfacher Beute Ausschau halten

Ich scannte die Räumlichkeiten ab. Fernseher liefen. Baseball, Basketball ... Alte dunkle Holzbar. Gemütlich. Große Spiegel. Spärlich besucht. Ein paar Typen mit Anzug und schiefen Krawatten an Tischen. Chicken Wings mit Pommes und zuviel Ketchup . Vereinzelte Barhocker besetzt. Leichte Musik. Relaxt. Atmosphäre. Keiner kümmerte sich um seinen Nächsten.

Da saß sie !

Ein paar Hocker entfernt vom nächsten Gast. Alleine. Am Baileys nippend. Anfang Dreißig schätzungsweise. Dunkle gelockte Haare. Schlank. Rote gepflegte Fingernägel. Gut Brust. Treffer !

Ich ließ mich auf dem Barstuhl neben ihr nieder.

2. Keinen Blickkontakt mit Beute (Frau) aufnehmen

Der Wirt kommt. Ich bestelle Bier. Trinke von Zeit zu Zeit ein wenig und schaue ansonsten ins Leere. Verdammt interessante Flaschen hat er da im Regal ... spiele mit meinem Bierglas.

3. Synchronisiere Deine Bewegungen

Die Frau nippt von ihrem Drink und ich beeile mich genau dasselbe zur gleichen Zeit zu tun. Klappt nach einer Weile ganz gut. Sie bestellt. Ich bestelle. Sie trinkt. Ich gleichzeitig. Sie schaut auf die Uhr. Ich schaue auf die Uhr. Sie schaut auf die Uhr ? Scheiße, muß schneller machen sonst fliegt der Vogel aus. Ganz ruhig, Alter. In der Liebe und im Leben ...

4. Synchronisiere Atmung

Sie seufzt. Ich seufze. Anhand des großen Vorbaus kann ich ziemlich leicht erkennen (einfach nach dem großen Seufzer als Startsignal...) wann sie ein - und ausatmet. Einfacher als gedacht. Sie trinkt, ich trinke. Sie schaut auf die Uhr, ich schaue ... auf die Uhr. Sie atmet - ich auch. Tja, man könnte sagen wir sind so richtig in Harmonie. Alter Schwede !

5. Denke zwei Minuten lang an etwas Erotisches

Also, das is' ziemlich einfach. Diese Lippen, dieser Mund, und dann die Möpse ... (der geneigte Leser möge sich das doch bitte selber vorstellen, ein wenig Phantasie meine Damen und Herren ...)

6. Berühre sie erstaunt an der Schulter und sage ...

„ ... hast Du das gespürt ?!

Sie wendet sich mir zu.

„ Ja, ... ?!"

7. Frag sie ob sie den Abend mit Dir verbringen möchte

„Wie wär's wenn wir den Rest des Abends zu Zweit verbringen würden ?"

Sie sieht mich ziemlich entgeistert an. Offensichtlich tief aus den Gedanken gerissen. Ihr Gesicht ein großes Fragezeichen.

„Eigentlich ... warte ich hier auf ... meinen Freund".

„Ich denke Mal, der ist heute zu spät dran".

Fragender Blick.

8. Action ! Finish - Nimm Sie mit

„Let's go !"

Ich lege dem Kellner ein generöses Trinkgeld auf den Tresen. Packe sie am Ellbogen und helfe ihr vom Hocker. Sie zieht beim 'runtergleiten ihren Mantel von der Lehne und wirft ihn sich beim Hinausgehen schnell über die Schultern.

Luft.

Wow !

Später im Schlafzimmer ...

Wir liegen nackt unter der Decke. Sie dreht sich auf die Seite, stützt sich mit dem Ellbogen auf. Hält ihr Gesicht in der Hand und schaut mich schief von oben an.

„Und - wie war ich ?"

Ich muß Lachen. Ich kann's nicht glauben. Dieser neckende verspielte Ton. Verkehrte Welt. Mein Lachen scheint sie zu verwirren und ihr Blick bekommt etwas Fragendes.

9. Sie soll sich wohlfühlen

„War schonmal besser."

Sie rollt wieder auf den Rücken, anscheinend befriedigt ob der Auskunft. Sekundenbruchteile später wirft sie sich zurück und starrt mich an.

„WAS ??!"

„Ich sagte, ich hatte schonmal besseren Sex".

„Du hattest - was ?!"

Sie kochte .

„Du hattest was ? Du liegst hier und ... Du .... Ich ...".

Es fehlten ihr offensichtlich die Worte. Sie fing an mich mit Fäusten zu bearbeiten.

Ich versuchte sie an ihren Handgelenken festzuhalten. Sie saß rittlings auf mir und schlug um sich wie eine Furie. Eine nackte Furie mit spitzen Fingernägeln. Als sie merkte, daß sie offensichtlich nicht viel ausrichten konnte, schlaffte sie für einen kleinen Moment ab, riß sich dann los, und warf sich wieder neben mir aufs Bett.

„Du Stück Scheiße. Arrogantes Arschloch. Du ... Du meinst wohl Du bist es, oder was !"

Jetzt war ich an der Reihe mich auf den Ellbogen zu stützen. Sie lag splitternackt neben mir und bebend vor Wut. Wackelpudding mit Amarenakirschen.

„Hey, Ich hab Dich in der Bar angequatscht weil ich gedacht hatte Du wärst 'ne heiße Nummer. Du hattest so ... so etwas Erotisches an Dir. Etwas Spezielles. Dachte Du hättest in Deinem Leben schon manche Nacht verbracht. Wüßtes wie man Spaß hat. Spaß macht. Kein Kindergarten, und so. Ein Vollweib. „Straight forward". Wild im Bett. Ich glaubte Du wärst ein guter Fick".

„Ein guter - WAS ?!"

„Ein guter *FICK*, verdammt! Hatte keine Ahnung, daß unsere kleine Prinzessin hier ..."

„Er nennt mich einen „Fick" !"

Sie dreht sich um, packt das Kissen und schleudert es mir ins Gesicht. Ziemlich kurze Entfernung. Es warf mich wieder auf den Rücken.

„Ich bin kein FICK ! Deine dreckigen Ausdrücke kanst Du Dir sparen".

„Hab's nicht riechen können ... Hör mal ! Ich mußte Dich Stück für Stück ausziehen. Die Dame ! Dachte schon das wäre keine Schau. Aber meine Ohrläppchen schienen aus Zucker zu sein, oder Kaugummi, oder so. Gab mir dann wieder Vertrauen in die Sache. Als ich Dich dann im Bett hatte, bist Du unter der Decke verschwunden und hast Dich versteckt. Ganz schön verspielt dachte ich noch. Könnte ganz nett werden.

Ich wollte Dich ein wenig anmachen, warm machen, so zum Anfang. Vorspiel und so. Kennst Du doch, oder ? Aber Du ? Du bist stocksteif auf Deinem Rücken liegen geblieben und hast ein bischen geatmet. Hast Deine verdammten Beine so dermaßen zusammengepreßt, daß Dein Schamhaar das Einzige war was ich zwischen meine Finger bekam. Gerade noch so, um der Wahrheit gerecht zu werden. Ich hab mich Millimeter für Millimeter vorarbeiten müssen um Deine Beine auch nur einen Spalt weit auseinander zu bekommen.
Ein wenig Kooperation wäre da schon angebracht gewesen. Dann wolltest Du meinen Schwanz nicht einmal *anfassen* !

Nicht daran zu denken ihn vielleicht ein wenig zu reiben. Geschweige denn, - bitte entschuldige meine „dreckige Ausdrucksweise" - einen „geblasen" zu bekommen.

Das war nicht gerade was ich „wild" nenne, meine Liebe. Später, als Du mich endlich, gnädigerweise, aufsteigen hast lassen, bist Du dagelegen wie 'ne Wasserleiche die schon ein paar Tage zu lange stromabwärts getrieben is'. Nicht gerade anregend, kann ich Dir sagen. Ziemlich Backfisch um genau zu sein ! Unheimlich inspirierend !

Das ist die bittere Wahrheit, „Kleines" ! Ich hab' keinen Bock Dich anzulügen. Wozu ? Is' mir doch egal. Vielleicht mußte das ja mal gesagt werden. (Es ist doch ganz einfach Scheiße. Unglaublich.).

Der wütende, nackte Körper neben mir, hatte Tränen in den Augen. Komischerweise war ich jetzt auch wütend. Nicht direkt wegen ihr, nicht wegen mir, oder wegen dem was ich gesagt hatte, vielmehr ... einfach ... ich wußte es nicht. Vielleicht weil sie alle glaubten sie wären so toll, und wir ... allesamt Arschlöcher. Egal. War wohl das Leben.

Ich rollte mich aus dem Bett und zog mein Laken hinter mir her. Am Arsch. Irgendwo mußten doch meine Zigaretten sein ? Hatte den ganzen Abend keine geraucht.

Nächste Szene: Der Schriftsteller.

„ ... sie war richtig gut. Ich konnte im Halbdunkel erkennen wie sie ihre Nippel bearbeitete, als sie mit Engelszungen meine Männlichkeit beglückte ..."

Es ist jetzt schon einige Zeit vergangen, seitdem mich mein Haustier verlassen hatte. Tage, Wochen ... vergehen so schnell. Zwischendurch vermisse ich was. Ich bin mir dann aber nie so genau sicher was es ist, was ich da vermisse, und dann, dann geht das Leben weiter, Minute um Minute, Stunde für Stunde, Tage ... und ich vergesse wieder was da war, was mich veranlaßt mal kurz in meinen Gedanken innezuhalten, zu horchen.

Wochenende.

Meistens fühlen sich die Wochenenden so an, als wären sie ein einziger Tag. Die Tage falten sich ineinander. Gehen ineinander über. Am Freitag Abend startet dann wieder das alte Programm. Wie eine Schweizer Uhr. Unfehlbar.

"Insert coin!".

Der Freitag schleicht sich übergangslos in den Samstag. Samstag in Sonntag. Sonntag ... . Sonntage sind anders.

Meistens.

Alkoholnebelschwaden ziehen vorüber. Sonntags blinzeln die schmerzenden Augen wieder ins Licht. Was war die Nacht davor ? Die Nächte davor ? Montags fängt die Woche müde an.

Ich schaff's nie Sonntag abend einigermaßen früh in die Kiste zu kriechen. Ich nehm's mir jedesmal vor, aber dann wird's doch wieder 1 Uhr oder später. Mein chinesischer Messingimportkrachmacher geht mir dann jeden Montag früh um 6.30 Uhr gewaltig auf den Wecker. Aber man wird ja dafür bezahlt. Ich hab's geschafft erst einmal "Blau" zu machen ! Das ist echt ein Wunder – das lag aber in diesem besonderen Fall nicht am Alkohol. Das war ein besonderes "Kuchenexperiment" an einem Samstag. Man lernt von diesen Sachen.

Kann passieren, daß Sonntag morgens das Bett keine einsame Insel ist. Kommt vor, in letzter Zeit aber nicht mehr so häufig. Der ganze Tag richtet sich dann nach den Vibes der ersten 5 Minuten nach dem gemeinsamen Aufwachen. Und auch nach dem Kater. Man weiß nie ob sie von selber gehen. Selber den Vorschlag machen zu gehen. Ob sie irgendeinen Vorwand erfinden. Wenn sie auf der Bettkante sitzen wie Marlene Dietrich damals auf dem Barhocker - Gott sei ihrer Seele gnädig - um sich die Strumpfhosen hochzuziehen. Sie sind nie so elegant wie Marlene. Sobald sie das Nylon bis in die Mitte ihrer Oberschenkel manövriert haben, setzen sie sich mit noch nach vorne gebeugten Oberkörper auf, Hände am Strumpfhosenbund, und springen die letzten Zentimeter in die Maschen. Mit ernsthaftem Hüft Hin - und Hergewackel. Die braunen oder schwarzen Nähte schlängeln sich wie Mini - Baumschlangen im Schritt. Über den Schlüpfer, über den Unterleib. Nach oben. Manchmal mehr

„Laib" als „Leib". Aber welche Berechtigung habe ich darüber zu urteilen?! Die Berechtigung eines Machos ? Bullshit.

Ich stehe dann meistens mit zwei Tassen gutem „Schwarzen" zwischen Tür und Angel, und blase den Wasserdampf von den Tassen. Es gibt da zwei verschiedene Typen von Frauen. Manche ziehen sich weiter an, als sei nichts gewesen. Andere starren mich kurz an, als hätte ich ihre Privatsphäre (in meinem Schlafzimmer !) verletzt, und packen sich weiter in ihre Jeans, oder Miniröcke, und dann ins Shirt. Dabei fällt mir jedesmal auf, daß Frauen eine ganz andere Methode haben, sich ihre Shirts anzuziehen als Männer. Sie streifen sich als erstes die Ärmel über. Links, rechts.Bis zur Hälfte etwa. Dann stoßen sie ihr Haupt durch's Kopfloch, und wursteln sich erst dann in den Rest des T-Shirts oder Pullover. Extremes Dehnen spielt sich da ab. Es wundert mich immer wieder ... . Manche bleiben auch einfach - mit einem kurzen Seitenblick auf den Kaffee - im Bett liegen und zeigen etwas Bein. Dann liegt die Entscheidung bei mir ... .

Manchmal bin ich Gentleman und fahre sie nach Hause. (Wenn ich mein Auto finde !) Die Unterhaltung während der Fahrt ist immer sehr „erfrischend". Naja, meistens jedenfalls. Stummfilm. Am schlimmsten dann, wenn die Sonne mal wieder einen guten Tag erwischt hat. Es gibt auch Ausnahmen. Die sind dann ganz lustig drauf. Unkompliziert. Nicht so ernst. Realer. Wir wußten was wir taten - und wir hatten Spaß dabei. So - was soll's, wen kümmert's ?! Das leben ist kurz. Ich komm mir dann vor wie in einem dieser abgefahrenen Roadmovies. Am Ende krieg' ich dann von den Unkomplizierten noch einen flüchtigen Abschiedskuß. Einen der Küsse, die es schaffen, daß man sich besser fühlt, das Lenkrad einschlägt und pfeifend weiterfährt. Die Welt ist klein und man trifft sich ja doch irgendwann irgendwo mal wieder. Und man weiß ja auch sonst nie. Besser man kann sich später gegenseitig noch in die Augen sehen.

Jedenfalls ... vielleicht war mein Biorhythmus an diesem Sonntag auf einem Rekordtief, oder ich hatte einfach im Moment genug von diesem, sich ewig wiederholenden Spiel.

Ich war alleine aufgewacht, mein Magen vertrug sich nicht so ganz mit dem Kaffee. Die Watte in meinem Mund schmeckte verdammt nach trockenen Martinis. Geschüttelt nicht gerührt. Wir hatten die Nacht „Downtown" verbracht und uns strategisch abgefüllt. Erst in einem Schuppen von dem der Ruf ausgeht, daß die ganzen Supermodels da rumhängen (Pleite !). Dann waren wir zu Gast in einem Laden in dem 2 Meter Drag - Queens ihre überlangen Zigarettenspitzen über der besoffenen Meute spazieren trugen. Fette, in schwarzes Lackleder gehüllte, GoGo – Tänzerinnen auf Säulenstümpfen „lachten sich eins" und machten jeden an (Witzig !). Später, in meiner bevorzugten „Late Night Kneipe" fingen wir dann mit den trockenen Martinis an. Das Zeug geht runter wie Benzin (Komatrinken - erster Versuch !). Noch'n Klub. Und dann fand ich in meiner Manteltasche Freischeine für 'ne Topless Bar. Wenn mir noch mal jemand erzählen will, das hätte im Entferntesten irgend etwas mit Sex zu tun, dem knall' ich eine. Jedenfalls nicht hier in New York City. Ist halt „oben Ohne", und deine Hände müssen schön auf den Armlehnen liegen bleiben. Nix anfassen. Da stehen Typen von der Art „Übergewichtiger Irischer Polizist" in der Gegend 'rum, und passen auf, daß die Ware nicht angetatscht wird. Brüste baumeln in zehn Zentimeter Entfernung einem vor der Nase, alle Bewegungen sind einstudiert und mechanisch. Wir waren so betrunken, daß wir trotzdem unseren Spaß hatten. Suchten uns immer die voluminösesten chirurgischen Spezialitäten aus (Spaßig - klinisch, sozusagen !). Am Ende dünnte sich der Schuppen aus. Die Mädels saßen um uns herum und wir erzählten uns gegenseitig Witze. So gegen fünf Uhr (denk ich mal) beschloß man mangels Gäste die Lokalität zu schließen und schmiß uns 'raus. Das lief so ab: Einer der Aufpasser ließ einen kurzen Pfiff los. Alle Mädels verschwanden unisono, mit bis dahin unbekannter Geschwindigkeit, durch eine gut verborgene schwarze Tür. Zwei „Aufpaßmastochsen" in schwarzen Anzügen packten uns an den Ellbogen, hießen uns aufzustehen, und komplimentierten uns zur Tür hinaus. Auf diese Erfahrung hin beschlossen wir noch ein paar „Trockene" zu kippen (Komatrinken, die Zweite – diesmal erfolgreich !). Den Rest weiß ich nicht mehr. Mein Magen erinnert sich anscheinend etwas besser und beschwert sich nachhaltig über schwarzen Kaffee.

Im Bademantel, nachmittags um vier Uhr, faßte ich den folgenschweren Entschluß etwas in meinem Leben zu ändern. Weniger Alkohol - mehr Frauen.

Nein – falsch ! Weniger Alkohol und wieder nur noch eine Frau ! Richtiger is' das. Und die Sonntagnachmittage besser nutzen. Sollte in dieser Konstellation möglicher sein. Also, ab in die Dusche und Pfefferminztee aufgebrüht. Bäh ! Aber dem Magen gefiel das schon besser.

An der 23igsten Straße, Ecke Avenue 6, is' Samstag und Sonntags immer Flohmarkt. Mal sehen ob mein alter Kumpel, Joe der Uhrendealer, noch da ist. Ne neue, alte Uhr wär' doch ein angemessener Anfang für mein neues Leben.

Joe ist einer der zuverlässigsten Uhrenverchecker den ich kenne. Ganz am Anfang, ich hatte ihn eben erst getroffen, hatte er eine wunderschöne „Jaeger Le Coultre" aus den 50igern für mich. Problem war, daß der Bankomat mir an dem Tag nicht genügend Kredit gewährte, und ich nur Anzahlen konnte. Macht nix sagte er - gab mir die Uhr - schau nächstes Wochenende wieder vorbei und bring den Rest. Das war einigermaßen erstaunlich für eine Millionenstadt wie New York. Ich hätte einfach nicht mehr zurückgehen brauchen und wäre stolzer Besitzer einer klassischen Uhr mit allen Papieren gewesen. Er hätte mich in dem riesigen Ameisenhaufen New York nie mehr gefunden. So faßte ich Vertrauen in Joe. Ich schaute öfters mal wieder vorbei und kaufte gelegentlich was. Meistens unterhielten wir uns nur über Uhren, aber es entstand im Lauf der Zeit so etwas wie eine Freundschaft.

Auch heute war Joe wieder da. Das Geschäft lief phantastisch. Es war ein kalter, aber sonniger Tag, und die Leute hatten scheinbar nichts besseres zu tun als antike Uhren zu kaufen. Er begrüßte mich freudig mit festen Handschlag. Die Kunden drehten sich zu mir um, und plötzlich fühlte ich mich als wäre ich einer der Jungs. Es war schön ihn wieder mal zu sehen. Zu viele verkaterte Sonntage hatten mich ans Haus gefesselt und lethargisch gemacht. Die frische Luft tat mir wirklich gut. Ich fühlte Energie in mir. Relaxed. Die Welt meinte es wieder gut mit mir.

Die besten Stücke waren leider schon weg, aber das übriggebliebene Strandgut war trotzdem noch beachtenswert. Die üblichen „Gruen" und „GP's", „Omegas" und „Bulovas", ein paar reparaturbedürftige Schönheiten.

Mit einem Mal fror Joe's Blick ein. Er starrte regungslos an mir vorbei. Mein fragender Blick wurde von ihm nicht erwidert. Ich drehte mich um. Ich wußte sofort was da ablief. Selbst im größten Rausch hätte ich das mitbekommen. Gut, daß ich keine Uhr in der Hand hielt. Die wäre scheppernd zu Boden gefallen.

Manchmal sieht man Frauen, von denen man einfach *weiß*, daß sie perfekt sind. Die Welt, der Flohmarkt um uns herum stand still. Alle Geräusche waren wie ausgeblendet. Die Menschen und Stände in den Hintergrund gedrängt. Bewegungen waren eingefroren, und nur noch *sie* bewegte sich durch die Menge hindurch. Durch eine Menschenmenge, die sie nicht beachtete. Sie kam direkt auf uns zu. Klein, schwarzhaarig. Glatte, blauschwarze, lange Haare. Ein Gesicht, makellos wie von einem Engel. Dunkle Mandelaugen. Hellbrauner Kaschmirmantel. Knielang mit dezentem Pelzkragen. Weißer Rollkragenpulli. Perlenkette. Elegant. Teueres Understatement - elegant. Ihre Bewegungen schienen in völliger Balance und flüssig.

Sie schwebte berührungslos durch die Menge. Plötzlich, - *ZOOM* ! - stand sie vor unserem Stand. Zwischen dem Stand und mir. Hinter meinem Rücken. Ich war perplex.

Sie kramte aus ihren Manteltaschen einen Zettel hervor, eine Art Shopping List und ratterte, dem immer noch nach Fassung ringendem Joe, eine ziemlich detaillierte Liste von antiken Uhren herunter. Ob er irgend etwas in der Art auf Lager hätte ?

Joe war völlig von den Socken. Es hatte ihm die Sprache verschlagen – man konnte das deutlich sehen – und machte mit beiden Händen das „Time Out" Zeichen.

Sie fing herzlich an zu Lachen.

Für Joe schien ich nicht mehr zu existieren. Er starrte sie ungläubig an. Bat sie die Liste noch mal zu wiederholen. Die Uhren, die sie nannte, waren nach meinem dafürhalten alle so in der Preisklasse zwischen sechs und achttausend Dollar. Ausgewählte Stücke. Da war guter Geschmack mit Geld gepaart. Alles Herrenuhren. Joe fand seine Fassung und seinen Humor wieder. Im Dutzend gibt's alles billiger, war sein lahmer erster Satz, den er herausbrachte. Ob sie wirklich so viele „boyfriends" hätte, die sie mit Uhren beglücken wolle.
So dämlich wie das war – so brach es doch das Eis ... . Sie lachte ihn wunderbar naiv und entwaffnend an. Drehte sich zu mir um und hatte uns mit ihrem Zauber gefangen.

        „Sei vorsichtig mit diesem Typen, sagte ich zu ihr, Uhrenhändler sind schlimmere Lügner als Gebrauchtwagenhändler !"

Zugegeben auch etwas lahm, aber was kannste schon sagen ? Egal was, Hauptsache ich kann dieses Lachen wieder hören. So lachten wir alle drei.

Nein, also mit Joe, da fühlte sie sich ganz sicher. (Woher kannte sie seinen Namen ? Verheimlicht er mir da was ?) Joe bescheiße niemanden. Hätte er doch einen Ruf zu verlieren, den er bestimmt nicht zu verlieren wünsche. Joe und ich sahen uns erstaunt an. Ihr Vater, für den sie eine der Uhren kaufen sollte, hätte

Joe in einem Feature über New York im japanischen Fernsehen gesehen. Da gäbe es so einen Fernsehsender ...

Joe blickte mich an und grinste bis über beide Ohren. Ja, schon möglich – letzten Sommer waren ein paar Japaner mit Kamera da, und hatten ihn gefilmt. Mit Sechs Armbanduhren an jedem Arm hatte er seine Waren angepriesen. Ein kleines Interview gegeben. Er hatte von den Typen danach nichts mehr gehört und hatte angenommen, es wären nur ein paar Touristen gewesen, die sich einen Spaß gemacht hatten. Anscheinend aber doch nicht.

Ob er jetzt eine Berühmtheit in Tokio wäre ?, fragte er sie. Jedenfalls berühmt genug, daß ihr Vater eine Uhr von ihm haben wollte. Nur von ihm, weil da könnte er vor seinen Freunden damit angeben, daß er sie von dem berühmten „Joe – dem Uhrenhändler der alles besorgen kann" gekauft hatte.

Joe ließ sich die Liste geben und studierte sie ausführlich. Ich nahm die Gelegenheit wahr und verwickelte Iyaia in ein Gespräch. Schmetterlinge in meinem Bauch. Das Gefühl hatte ich schon lange nicht mehr. Warm und angenehm fühlte sich die Gegend hinter meinem Bauchnabel an, und ich wäre für nix in dieser Welt in diesem Moment an einem anderen Platz sein wollen. Auf einem Flohmarkt inmitten von Manhattan, mit einer der bezauberndsten Frauen die nicht von dieser Welt zu sein schien. Zigtausende von Kilometern in einer anderen Kultur geboren (so wie ich ...).An einem erfrischendem Tag im Oktober im großen Schmelztiegel von New York.

Nach einer Weile wurden wir von Joe unterbrochen. Iyaia und ich sahen uns eine kleine Ewigkeit schweigend an und wendeten uns schließlich Joe zu, den wir völlig vergessen hatten.

„Ich habe nichts von dem auf der Liste hier am Stand. Die sind alle in einer Preisklasse, die ich nicht einfach auf meinen Tapeziertisch hier auflege. Ich habe aber zwei von der Sorte Zuhause im Safe. Nicht ganz der richtige Jahrgang, aber ausgewählt schön. Beide. Ich müßte die erst holen."

Zaudern.

„Können wir uns Morgen treffen ? Morgen Nachmittag, vielleicht ?"

„Morgen Mittag sitzen wir schon im Flieger zurück nach Tokio. Ich treffe mich mit meinem Vater in einer Stunde im "Bar Café" in Union Square, und er erwartet, wenn möglich, daß ich ihm eine Uhr mitbringe. Eine von denen da ... .", sagte sie und deutete auf die Liste.

„Eine von denen, hmm", murmelte Joe, „in einer Stunde ... ? Viel Zeit gibst Du mir ja nicht."

„Ich sag Dir was ... ich pack meinen Krempel hier ein und wir treffen uns in ungefähr einer Stunde im Café. Is' nicht weit weg von meiner Wohnung. Du bist sicher da ?!"

Das klang mehr als eine Feststellung als eine Frage, dachte ich mir, und Joe hatte bestimmt schon genügend Kohle heute gemacht, als daß er das mit der Uhr wirklich nötig hätte. Hatte er mir doch andauern gepredigt , daß der Gewinn pro Uhr nicht proportional mit dem Verkaufspreis steigt ?
Er mußte also etwas Besonderes wittern, oder er wollte vielleicht einfach seinen Ruf als *der* Uhrenhändler Manhattan's verlieren. Zumindest im fernen Japan.

„Hier meine Karte ! Und du", damit meinte er mich, „paßt besser darauf auf, daß uns der japanische Markt nicht verlorengeht !"

Mit Vergnügen, dachte ich mir.

„Keine Angst", lachte sie, und wedelte mit einem rosafarbenen Umschlag. „Alles Cash, alles in bester Ordnung."

„Um Gottes Willen, Prinzessin !" (das war Joe), „Steck das weg, sonst muß ich meine Preise erhöhen."

„Keine Problem !" Sie lachte wieder ihre wunderbares Lachen, und hakte sich bei mir unter. „Dein Freund hier wird gut auf mich aufpassen. Ich werde nicht verlorengehen oder die Preise verderben." Sie blickte stolz an mir herauf. „Ist das nicht so ?!"

Ich war verblüfft ob der unerwarteten Intimität und Joe warf mir einen verächtlich - ernsthaften Blick zu. Jaja, schien er zu sagen – da hast Du den Richtigen erwischt.

„Klar", war alles was ich rausbrachte.

Joe war fast fertig mit dem Einpacken, und es gab für uns beide keinen Grund mehr länger hier rumzustehen.

Ich sah mich um.

„So und jetzt ?", fragte ich.

„... bin ich ganz Dein", sagte sie.

„Wie wär's, hast Du den Rest des Flohmarkts schon unter die Lupe genommen ? Hast Du Lust ein wenig ‚rumzuschauen ?"

„Ja – Let's ...", freute sie sich, „Wir haben eine Stunde."

Es gab nichts besonders zu sehen. Viele packten ihre Stände schon wieder ein. Die Sonne war hinter den Hochhäusern verschwunden. Es wurde empfindlich kalt. Ich bemerkte wie ihre Hände blau anliefen und handelte mit einem Second Hand Fritzen um ein paar Mohairfäustlinge, die er mir schließlich für 10 Dollar etwas frustriert überließ. Sie hatte ziemlichen Spaß an dem ganzen hin - und her verhandeln, und es machte die Sache nur leichter, daß sich der Händler mehr für sie interessierte als für seine Ware. Nachdem die Handschuhe ihren Besitzer gewechselt hatten, übergab ich das Paar ihr mit einer kleinen, wie ich hoffte japanischer Verbeugung. Sie tat erstaunt, freute sich aber, und gab mir einen kleinen Kuß auf die Wange.

„Ich dachte die wären für Deine Freundin ... ?", fragte sie scheu.

„Hab' keine.", murmelte ich etwas bedeppert.

Sie zog die Fäustlinge an und betrachtete ihre Hände als hätte sie nie vorher welche besessen.

„Die sind echt schön !"

„Neben Ihrer Eminenz verblaßt alles !", sagte ich, und hoffte im selben Augenblick ich hätte es nie gesagt.

„Es wird wirklich kalt – warum gehen wir nicht gleich ins Café und ich lad' Dich zu einer heißen Suppe ein ?", schlug ich vor.

Sie war einverstanden, und so liefen wir Arm in Arm den Broadway hinunter in Richtung Union Square. Ihre Nase fing an zu laufen, sie schniefte.

Sooo kalt war es nun wirklich nicht. Aber vielleicht haben die In Japan ja wirklich anderes Wetter. Zugegeben es war ziemlich windig. Aber es war ja nicht weit.

Im Café war es dann wärmer. Das Schniefen hörte auf. War eigentlich schade, war irgendwie nett. Die Gemüsesuppe war kochend heiß, und ein warmes Gefühl breitet sich in mir aus. Nicht, daß ich das nötig gehabt hätte. Mir war nicht kalt, aber dieser Sonntag Nachmittag war so anders als die Übrigen. Alles schien OK. Der Kater war verflogen, lag wahrscheinlich auch an dem Adrenalin, das mein Körper in der letzten Stunde ausgeschüttet hatte. Ich aß mal wieder richtige Nahrung und war in geradezu zauberhafter Begleitung. Ich wollte sie nicht nach ihrem Alter fragen, aber ich schätzte sie auf Anfang, Mitte zwanzig. Wir waren so im Gespräch vertieft, daß es für mich wie ein Schock war, als sie plötzlich aufsprang um einem Mann mit grauen Schläfen zuzuwinken.

„Mein Vater.", sagte sie, und rief ihn zu uns herüber.

Ihr Vater war so, wie man sich einen japanische Vater so vorstellt. Ich mir jedenfalls. Dichte, schwarze Haare - weiße Schläfen. Mittelgroß. Hager. Schwarzer Wollmantel. Gediegen. Teurer dreiteiliger dunkler Businessanzug.

Er begrüßte mich mit einer kleinen Verbeugung, die ich lächelnd erwiderte. Er setzte sich zu uns an den Tisch.

„Sie sehen anders aus als auf dem Video. Viel jünger !"

Ich mußte Lachen, bedankte mich aber fürs Kompliment und klärte ihn über die Situation auf.

„Joe müßte jeden Augenblick kommen. Er ist sehr zuverlässig.", erklärtete ich dem Vater, „Und er hat sehr gute Ware. Die Uhr hier," sagte ich, und zeigte ihm die „Jaeger" die ich Joe abgekauft hatte, „ist meine erste Uhr die ich je von Joe gekauft habe."

„Schönes Stück. Anfang der 50iger. Etwa 600 Dollar !"

Ich war baff. Joe hatte sie mir für 500 gegeben. Der Mann kannte sich mit Uhren aus.

Bevor ich etwas erwidern konnte, stand Joe am Tisch – und ich hörte einen Kauderwelsch der den alten Mann schmunzeln ließ. Gott im Himmel – Joe !! Das war mehr als nur das übliche "Sayonara" was da ablief. Einmal Vertrieb, immer Vertrieb, dachte ich mir. Unglaublich. Was kommt als nächstes ?

Die beiden unterhielten sich prächtig. Nach den üblichen Floskeln – Wetter und der ganze Mist, packte Joe endlich die Uhren aus. Er hatte drei. Alle in kleinen ledernen Schmuckkästchen. Er schob sie über den Tisch und legte den Einkaufszettel daneben. Sagte kein Wort.

Der Japaner betrachtete jede einzelne Uhr eine lange und ausführlich. Schweigend. Holte eine Vergrößerungslinse aus der Westentasche, so ein Teil wie sie die Diamantenprüfer benutzen, und bat mit einer Geste darum die Gehäuse zu öffnen. Joe legte ein Samttuch auf den Tisch, öffnete die Uhren. Legte Deckel neben Gehäuse, und schob sie wieder auf die japanische Seite rüber. Der Vater verschwand fast mit seinem Gucker in den Uhrenmechaniken, nickte aber schließlich zufrieden. Setzte sich auf, verstaute das Vergrösserungsteil wieder in seinem Anzug, deutete auf die „Patek Phillipe" und fragte:

„Wieviel?"

Joe nannte seinen Preis.

Ich erwartete – ja was eigentlich? Daß die beiden in großes Gefeilsche ausbrechen? Sich bedrohen? Abwechselnd vom Tisch aufstehen und behaupten, daß sie so kein Geschäft machen könnten? Zu teuer ... Qualität kostet ... zu Hause in Japan etc. . Aber eigentlich war das nicht angesagt. Der Mann kannte sich mit Uhren aus. Joe hatte das sicher gemerkt. Ich erwartete, daß Joe's Preis wie immer angemessen war, Angebot , Nachfrage, Zustand, Alter ... alles gegeneinander abgewogen.

„Vater Japan" nickte anerkennend seiner Tochter zu – so in der Art „Tochter ich hab's Dir doch gesagt, aber Du hast mir ja wie immer nicht glauben wollen ... .".

Er streckte Joe seine Hand entgegen.

„Deal!"

„Deal!", schmunzelte Joe.

Joe packte ihm die Uhr ein und Iyaia gab ihrem Vater den Umschlag. Der zählte, nahm einen Schein raus, übergab Joe den Umschlag und Iyaia den Schein. Mir fing an zu dämmern, daß jetzt das große „Goodbye" kommen würde, und Iyaia und ihr Vater (also ehrlich, der Vater wahr mir eigentlich eher wurscht ...) wohl für immer aus meinem Leben verschwinden würden. Ich sah Iyaia an - und sie sah aus dem Fenster. Gleich würde der Vater aufstehen und sich nett verabschieden ... wenn wir mal wieder in NYC sind schau'n wir mal wieder vorbei ...blablablablabla – Bäh !!!

Immer die gleiche Scheiße. Immer die gleichen Lügen (obwohl vielleicht braucht er mal wieder ne Uhr?). Immer die gleiche Rituale. Andererseits ... es war ein schöner Nachmittag. „Tag Eins" meines „weniger Alkohol Lebens". Carpe Diem, oder so.
Und mal ehrlich – die Braut wohnt in Japan, da kann ich ein Loch in meinen Keller bohren und komm', wenn mich die Kraft nicht verläßt, im nächsten Jahr mit viel Glück unter ihrem Wohnzimmersofa raus. Das mit dem Magma krieg' ich schon unter Kontrolle. Verdammt weit ist das. Verdammt weit weg.

Zu meinem Erstaunen waren alle schon aufgestanden und verabschiedeten sich freudig. Klar – der Joe hat mal wieder Kohle gemacht, der Vater hat ein Prachtstück von Uhr ... und leider auch ein Prachtstück von Tochter. Ich wollte nicht aufstehen und Hände schütteln, aber der Vater sprach mich direkt an - und Blablabla – also stand ich auch auf und gratulierte ihn zu seiner Uhr und blah ... und Danke, sagte er da, daß sie den Nachmittag in so reizender Weise auf meine Tochter aufgepaßt haben. Hab ich da im Mittelteil was verpaßt ? Muß sie ihm wohl gerade erzählt haben, als ich mich in meinem Selbstmitleid ... .

„Keine Ursache, bei so einer reizenden Tochter war mir das eine Ehre und Freude (oh mein Gott – haste da keine anderen Worte ? Das ist ja abgestanden alt, das schmeckt nach Staub – Du Depp)."

Jedenfalls „Vater Japan" schien das zu gefallen. Er hörte nicht auf meine Hand zu schütteln. Ich warf Iyaia mit zusammengepreßten Lippen (ein hoffnungslos verzweifelter Versuch wenigstens ein Grinsen zustande zu bringen) einen stummen Blick zu. Sie strahlte mich an, schüttelte ebenfalls meine Hand, etwas weniger stürmisch als der Vater, und bemerkte mit einem Seitenblick auf ihn, daß sie jetzt wirklich gehen müßten. Es sei schon spät.

„Iyaia, falls Du wieder mal im Land bist. Hier !" Ich gab ihr meine Karte.

Naja, und dann mußten sie halt wirklich gehen, und Joe und ich saßen wieder allein am Tisch. Ich rührte lustlos in meinem kalten Kaffee herum.

„Wenigstens den Kaffee hätte er zahlen können !" – Das war ich.

14

Der Montag verlief ziemlich ereignislos. Arbeit. Die üblichen Montagsmeetings. Der übliche Quatsch. Abteilungsversammlung. So ziemlich alle hatten noch den Schlaf in den Augen und hielten sich an ihren Kaffeebechern fest. Kaffee war zum Glück umsonst – noch ! Bei der letzten Firma, bei der ich gearbeitet hatte, war über Nacht das Kaffeeprivileg für Führungskräfte außer Kraft gesetzt worden. Irgendein Idiot hatte herausgefunden, daß der Kaffeekonsum pro Monat die 100 Dollarmarke überschritt. Das war anscheinend über Firmenbudget. Also kein „für umsonst" Kaffee mehr. Daß weiterhin jeder Limousinen zum Flughafen benutzte und „Firmenessen" locker 500 Dollar (für zwei Personen !) überstiegen – das störte niemanden. Das war drin im Budget, Kaffee nicht. Die Firma machte trotz dieser einschneidenden Kaffeepolitik Pleite und wurde von der Mutterfirma wieder übernommen. Die setzte einen neuen Präsidenten ein, und – ja richtig geraten – es gab wieder Kaffee „für umsonst". Der „Turnaround" wurde geschafft. Trotz Kaffee ...

Also, jeder durfte hier noch immer den Schlaf ungestraft mit Koffein bekämpfen ohne befürchten zu müssen, daß - falls jemals „restriktiv die Gewohnheiten des Managements einschneidend proaktiv zugunsten des Shareholdervalue optimiert werden müßten" – er oder sie - den „Drogengenuß" innerhalb der Firma aus privaten Mitteln "subventionieren" zu müssen. Sprich, „Gemeinsame Kaffeekasse einführen !".

Diese Montagsmeetings waren überhaupt ein völliger Blödsinn. Leider immer noch weit verbreitet in der Industrie. Strategien wurden geschmiedet und : „ ... wie war das noch letzte Woche ... ?" Übers Wochenende hatte natürlich jeder vergessen was die Woche vorher wichtig war. Andererseits mußten Resultate vorgeführt werden. Da diese Mistmeetings immer Montags in aller Frühe stattfanden, hatte klarerweise niemand die Chance, Sachen die bis Freitag abend nicht realisiert wurden, am Montagmorgen zu Ende zu bringen. Oder in der Abteilung nachzufragen um sich vor den Meetings Informationen über den letzten Stand zu verschaffen. Freitags warfen die meisten ihren Stift um 4 Uhr, oder früher, in die Schublade und so konnte man am Freitag nach den Freitag Meetings natürlich auch niemand mehr erreichen. Warum machten die diese Abteilungsmeetings nicht am Mittwoch, um jedem die Chance zu geben Sachen zu vollenden, und andere Dinge bis zur nächsten Wochensitzung weit genug anlaufen zu lassen, um wirklich Resultate vorweisen zu können.

Es war alles „Schall und Rauch" in diesen Sitzungen. Und überhaupt versuchte jeder in diesen Meetings die Probleme des anderen zu lösen. Obwohl niemand wirklich wußte was in der Abteilung des Anderen ablief. Man kam vom „Hundertste ins Tausende". Am Ende unterhielten sie sich nur noch über die Aktienstände ihrer Portfolios, mit denen sie versuchten, ihren Kindern das College zu ermöglichen.

Es war zum Kotzen und dauerte immer bis zum Mittagessen. Der halbe Tag war im Arsch, und Montags lange im Geschäft zu bleiben, bloß weil da ein paar subalterne Flachwichser eine Meinung zu allem hatten, war nicht mein Ding. Und überhaupt, meine Sekretärin, das wußte ich, hatte während dieser

Sitzungszeiten keine Arbeit und tat nichts weiter als meine Abteilungstelefonrechnung nach oben zu schrauben.

Ich hatte mir deswegen eine besondere Taktik zugelegt. Punkt viertel nach acht mußte meine „rechte Hand" (was für ein Begriff !!) ins Konferenzzimmer „einbrechen"und mir einen Stapel ausgedruckter Emails übergeben, die übers Wochenende aus allen Ecken der Welt eingeträpfelt waren. Ich las die Mails während die anderen palaverten und verzierte deren Ränder mit Anmerkungen. Um 9 Uhr stand „die rechte Hand" dann wieder neben meinem Stuhl, brachte neue Post, nahm die alte mit, und schrieb die Antworten, die ich auf den Print-outs vorgemerkt hatte. Das wiederholte sich stündlich. So hatte sie was zu tun, und meine Zeit war nicht völlig vergeudet. Wenn mir alles zu „bunt" wurde, ging ich ab und zu auch mal austreten … .

Anfangs waren die Herren und Damen die an der Besprechung teilnahmen sehr irritiert. Bemerkten pikiert, ich würde nicht völlig bei der Sache sein (!) und sie damit herabwürdigen. Das Wort „Herabwürdigen" wurde natürlich nicht offen ausgesprochen, aber das war was sie meinten. Sie waren halt sauer. Solche „Ignoranz" hatten sie bisher noch nicht erlitten.

Was gingen mich ihre Probleme an, wenn sie nicht im Entferntesten meine Abteilung oder Arbeit berührten ?

Sie stellten mir dann jedesmal, wenn sie glaubten ich wäre völlig von meiner Lektüre absorbiert, Fragen zum Thema. Hofften mich damit bloß zu stellen. Wie Lehrer in der Schule, die den unter der Bank Comic lesenden Schüler bestrafen wollten. Aber damit kamen sie nicht weit.

Ich antwortete jedesmal, ohne von den Blättern aufzusehen, kurz und treffend. Stellte manchmal sogar Fragen (!) in den Raum die sie nicht sofort beantworten konnten, da sie nie vorbereitet waren. Manchmal zögerte ich auch eine Weile – dann dachten sie, sie hätten mich – um dann langsam die Blätter niederzulegen, meine Brille gedankenverloren vom Kopf zu schälen. Ich blickte dann den Fragestellern in die Augen und ließ Sachen los wie: „Komisch, daß Sie das sagen, ich kann mich an ein Email vom letzten Freitag abend erinnern, in dem Soundso, offensichtlich schon sehr weit von ihnen in die Problematik eingeführt, einen ähnlichen Vorschlag zur Diskussion gestellt hatte." Und dann fuhr ich meistens fort wie „Butler Higgins" in der Fernsehserie „Magnum": „Ich hatte da vor ein paar Jahren eine ähnlich gelagerte Situation in der wir versuchten, wie hier, die Konsumererwartungshaltung mit der FAE –Gleichung des eigentlichen Endverbraucherverhaltens in diesem Marktsegment abzugleichen. Leider hatten wir, wie auch hier, nicht berücksichtigt, daß … ."

Nach einer Weile hörten sie auf mich aus meiner Lektüre zu reißen wenn sie nicht wirklich was von mir wissen wollten, oder es nicht meinen Bereich betraf. Sie resignierten, da sie wohl oder übel akzeptieren mußten, daß ich in der Lage war, zwei Dinge zur gleichen Zeit zu tun - und ich auch in keinster Weise davon abzubringen war. Manche bewunderten mich still dafür, manche haßten mich dafür. „Die Hunde bellen und die Karawane zieht weiter."

Ich war nicht immer so arrogant. Manchmal ließ ich meine Blätter auch einfach „links liegen". Dann ging's wirklich um was. Dann war's manchmal sogar spannend. Ich hatte meine Sachen immer in Ordnung, war vorbereitet, und hatte gute Leute, die gerne mit mir arbeiteten. Das wiederum war ein zusätzlicher Dorn in ihren Augen, da die meisten die für mich arbeiteten, Latinos waren. Dann kam dieses hinter vorgehaltener Hand : „Ein Mexikaner, wie konnte der so jemanden zum Manager befördern !! Auch wenn er gut ist, aber ... . „Vergeßt alles, was ihr über „Chancengleichheit" gehört habt. Firmen die damit Werbung machen, daß sie jedem, ungeachtet der Rasse oder Geschlecht, die gleichen Chancen geben. Das geht alles in Political Correctness unter.

Rassentrennung, nicht nur in Jobkarrieren, ist leider immer noch sehr lebendig in den Staaten. Wenn auch die Methoden sehr sublim sind. Braucht man sich nur z.B. im Sportbereich umsehen. Manche Sportarten werden von "Schwarzen" dominiert (Basketball), manche von „Weißen" (Fußball, Eishockey), manche von „Latinos" (Baseball) ... . Management in USA ist vorherrschend „Weiß". Mal sehen ob sich das in absehbarer Zeit ändert. Aber das nur am Rande.

Der Tag zog sich, und es war doch wieder spät als ich die Tür zu meinem Appartment aufsperrte. Ich fühlte mich rechtschaffen müde, wollte nur noch ein Bier zum Relaxen und ein wenig in die Glotze starren und dann früh ins Bett. Dienstage waren immer besser als Montage, und mit 8 Stunden Schlaf wollte den Dienstag zu einem „Super Tuesday" machen.

Das Lämpchen meines Anrufbeantworters blinkte.

„You have one message ! Monday **5 pm** :"

„Tommes ! Ich hoffe ich hab' die richtige Nummer ... (Münzen fallen) ... ich rufe vom Flughafen aus an ... Mein Vater ist von seiner neuen Uhr absolut begeistert, er kann es gar nicht erwarten sie seinen Freunden zu zeigen ... er möchte sich auch dafür bedanken, daß Du auf mich den ganzen Nachmittag aufgepaßt hast ... Danke für die wundervollen Handschuhe ... ich glaube es war etwas dumm von mir ohne Handschuhe nach New York zu kommen ... im Oktober ... das mit dem Geschniefe den ganzen Nachmittag über tut mir echt leid ... es ist nur so ... die Handschuhe sind aus Mohair ... ich bin gegen Katzenhaare allergisch ... aber sie sind wirklich ganz zauberhaft ... Danke ... ich muß jetzt leider los ... ich ruf wieder an ... schöne Grüße auch von meinem Vater ...(Klick)."

„End of message."

Ich stand etwas erstaunt neben meiner Maschine. Sie hatte vom Flughafen aus angerufen ?! Hmm. Allergie ... warum hat sie nichts gesagt ? ... war sie wirklich überrascht, daß ich die Fäustlinge für sie gekauft hatte ? Und hatte sich dann nicht getraut was zu sagen ? Mußte wohl so sein.

Ich nahm vor dem Fernseher Platz und ließ mich von der Werbung berieseln. Daß die Amis immer nur ans Essen denken ... . Ich nahm den letzten Schluck aus der Flasche und sah sie ungläubig an. Verdammt kleine Flaschen habe die hier ! Ich beschloß auf Mineralwasser umzusteigen. Aber selbst die „Simpsons" konnten mich nicht aus den Gedanken reißen. Ungewöhnlich das Ganze. Vom Flughafen ... ?! War das nur japanische Freundlichkeit ? Ich kannte keinen Japaner, den ich hätte fragen können.

Die ganze Nacht über träumte ich von Uhren und Flugzeugen, und von Flugzeugen die Uhren waren, und von Amerikanischen Bomberflugzeugen die unterhalb der Cockpitfenster 50iger Jahre Bilder von Pinup - Girls aufgemalt hatten. Und Hawaii. Hawaii ?!

Als ich am nächsten Morgen aufwachte war ich einigermaßen darüber erstaunt nicht in einem Hotelbett zu liegen.

15

Dienstag. Außer dem üblichen Morgenstau – Lemminge auf dem Weg in den täglichen Abgrund – und daß mein „Geschoß" wieder mal nicht ohne gutes Zureden ansprang, gab's nichts Erwähnenswertes. Sekretärinnen schmuggelten wie immer „Spülkästen" in ihren „Gymnastik-stretch-aerobic-workout-Hosen", die sie offensichtlich einstimmig als angemessene Arbeitskleidung für Frauen über 120 Kilo auserwählt hatten (Warum immer nur die Dicken ?). Meine war ausnahmsweise mal krank. Hunderte von Emails. Seit sie diese Emails eingeführt hatten, wagte niemand mehr den Telefonhörer zu berühren. Eine Email - tausende von Kommentaren. Jeder hatte was zu sagen. Das war ein Schneeballeffekt von allerreinster Sorte. Es war eben viel zu einfach den „Reply" Button zu drücken und dann ein bißchen Senf dazuzugeben. Meist wurden dann noch zusätzliche Kollegen im Verteiler aufgenommen, und alles kam zehnfach zurück. Mit Kommentar natürlich. Ein guter Nebeneffekt war, daß morgens jeder hinter dem Monitor geklemmt war und im ganzen Büro vollkommene Stille herrschte. Göttliche Ruhe. Unterbrochen von vereinzeltem Telefongebimmel.

Telefongespräche wurden nie angenommen. Man ließ aufs Band sprechen. Nach checken der „Message" wurde auf „Reply" gedrückt. Man sprach die Antwort direkt aufs Band des Anrufers. Menschlicher Kontakt war damit völlig ausgeschaltet.

Das war auch „Usus" innerhalb des eigenen Gebäudes. Selbst mit dem Kollegen im Büro nebenan.

Ich machte mich von Zeit zu Zeit unbeliebt, in dem ich einfach aufstand, und meine Antwort persönlich überbrachte. Oder sogar – unglaublich !!!– ich legte ausgedruckte Emails oder Dokumente mit meinen Anmerkungen, wenn ich die betreffende Person nicht im Büro vorfand, auf deren Stuhl zur Stellungnahme. Lange Dokumente via Email verschickt, wurden gerne ein paar Tage verspätet gelesen (wenn überhaupt) und die darauffolgende Woche beantwortet (wenn überhaupt – meistens wurden sie an einen „Unterling" weitergemailt; das ergab immer eine gute Entschuldigung für verspätete Stellungnahme). Niemand setzt sich auf einen Bürostuhl auf dem etwas liegt. Der Wisch mußte in die Hand genommen werden, um vom Stuhl entfernt zu werden – und war somit empfangen. Die Entschuldigung mit der Putzfrau ließ ich nie gelten.

In der Kantine gab's dann wieder die übliche „sehr kalorienbewusste Ernährung". Egal was man sich vom Buffet auf das Tablett lud - alles war vollgestopft mit Zucker, Fett oder netter „Frischhaltechemie".

Selbst die Salatsoße hatte 25% Zucker ! Der werbegläubige Amerikaner versucht deshalb mit einer „Cola Light" - kein Fett und null Kalorien (!) - sein Mahl „kalorienerträglicher" zu machen. Was dann klarerweise zur Verstopfungen und Sodbrennen führt.

Aber dafür gibt's ja dann auch Mittelchen ... . Sekretärinnen, die befürchteten, daß der Genuß einer „Cola Light" vielleicht zu Zuckermangelerscheinungen führen könnte, hatten vorgesorgt. Sie hatten Glaskugeln im Zementmixerformat, mit Minischokolade oder Gummibärchen bestückt, auf ihren Schreibtischen plaziert. Hatte ich schon bemerkt, daß viele dieser „Nymphen", Minivans oder Kombis als Transportmittel von und zu der Arbeit bevorzugten ... ?

Die Büros befanden sich im ersten Stock und die Treppenhäuser waren zu jeder Tageszeit mit Garantie ein Ort, in dem man niemanden jemals antraf. Die Lifte waren „Oversized". Cholesterin lag zum Schneiden dick in der Luft.

Dienstag Abend:

> „You have one message ! Tuesday 4 pm :"

> „Hi Tommes ! Ich hoffe Du hast meinen letzten Anruf bekommen. Wir haben einen Layover in Hawaii. Der Flug war schrecklich. Ich vermisse Dich. Mein Vater weiß nicht, daß ich dich anrufe. Ich gebe Dir meine Nummer sobald ich Zuhause bin. Ich glaube ich habe mich verliebt. Sei nicht böse mit mir. Ich melde mich wieder."

Böse ? Zwei Anrufe in zwei Tagen. Für sie war's nur ein Tag. Ein verdammt langer Tag. Diese Transkontinentalflüge sind ermüdend. Das wußte ich aus eigener Erfahrung. Sie hatte sich also verliebt. Glaubte sie jedenfalls. Tokio war von New York City mehr als nur einen Fußmarsch weit weg. Eine Freundschaft, geschweige denn eine Liebesgeschichte, auf eine solche Distanz aufrechtzuerhalten ist fast unmöglich. Das klang stark nach Teenagerliebe. So mit Teddybären und Postern von Pferden und Neil Diamond im Kinderzimmer. Langes Schmachten und so ... Aber sie gab einem eigentlich nicht den Eindruck ein Teenager zu sein. Sie war mehr eine sehr gutaussehende Frau Anfang zwanzig. Die Kleidung, die Art wie sie sich gab. Wie sie sprach. Wie sie sich bewegte. Hatte ich gesagt gutaussehend ? Glatte Untertreibung. Da war mehr als nur das. Manche Menschen strahlen von innen heraus. Sie war so jemand, dachte ich mir. Mir fielen nur kitschige Beschreibungen über ihr Äußeres ein. Also versuchte ich das Ganze etwas rationaler zu betrachten.

1.: Ich kannte sie nicht.

2.: Ich wußte sie war aus Japan, hatte eine Katzenhaarallergie und einen reichen Vater.

3.: Sie sah unglaublich aus und hatte guten Geschmack – wenn auch teuer – jedenfalls was ihre Kleidung betraf.

4.: Keine Ahnung was sie in Japan so tat, und womit sie sich ihren Lebensstil finanzierte.

Vielleicht war sie ja ein verzogenes Gör reicher Eltern ?! Eine, die sich an ältere Männer 'ranwarf, weil die mehr Kohle hatten als ihre Altersgenossen. Eine, die das Geld und die neue Vaterfigur eine Weile genoß und dann wieder ihres Weges zog. Gebrochene Herzen pflasterten ihren Weg ... . Ältere Männer, denen der Geifer aus den Mundwinkeln tropfte, die versuchten sie zurückzuerobern. Wenigstens für eine Nacht.

Aber irgend etwas sagte mir, daß das weniger wahrscheinlich war. Solche kannte ich. Solche waren wesentlich raffinierter auf ihren Beutezügen, und hatten mehr den vagen Unterton eines Flittchens, und eine Ausstrahlung, die jeden Mann sich des nächtens schlaflos im Bett wälzen läßt, weil sie sich nicht sicher sind was da eigentlich abläuft. Auf der einen Seite sehen sie einen Engel, den sie nicht beschmutzen wollen, oder dürfen (da gibt's sowas wie eine Ethik), auf der anderen Seite einen Vamp, wenn auch im Babystadium. Sie denken, sie wären die ersten echten "Lover" und hätten sicher die volle Verantwortung zu tragen wie sich das Sexualleben ihres Opfers in der Zukunft abspielte. Auf der anderen Seite waren sie sich nicht sicher, ob sie wirklich einer der Ersten waren. Vielleicht hatte sie ja das volle Programm schon drauf und brauchte nur etwas Stabilität im Leben ?

Jeder Mann hat da so einen Beschützerinstinkt – tief vergraben im Unterbewußtsein. Man kann schlecht damit umgehen. Besonders in diesen Stadien der „Reversen Psychologie", die einen zum Opfer der Umstände machen. Die Literatur ist voll von Selbstmorden liebeskranker Männer mittleren Alters. Aber lernen kann man davon nicht. Denn wenn es einen selber trifft, dann ist das immer etwas anderes. Na Klar ! Liebe macht blind. Selbsttäuschung ist dann die Regel, nicht die Ausnahme. Sie waren meist selbst das Opfer, wußten es nur nicht, wollten es nicht wahrhaben. War ich jetzt schon ein Opfer ?! Warum dachte ich über diesen ganzen Mist nach ? Zwei Telefonanrufe einer übernächtigten Frau im heiratsfähigen Alter. Heirat ? Mein Gott, hol Dir ein Bier bevor der Kühlschrank „zumacht". Diese kleinen Flaschen schon wieder ... zum Glück gibt's „Minners" in Männergrößen in dieser Stadt.

Mittwoch

„You have no messages !"

Donnerstag.

„You have no messages !"

Freitag.

„You … ."

Naja. Meine Freunde rufen mich in der Arbeit an, wenn sie was von mir wollen, oder übers Handy … .

Da stand ich nun Freitag abend vor dem Spiegel, band mir eine Krawatte um, - Cocktailempfang einer Ausstellungseröffnung - und stellte mir die Frage: „Warum ruft die eigentlich nicht mehr an?"

Krawatten außerhalb der Arbeit sind für Idioten. Oder Männer die es wirklich „nötig haben". Ich pfefferte das Teil in die Ecke und entschloß mich, einen schwarzen Rolli unter dem dunkelgrauen Anzug zu tragen. Kommt künstlerischer. Angemessener. Ich betrachtete mich im Spiegel. Noch keinen Bauch. Gar nicht schlecht für mein Alter. Kann verstehen, daß die was von mir will … - DU DEPP !!!

Auf dem Empfang waren wieder die üblichen Kreaturen … lassen wir das. Ist schon nicht mehr komisch. Erstaunlich, wer sich da alles wichtig vorkommen darf.

Die Cocktails waren OK. Der Schampus aber von der allerbilligsten Sorte. Peinlich, peinlich. Ich stieß auf einen Fotografen, den ich vor langer Zeit mal zu einem ähnlichen Anlaß getroffen hatte. Er langweilte sich genauso wie ich, und wir beschlossen dem Abend in der Irish Bar nebenan ein angemessenes Ende zu bereiten.

Nach ein paar „Dunklen" gingen uns die Geschichten aus und ich fand mich um zwölf Uhr, mit einem Aspirin intus, glücklich mein Kopfkissen umarmend, in meinem Bett wieder. Der Wetterbericht für morgen war gut. Aber was sagt schon ein Wetterbericht .

Zehn Uhr. „Rise and Shine". Ich ging zum Bäcker um die Ecke und gönnte mir ein Cream Cheese Bagel mit Schnittlauch. Einen Kaffee. Das Wetter war wie versprochen gut. Der Kaffee eine braune Pfütze.

Wieder Zuhause:

> „Saturday 11 am. You have one message ! :"

Das war SIE ! Iyaia ! Kurzer Aufspruch sie probiert's in zwei Stunden wieder.

Ich saß vor dem Anrufbeantworter wie die Schlange vor der Maus. Nur – Schlangen haben keine feuchten Finger ... sind Kaltblütler.

Es war wie „Milch beim Kochen zuschauen". Man schaut und schaut und nix passiert. Sobald man wegsieht kocht's über. Solange man schaut ... . Das scheiß Teil wollte nicht klingeln. Ich ging pinkeln und es läutete. Mitten im Getröpfel – aber ich war schlau. Schnurlose Telefone kann man mit auf's Klo nehmen.

War aber nur ein Typ der mir ein Abonnement für 'ne Zeitung verkaufen wollte. Direktmarketing. Naja. Und mit Pissen war's jetz' auch nichts mehr.

„Stresspinkeln" – oder „Angstpinkeln" wie einst ein Lehrer in unserer Schule mal so treffend bemerkte, wenn der Großteil der Klasse regelmäßig kurz vor der Abfrage plötzlich „Austreten" mußte.

Ich vertiefte mich in die Samstagsausgabe der New York Times. Der Bürgermeister hatte mal wieder eine nicht nachzuvollziehende Meinung über ein bestimmtes Gemälde in einer Ausstellung. Er wollte mal wieder die zur Verfügung gestellten Gelder zurückziehen. Kalter Kaffee. Immer dasselbe. Aber nervtötend auf die Dauer.

Das Telefon klingelte. Ich starrte es ungläubig an und hätte beinahe vergessen es abzuheben.

Es war Iyaia. Live aus Tokio. Ich war seltsam ruhig. Dann war da wieder dieses Lachen – und sie hatte mich „mit Haut und Haaren" gefangen.

Es war merkwürdig einfach, sich mit ihr zu unterhalten. Die Minuten gingen vorüber wie nichts. Inseln der Seligkeit. Gelächter und Momente der Stille. Stille, die so angenehm und natürlich war, daß sie uns mehr verband als tausend Worte. Sie wollte wiederkommen. Bald. Im Dezember hätte sie zwei Wochen. Ob mir das passen würde ? Na und wie mir das passen würde !! Phantastisch !

Sie müßte aber erst ihre Eltern um Erlaubnis bitten, weil ... weil New York ja doch ein wenig weit weg war.

Ich legte den Hörer auf und dachte nach. Aber es fiel mir kein Grund ein, warum sie nicht kommen sollte. Bißchen Sightseeing in New York. Romantische Schlittenfahrten bei leichtem Schneegestöber im Central Park ... Weihnachten ... Genial.

Tage und Wochen vergingen. Wir riefen uns gegenseitig an, verbrachten Stunden am Telefon. Sie mochte es nicht wenn ich ihr Postkarten schrieb, aber sie sagte nie warum. Sie wollte lieber meine Stimme am Telefon hören –und das war OK. Weihnachten kam immer näher und die Telefonanrufe kamen in immer kürzeren Abständen. Ich freute mich immer mehr sie wieder zu sehen, und sie endlich einmal in meinen Armen zu halten.

Eines Samstag Morgen rief sie wieder an. Ihre Stimme zitterte, und es dauerte nicht lange bis sie das Heulen anfing. Ich konnte sie kaum beruhigen. Es dauerte eine Weile bis sie sich soweit unter Kontrolle hatte um wieder zusammenhängende Worte herauszubringen.

„Meine Mutter hat mir verboten nach New York zu kommen"

„Hast Du ihr erzählt, daß Du mich besuchen kommst ?"

„Ja !"

„ ... und ?"

„Das ist es ja. Sie will nicht, daß ich Dich sehe !"

„Warum ?"

„Sie denkt das alle „Westler" Teufel sind. Sie befürchtet das Schlimmste. Sie will nicht, daß ich nach New York gehe und mich mit einem „Teufel" treffe. Das ist schlecht für mich und für das Ansehen der ganzen Familie. Schlimm genug, daß ich mit meinem Vater nach USA geflogen bin. Und jetzt alleine. Sie sagt, sie will das nicht akzeptieren ! Der Westen würde mich verderben. Du würdest mich verderben."

Das war starker Tobak. Konservative japanische Lebensanschauung. Was sollte ich da machen ? Der Westen gegen den Osten – oder umgekehrt ?!

„Hast Du mit Deinem Vater geredet ?"

„Nein – noch nicht."

„Rede mit Deinem Vater. Nein – rede mit Deiner Mutter und versuch sie zu überzeugen, daß alles nur halb so schlimm ist. Sag ihr, daß Du ihr nicht hättest sagen müssen, daß Du mich besuchen kommst, aber da ich die Hälfte von dem Ticket zahle hast Du gedacht, daß es nur fair wäre, daß sie es wüßte. Sag ihr, ich habe genügend Gästezimmer, ... daß andere Freunde von mir mich auch besuchen kommen. Schließlich ist Weihnachten ... wir wollten alle zusammen feiern. Ich hab auch japanische Freunde hier, die Weihnachten mal so richtig genießen möchten ... ."

Ich redete, als ginge es um mein Leben. Gab ihr Gründe die vielleicht die Mutter verstehen könnte. Gründe, die den Besuch als ein kulturelles Ereignis darstellten. Eine Art „Horizonterweiterung". Da mußte ich schmunzeln. Sicherlich würde sich da was „Horizontales" ergeben. Hoffte ich wenigstens. Aber wichtig war erstmal, daß sie rüberkommen konnte.

„Vielleicht komme ich einfach ohne meinen Eltern was zu erzählen ... ."

„Bloß nicht. Das geht nicht gut. Probier's noch mal. Mit Deiner Mutter. Und wenn das nicht geht, dann frag Deinen Vater, der kennt mich wenigstens. Vielleicht ist er ein bißchen relaxter. Ich glaube kaum, daß er der Meinung ist,daß alle Westler Teufel sind."

Sie versprach wie ein gutes Mädel, alles zu versuchen und dann wieder anzurufen. Ich konnte es kaum erwarten.

Anfang Dezember kam dann der Anruf. Sie hatte mit ihrem Vater gesprochen. Seine Worte waren etwas mysteriös – aber positiv. Sie durfte kommen. Unter folgenden Bedingungen : Sie, Iyaia, sei seine Blume, die seine Familie schmückte. Sie würde die Reise von ihrem eigenen Geld bezahlen müssen. Falls in New York Probleme auf sie zukommen würden, so würde er ihr natürlich sofort genügend Geld schicken um sie sicher nach Hause zu bringen. Da er aber denke, daß ich ein Mann von gutem Charakter wäre, hätte er keinerlei Bedenken, daß ich seine Blume gut beschützen würde und sie auch von heiklen Situationen fernhalten könnte. Schöne Grüße auch an Joe, den er bald wieder zu treffen wünsche.

„?????"

Was auch immer ! Keine Ahnung wovon er redete, aber egal. Ob Blume oder nicht. Sie durfte kommen. Und das war das Wesentliche. Ob ich sie am 20ten Dezember um 6.30 Uhr abends vom JFK Airport abholen könnte ? Sie sei ein kleines, japanisches, Mädchen, in der großen Stadt New York, und hatte Angst so ganz alleine ein Taxi vom Flughafen zu nehmen. Kein Problem sagte ich ihr. Ich werde da sein.

20ter Dezember. Freitag.

Ich arbeitete von Zuhause. Ich hatte bis einschließlich fünften Januar Urlaub. Sie sollte am Fünften wieder zurück fliegen. Am Achten dann wieder Büro. Ich konnte den ganzen Tag an nichts anderes denken als daß ich sie später sehen könnte. Am Tag ihres Abflugs hatte sie noch mal angerufen und mir versichert, daß sie bald auf dem Weg zum Flughafen war.

Der Verkehr durch Brooklyn war wie immer zäh. Stop and Go. Ich wollte nicht zu spät kommen, hatte mir aber wie immer zu wenig Zeit gegeben. Hatte das Appartment aufgeräumt und wie immer die Zeit vergessen. Das eine kam zum anderen, und plötzlich war's 5 Uhr. Rein ins Taxi und ab ! Hab' gerade noch Zeit gehabt eine einzelne rote Rose zu besorgen. Scheiß Verkehr. Warum geht das so langsam ?

Der Flieger war pünktlich. Ich war pünktlich. 6.30 Uhr. Sie würde ungefähr eine halbe Stunde brauchen um das Gepäck vom Band zu zerren und durch den Zoll zu kommen. Ich ließ mir einen Kaffee aus der Maschine, obwohl ich schon nervös genug war. Mischte mich unter das bunte Volk der Limofahrer und erwartungsvollen Verwandten, Freunden, Liebhabern.

Ich war der einzige Mann mit einer Rose in der Hand, aber es machte mir nichts aus.

Die Minuten zogen sich wie Kaugummi. 6.45 Uhr. Die ersten Geschäftsreisenden mit ihren „Anzugbeuteln" hasteten durch die Meute und suchten die Schilder der Limofahrer nach ihren Namen ab. Verschwanden in der Menge als hätten sie Feuer unterm Arsch. Ankündigungen von verspäteten Flügen über Lautsprecher. Polizisten, auf der Suche nach illegalen Taxifahrern, schoben sich durch die Menge.

Passagiere mit geblümten Tuchkoffern, Lederimitationpilotenkoffer und mit Paketband verklebte Pappkartons mit wild aufgemalten japanischen Schriftzeichen. Begrüssungsumarmungen, Küßchen auf die Wangen ... .

Die Menge schwoll an. Schwoll wieder ab. Sie war nicht dabei. Die „JAL 006" verschwand von der Anzeigentafel.

Ich beschloß zu warten. Vielleicht hatte man sie bei der Einwanderungsbehörde aufgehalten ? Sowas kommt vor. 7.20 Uhr. Sollte ich zu „Japan Airlines" gehen und jemanden überreden auf der Passagierliste nachzusehen ? Aber da müßte ich in die Abflughalle. Ein kleines Mädchen schob auf einem Gepäckwagen zwei Koffer durch den Ausgangsbereich. Sie sah verloren aus.

Ein altrosa Wollmantel mit passendem, altrosa, Hut. Der Deckel sah aus wie ein wollener Tropenhut, so zirka 1920 - Großwildjagd in Afrika. „Hemmingway Revival Outfit" in altrosa. Ziemlich „neben der Kappe". Vielleicht „der letzte Schrei" in japanischer Kindermode. Garantiert nicht „New York Proof", aber bestimmt warm.

Das kleine Mädchen änderte seinen Kurs und steuerte direkt auf mich zu. Schob den Gepäck wagen von sich, fing an zu rennen, riß sich den „Tropenhelm" vom Kopf. Ein Schwall langes, blauschwarzes, Haar kam zum Vorschein (Iyaia !?).

Lachen echote in der fast leeren Ankunftshalle. Das Lachen kannte ich !

Das war völlig unmöglich ! Das Kind war höchstens Zwölf. Sie riß mich fast um. Wir drehten uns eng umschlungen in Kreis. Ihre Füße verloren an Bodenhaftung. Wir drehten und drehten uns. Ich fand mein Lachen wieder. Stellte sie auf den Boden. Sie küßte mich tausend Mal. Kurze Küsse überall im Gesicht, wie ein Huhn das nach Körnern pickt. Schließlich sahen wir uns in die Augen. Ich drückte sie stumm an mich und schloß die Augen. Strich ihr über den Kopf. Das war nicht die Frau die ich in Erinnerung hatte. Das war ein kleines japanisches Mädchen. Mit wunderschönen Haaren und einem bezaubernden Lachen. Ich hob die Rose auf, die ich fallengelassen hatte. Sie strahlte mich überglücklich an. Ihre Wangen glühten. Sie senkte ihren Kopf.

„Wir müssen die Koffer holen."

Ein älterer Mann kam uns mit dem Gepäckwagen entgegen. Er hatte den Hut obenauf gelegt.

„Ist das nicht schön ? Sieht man nicht oft, daß sich eine Tochter so freut ihren Papi zu sehen. Oder ?"

„Tja ... .", sagte ich.

Wir gingen zu den Taxen und verstauten die Koffer. Händchenhaltend auf der Rücksitzbank schlingerten wir Manhattan entgegen. Der Fahrer entschied sich für die Williamsburgh Bridge. Als die Skyline am Horizont erschien, wunderschön in der Nacht glitzernd, zeigte ich mit dem Finger nach Westen, gab ihr einen Kuß.

„Welcome back to New York !"

Ich sperrte die Haustür auf, verstaute ihre Koffer im Schlafzimmer und fand sie halb eingeschlafen auf dem Sofa im Wohnzimmer wieder. Sie war müde. Sehr müde. Der lange Flug war „took it's toll". Ich führte sie ins Schlafzimmer und zeigte ihr das Bett.

„Frisch bezogen, extra für Dich !"

„Danke – ich bin wirklich müde, sei mir nicht böse, bitte !"

„Kein Problem. Badezimmer ist um die Ecke. Ich muß noch ein paar Sachen hier wegräumen und dann komme ich auch. Ich hatte einen langen Tag", log ich.

Sie kam aus dem Badezimmer wieder, legte sich aufs Bett. Zog sich die Bettdecke bis unters Kinn. Sah mich an.

„Du willst mir aber nicht erzählen, daß Du nach 17 Stunden Flug in voller Montur schlafen willst ?!"

Sie sah mich kurz an. Dann schlug sie die Bettdecke zurück und entkleidete sich mit wenigen Handgriffen . Ich wollte wegsehen, oder aus dem Raum gehen, aber ich stand einfach nur dumm im Zimmer 'rum. Der BH fiel zu Boden, der Slip rollte sich zu einer Wurst zusammen als er heruntergeschoben wurde, und gesellte sich zu den anderen Kleidungsstücken neben dem Bett. Sie hüpfte rückwärts auf die Matratze – Arsch zuerst – verstaute ihre Beine unter dem Laken, und zog dann die Decke wieder unters Kinn. Sie betrachtete mich eine Weile auf der Seite liegend.

„Ich muß jetzt schlafen, ich muß morgen frisch sein. Es gibt soviel zu sehen. Zwei Wochen sind eine kurze Zeit." Schloß die Augen und wurstelte sich noch ein bißchen zurecht.

„Ich komme dann später"

„Ist gut", murmelte sie.

Ich ging ins Wohnzimmer. Ihr Körper war makellos. Klein. Weiß. Leuchtend und frisch. Kein Gramm Fett zuviel oder zuwenig. Makellos geformt. Dunkelrosa Knospen hatte meine Blume. Ich schenkte mir einen Cognac ein, zündete mir eine Zigarette an, und dachte nach. Was war mir da ins Haus geflogen ?! Die konnte ich nirgendwo mit hin nehmen ? Die würden sie in keine Kneipe, in keine Disco oder Club reinlassen. Wieso ... wieso sah sie so jung aus ? Hatte sie ihre kleine Schwester geschickt ?

Auf dem Couchtisch lag ihre Handtasche. Neben der Handtasche das Flugticket und ihr Reisepaß. „Der Reisepaß !!!", fuhr es mir in durch den Kopf. Ich hasse es in anderer Leute Privatsachen zu wühlen. „Was man Dir tut, das füge keinem andern zu", oder so ähnlich. Aber da lag der Paß, frei verfügbar, mitten auf dem Tisch. Ich sah zur Schlafzimmertür, wie ein kleiner Dieb der nicht erwischt werden möchte - aber sie war bestimmt schon im Reich seliger Kinderträume. Kein Wunder, daß die Mutter nicht wollte, daß sie alleine nach New York käme. Ich konnte mich aber nicht dazu durchringen den Paß in die Hand zu nehmen. Da brauch' ich noch einen Cognac dazu.

Ich entfaltete meine alten Gebeine und ging zum „Giftschrank". Schenkte mir noch einen doppelten Hennessy ein. Setzte mich wieder auf das Sofa und schnappte mir das Teil beim Hinsetzen. Der Cognacschwenker gab ein kratzendes Geräusch von sich, als ich ihn auf die Glasplatte setzte. Ich öffnete das Dokument.

Da stand:

Iyaia Kazumi, geboren Februar – sie war siebzehn ! Nächsten Februar Achtzehn ! Ich war erleichtert. Keine Zwölf. Naja, Zwölf wäre ja auch aber etwas tief gegriffen. So in den gegebenen Umständen. Aber das Paßfoto überraschte mich. Schwarzweiß zwar, aber da lachte mich eine asiatische Schönheit an, die locker als Mitte/Ende Zwanzig durchging.

Das Makeup ! Das war es !

Sie trug heute kein Makeup !

Das Rätsels Lösung ! Ohne Makeup sah sie aus wie zwölf. Mit Makeup wie Fünfundzwanzig. Wahnsinn ! Was man mit ein bißchen Farbe an den richtigen Stellen alles erreichen konnte.

Ich lachte leise in mich hinein. Ich fühlte mich so viel besser. Siebzehn, das war wenigsten etwas. Und mit ein bißchen Schminke sollte der Rest – abends weggehen und so - auch kein größeres Problem mehr sein. Aber Siebzehn. Wie war das mit Sex ? konnten die mich hier in den Staaten einlochen. Erwachsen, über Einundzwanzig – Sex mit einer Minderjährigen ? Wann ist man hier im Staat New York zum Abschuß freigegeben ? Mit Sechzehn ? Achtzehn ? Mußte man sich in der gleichen Altersstufe befinden ? Sechzehn darf mit Achtzehn bumsen, aber nicht mit über Einundzwanzig ? Heißes Eisen. Besser ich frag da mal bei den Eingeborenen hier nach. Wie das so ist mit dem Einlochen. Zeit für's Bett. Sie wollte morgen fit sein.

Besser ich stehe dann auch senkrecht auf der Matte. Wer weiß wann die morgen Früh aufwacht. Mit dem ganzen Jetlag und so ... .

Ich kippte den Rest Cognac, der übrigens in meiner, dieser „Quasiabstinenzzeit", schon nach zwei Gläsern eine erstaunliche Wirkung zeigte, und eierte in Richtung Bett. Ganz dunkel war es in meinem Schlafzimmer nie. Eine Straßenlampe leuchtete des Nächtens immer schwach durch die Vorhänge.

Ich sah Iyaia im Laken eingewickelt liegen. Nur ihre Haare schauten hervor. Ich zog mich aus und glitt langsam und leise ins Bett. Sie schmiegte sich rückwärts an mich. Ich legte meinen Arm um sie und suchte meine Schlafstellung. Sie war hellwach. Sie drehte sich zu mir und gab mir einen Kuß auf die Nase.

„Ich liebe Dich ! Ich liebe Dich wirklich. Mit meinem ganzen Herzen. Mit allem was ich habe. Bitte ... sei vorsichtig mit mir – tu mir nicht weh. Ich möchte mit Dir „Liebe machen". Aber ich bin noch Jungfrau."

Warum war ich nicht erstaunt, fragte ich mich ... ? Ich drückte sie fest an mich, und wir schliefen ein. Löffelchenstellung ohne Sex.

19

Am nächsten Morgen waren wir beide frisch und ausgeruht. Sie duschte und entstieg dem Badezimmer voll geschminkt. Es war ein Unterschied wie Tag und Nacht. Eine wundersame Verwandlung. Vom Kind zur Frau. Leichter Parfumduft erfüllte das Appartment. Das gab's schon lange nicht mehr. Sehr angenehm.

Während ich mich „frisch machte", packte sie ihre Koffer aus und verstaute ihre Sachen bei mir im Schrank. Ich bemerkte da so einige Veränderungen in meiner „Kleiderordnung", aber das war OK. Solange ich meine Sachen noch finden konnte ... . Warum auch nicht ? Sie war ja jetzt hier für 2 Wochen praktisch Zuhause. Und sollte sich auch so fühlen. Zeit für's Frühstück und Pläne schmieden. Um irritierende Momente des Schweigens bei unserem ersten gemeinsamen Mahl zu vermeiden, führte ich sie zum Bäcker um die Ecke. Außerdem war mein Kühlschrank leer.

Der polnische Meister dieses „Back - Etablissements" gab mir einige belustigte Augenzwinkerer und diverse Kopf - und Handzeichen, die wohl bedeuten sollten, daß er von meiner Frauenwahl an diesem Morgen sehr beeindruckt war. Iyaia stand vor dem Tresen, und konnte sich nicht entscheiden was sie bestellen sollte. Es dauerte eine halbe Ewigkeit bis sie wußte was sie wollte. Der Pole hatte Spaß dabei.

Als er dann schließlich und endlich uns unsere Eier servierte, erwähnte er stolz, daß der Kaffee heute „auf's Haus" ginge. Sie hatte vergessen sich was zum trinken zu bestellen, und fragte ob sie grünen Tee haben könnte. Grünen Tee gab's nicht.

„Eiswasser für die Dame ?"

Und wieder ein Augenzwinkern – polnischerseits. Der Mann hätte Komödiant werden sollen. Aber sie sah heute morgen wirklich umwerfend gut aus.

„In Japan esse ich Reissuppe und Gemüse zum Frühstück."

„Bist aber nicht in Japan."

„Ich hab auch noch nie Kaffee getrunken."

„Wird's Zeit. Ist aber leider nicht das beste Land um zum erstenmal Kaffee auszuprobieren. Ist meistens wirklich schwach. In Paris gibt's guten Kaffee, oder in Wien."

„Fahren wir nach Wien ?"

„Klar, gleich heute Nachmittag. Wir können uns ein Auto mieten und den neuen Transatlantiktunnel ausprobieren. Müßten in einer Woche oder so ankommen!"

Sie warf mir einen bösen Blick zu. „Nipponte" aber vom Kaffee.

„Gar nicht so schlecht!"

„Poland Special – dritter Aufguß!"

Sie sah mich verständnislos an. Besser ich nehm' einen Fuß vom Gas, dachte ich mir. Ich war bekannt für meine schlechten Witze. Vielleicht sollte ich am ersten Tag unseres „Abenteuers" die Eingewöhnungsphase besser etwas ausdehnen. Ich zauberte in bester Touristenmanier einen Stadtplan auf den Tisch, und zeigte ihr wo wir uns befanden. Der Flohmarkt hier, und da das Café, meine Wohnung, die Bäckerei ... . Sie wollte das Touristenstandardpaket für den Anfang. Statue of Liberty mit Ellis Island, Bustour durch Manhattan, Empire State Building ... .

„Na, da müssen wir uns aber ranhalten. Trink den Kaffee aus. Los geht's!"

An der Fähre standen die „Touris" in Achterreihen 100 Meter in der Schlange. Das war nix. Ich suchte am Kopfende der Schlange nach einer Familie mit quengelnden Kindern.

Bingo !

„Bleib' da stehen und schau ein paar Mal auf die Uhr. Die Kinder werden Dich bestimmt nach einiger Zeit angrinsen. Ich hol' inzwischen die Tickets."

Das Timing war perfekt. Als ich zurückkam, hatten die Kinder mit Iyaia schon Kontakt aufgenommen. Die Fähre war gerade dabei die ersten Passagiere einzuladen. Die Menschenmenge kam in Bewegung. Ich gab Iyaia die Tickets, sie duckte sich unter der Absperrung durch, ich folgte ihr - und grinste die Mutter wortlos aber freundlich an. Der Rest der Anstehenden war viel zu sehr damit beschäftigt Tickets zu suchen, als daß sie mitbekommen hätten können was da eigentlich ablief. Wir waren auf dem Schiff. Wir hatten eine Stunde Zeit gewonnen. Iyaia drückte mir einen dicken Kuß auf die Wange.

„Du bist so klug !"

Bei Liberty Island gingen wir nicht von Bord. Erstens hatte ich keine Lust nach der Statuenbesichtigung wieder für eine Stunde anzustehen um zurück auf den „Dampfer" zu boarden, und zweitens schaut die Statue vom Schiff aus eh viel besser aus. Ellis Island war wie immer beeindruckend. Sie hatten sogar die „Audio Tour" auf Japanisch. Voller Erfolg ! Beim „Empire State Building" wollte ich es wieder mit dem gleichen „Schlangentrick" versuchen, aber das stellte sich als nicht nötig heraus. Die „Menschenmassenkoordinierungsperson" war Japaner, und aus mir unerfindlichen Gründen (Schönheit meiner Begleitung ?!) schleuste er uns direkt vor die Aufzugstür. Nach der Citytour in den frühen Abendstunden macht sich ihr Jetlag bemerkbar, und wir beschlossen einen Boxenstop zuhause einzubauen. Der war's dann auch für den Tag. Unsere Beine wollten nicht mehr weiter.

Andere Sehenswürdigkeiten standen auf dem Programm. Aber es war eigentlich egal wo wir hingingen. Sie wandelte durch die Stadt als wäre sie noch nie hier gewesen. Mit ihrem Vater, sagte sie, hatte sie nur einmal New York besucht. Das war der Trip an dem ich sie getroffen hatte. Ihr Vater war immer sehr beschäftigt - tagsüber. Abends nahm er sie auf Geschäftsessen mit, aber tagsüber hatte er keine Zeit.

Sie wollte so viele Dinge sehen, aber sie wußte nicht wie sie in dieser Stadt von A nach B kommen konnte. Sie hatte es einen Tag mit der U-Bahn versucht, aber jedesmal wenn sie an einer Station ankam, fand sie erst heraus wo sie war, nachdem die U-Bahn sich schon wieder in Bewegung setzte. Oben auf der Straße verlor sie dann immer die Orientierung und ging in die falsche Richtung los. Schließlich probierte sie es dann mit Taxen. Aber es war zu nervenaufreibend andauernd im Stau zu stehen ... man kam nirgendwo an.

Wie ich so zuhörte ... man hätte meinen können, da lief eine neurotische New Yorkerin neben einem. Ob die nicht die selben Probleme in Tokio haben, fragte ich mich. Egal, sie ist dann eben die ganzen Tage einkaufen gegangen, 5th Avenue, Macy's etc. Na wenigstens Macy's als Touristenattraktion würde mir erspart bleiben. Danke, Danke, Danke ... . Chinatown, Lower East Side. Ich führte sie in mein Stammcafe, es war Zeit etwas auszuruhen.

Das Café war zu meiner Überraschung vollgepackt mit Japanern.

„Hey – fühl' Dich wie Zuhause. Schau mal ob Du rausbekommen kannst, ob die hier für „Pearl Harbour II" proben ?"

OK - war daneben. Geb' ich zu. Aber komisch war das schon, mit den ganzen Japanern und so. Sie hätte nicht rumfragen brauchen. Das Café war ziemlich klein und ich sah sehr bald was los war. Hinten im Raum saß ein sehr bekannter Amerikanischer Underground Filmproduzent, der gerade mit seinem neuesten Film ziemlich „gut dabei" war. Seine graue Mähne leuchtete inmitten der japanischen Schwarzköpfe.

Sie kam aufgeregt zurück:

„Da hinten sitzt .."

„Ja, ich weiß."

Sie konnte nicht stillsitzen.

„Kommt sowas hier öfter vor ?", fragte sie.

„Keine Ahnung."

„Meinst Du ich kann ihn später um ein Autogramm fragen ? Wenn er fertig ist ?"

„Warum nicht. Solange Du mir versprichst, ihn nicht zu überreden auf Deiner Brust zu unterschreiben !"

Wir mußten warten bis das Interview zuende war. Sie nahm ihren ganzen Mut zusammen. Minuten später kam sie freudestrahlend mit einem Autogramm zurück. Sie war wirklich stolz. Sie hatte seinen neuesten Film in Tokio gesehen. Er handelte von einem Samurai und hatte gute Kritiken bekommen. Und jetzt hatte sie ein Autogramm ! Ihre Freunde würden vor Neid erblassen. Daheim in Tokio. Einfach phantastisch. Sie wollte noch einen Kaffee. Die Japaner verließen die Lokalität und die üblichen Gäste bevölkerten jetzt wieder das Café.

„Die Frauen hier haben so ganz andere Sachen an, als im restlichen New York !"

„Bis jetzt waren die meisten Frauen, die Du auf der Straße gesehen hast, normale Touristen. Die hier sind Studenten, Künstler, Filmemacher und Musiker. Die ziehen sich klarerweise anders an. Die meisten haben auch nicht genügend Kohle um da einkaufen zu gehen, wo Du Dich bei deinem letzten Einkaufsbummel rumgetrieben hast. Vieles hier kommt aus Secondhand Geschäften, oder Designshops um die Ecke. Nix Soho oder so."

„Meinst Du, Du könntest mir ein paar von den Läden zeigen? Ich will auch solche Sachen haben."

Wir gingen also Einkaufen. Sie fand ein absolut scharfes, Silber schimmerndes, Minikleid in einem kleinen freundlichen Designshop, der der Designerin selbst gehörte. Es war wie gemacht für sie. Sie sah umwerfend darin aus. Wollte es gar nicht mehr ausziehen. Dann sah sie den Preis ! 700 Dollar ! Leider zu teuer, fand sie.

Während sie sich wieder umzog redete ich mit der Designerin. Es war ein Schaustück erklärte sie mir. Man könnte da am Preis was machen.

„Ich erinnere mich an unsere letzte Unterhaltung mit Joe. Du wolltest doch unbedingt die eine Uhr, die er da hatte ? Wenn ich die Dir besorge ... _! Joe ist ein guter Freund von mir. Uhr gegen Kleid ?! Weihnachten steht vor der Tür ... "

Iyaia kam aus der Umkleidekabine wieder, und sah sich noch ein wenig um. Kaufte dann schließlich einen viel zu kurzen Rock. Handelte wie ein Roßtäuscher, nachdem sie herausgefunden hatte, daß ich die Besitzerin kannte.

Wir gingen nach Hause und sie legte sich ein wenig hin. Ich nützte die Zeit um ein paar geheime Telefonanrufe zu machen.

Joe erklärte mir, daß es in New York legal war mit einer siebzehnjährigen Sex zu haben. Sechzehn war gegen das Gesetz. Siebzehn OK. Was ein Jahr alles ausmachen kann ... .

Abends nahm ich sie in einen Latinotanzschuppen in Avenue D mit. Die Caipirinhas vertrug sie nicht so gut. Andererseits machte sie durch die geballten Promille aber recht gute Fortschritte beim Salsa. Nach dem zweiten Drink konnte sie mit dem Kichern nicht mehr aufhören. Aber das war OK – die Musik war laut genug.

22

Der 23ste Dezember.

Der riesige Weihnachtsbaum im Rockefeller Center beeindruckte sie dermaßen, daß sie beschloß, wir müßten auch unbedingt so einen Baum haben. Christbaumkaufen war also angesagt. Und Kugeln und Zeugs.

In Chinatown stolperten wir über einige interessante erotische Miniskulpturen, die Pärchen in allen möglichen Stellungen des „Liebesvollzugs" darstellten. Ich fand sie als Christbaumschmuck sehr passend. Iyaia war dagegen. Aber schließlich war ich der Mann im Haus ! Und von Weihnachten verstand ich wohl mehr als sie.

„In Deutschland haben wir die immer am Baum !", versicherte ich die Umstehenden.

Chinesisches Gekicher im Hintergrund. Brauche wohl nicht zu erwähnen das Iyaia den Laden ziemlich schnell verließ. Das Problem mit den Figürchen war, daß man sie nicht richtig an die Zweige hängen konnte. Die einzige Möglichkeit sie zu befestigen, war ein Bändel mit Tesa an die Unterseite der Pärchen zu kleben. Somit dengelten sie verkehrt herum von den Zweigen herunter, was dem Ganzen völlig neue Perspektiven eröffnete. Ich war entzückt. Meine temporäre Mitbewohnerin war da nicht unbedingt der gleichen Meinung wie ich, und hörte nicht auf daran zu zweifeln, daß chinesische Erotikskulpturen an einem deutschen Weihnachtsbaum ein Stück deutscher Kultur waren.

„Die Seidenstraße hörte im Mittelalter in Nürnberg auf. Daher kommt das. Die Händler haben wahrscheinlich das Zeugs damals aus China importiert, und dann hat man diese Figürchen mit in das deutsche Kulturgut aufgenommen."

Sie kaufte es mir nicht ab. Hörte dann aber schließlich auf zu maulen. Ich versprach, sie auf eine Ausstellungseröffnung mitzunehmen. Die Weihnachtsfiguren waren mit einem Mal vergessen. Sie mußte unbedingt ihren neuen kurzen Rock anziehen. Unbedingt ! Und sie hatte in meinem Schrank etwas gesehen, ob sie ... ?

„Wochen später" kam sie wieder aus dem Badezimmer. Ich hatte mir vor Jahren mal ein Hemd aus rotem Stretchstoff gekauft - so 70iger Jahre Schwulenkluft. Langer spitzer Kragen, sehr auf Taille geschneidert. Die Ärmel waren für sie viel zu lang. Gerade daß die Fingerspitzen hervorlugten.

Das Hemd hörte genau am Rocksaum auf. Sie sah aus wie Ally McBeal mit Brust. Die Knöpfe hatte sie fast bis zum Bauchnabel offen gelassen. Als Halskette hing im Ausschnitt eine dieser grünen Christbaumlamettakordeln.

Dezente Netzstrümpfe und schwarze Pumps. Lower East Side Bohemian Chic goes Japan ! Aber sexy.

Ganz anders als altrosa Wollmäntel mit Tropenhelm. Sie würde für Aufsehen sorgen. Das tat sie dann auch.

Sie war auf der Ausstellung von Menschentrauben umgeben. Jeder wollte mit ihr sprechen, ihr was erklären. Ich fühlte mich wie : „Der-Typ-der-dafür-bezahlt-wird-Schwung-in-die-Feier-zu-bringen-und-hat-sich-dann-möglichst-im-Hintergrund-zu-halten". Ich konnte nicht mal rübergehen und ihr eine Kuß auf die Backen drücken, nur um den Umstehenden zu vergegenwärtigen, daß die gute Frau schon vergeben wäre. Ich hätte keine Ahnung gehabt, wie sie reagieren würde. Hätte peinlich werden können. So stellte ich mich vor die Schwarzweißphotos halbnackter Frauen, nippte vom Rotwein und gab mich interessiert. Ich wollte ihr den Spaß nicht verderben.
Je mehr Wein ich trank, desto besser wurden die Photographien. Einige waren echt nicht schlecht ! Gute Körper, teilweise. „Body-e-scapes ?!" nannte sich die Ausstellung. Der Künstler hatte die Frauen - und Männerkörperteile mit so viel Schatten und Kontrast photographiert, daß man bei manchen nicht sofort herausfinden konnte welchen Teil des Körpers man da so vor sich hatte. Ziemlich gut, aber nix Neues. Unterhaltsam, und der Alk war gut und reichlich und umsonst. Iyaia trank Schampus in Massen, was ich so aus der Ferne beobachtete. Mehrere Männer machten ihr Avancen. Sie war wie (?) ein Kind im „Candyshop".

Die Auswahl williger Männer war enorm. Was mir nicht so paßte, waren die Kommentare, die ich aus dem „Off" hörte, wenn die Typen sich von ihr abwandten, und sich über sie unterhielten. Was sollte ich machen ... . Doppelmoral meinerseits war wohl fehl am Platz. Ich unterhielt mich bei anderen Gelegenheiten mit Männern wohl genauso über Frauen. Da hielt mir doch jemand den Spiegel hin ... . Hoher Testosteronlevel mit Alkohol kombiniert - degradiert, dachte ich mir. Das reimt sich ! Und wie Pumuckel immer sagte:

„Und was sich reimt ... ." Blödsinn. Zeit zu gehen.

Ich erwischte sie in einem der seltenen Momente, in denen sie allein vor einem Bild stand, und machte ihr den Vorschlag, noch einen teuren Cocktail trinken zu gehen. Wir zogen ab.

„Die Photos", sagte sie nachdenklich, die Olive in ihrem Drink mit einem Zahnstocher hin – und herschiebend, "die Photos in der Ausstellung – die waren wirklich echt gut."

„ ... Hmm, ein paar waren ziemlich gut."

„Du machst auch sowas ?! Ich hab in Deinem Büro ein paar Photos hängen sehen. Die sind doch von Dir ?"

„Ja, das ist aber schon eine Weile her. Is' schwierig Modelle zu finden. Viele Frauen denken, daß Photos machen immer nur ein Vorwand ist, um sie danach vernaschen zu können. Kann ich zum Teil verstehen. Bin schließlich kein professioneller Fotograf mit Studio und so ... irgendwann isses mir dann zu blöd geworden und ich hab' damit aufgehört. Schade eigentlich. Hat Spaß gemacht."

„Mach doch ein paar von mir !"

„Ja – dein Vater wäre bestimmt „begeistert" ! Seine „Blume" fliegt nach New York um nach kurzer Zeit nackt vor der Kamera zu liegen. Phantastisch ! Wenn der das rauskriegt, hab' ich in kürzester Zeit einen Samurai vor der Haustüre stehen, der mit seinem langen Schwert versuchen wird, mir den Stengel abzutrennen !"

„Solange Du auf die Bildern nicht „Made in New York" draufschreibst, wird das niemand rauskriegen."

Sie spielte immer noch mit der Olive rum. Versuchte das rote Stück Paprika mit dem Zahnstocher aus dem Loch zu pulen. Mein Testosteronlevel fing an, eine kritische Höhe zu erreichen. Ich zwang mich an was anderes zu denken, als ihren nackten Körper mal vor der Linse zu haben. Diese Gedanken waren genau diejenigen, die Frauen dazu brachten sich *nicht* vor der Kamera auszuziehen. Und ich haßte diese Gedanken in Verbindung mit der eigentlichen Arbeit des Photographierens. Während des Shoots hat man soviel mit Licht und Blenden zu tun (jedenfalls ich damals), daß man überhaupt keine Zeit hat, sexuelle Gefühle zu entwickeln. Ich kann mich noch sehr gut daran erinnern wie "ausgebrannt" ich mich jedesmal nach den Shootings gefühlt hatte. Und wie befriedigt, wenn die Bilder gut geworden waren.

Es lag ein kleines Paket vor der Appartmenttür. Sie sah mich fragend an.

„Ist schon nach Zwölf – in Deutschland ist Weihnachten am 24sten. Aber ich mach das erst morgen auf. Unterm Baum. Ich seh' Dich später im Bett, brauch noch 'nen Cognac vorm Einschlafen."

Ich bekam meinen „schwesterlichen" Kuß auf die Backe, und sie verschwand im Schlafzimmer. Als ich später nachkam schlief sie fest und ruhig. Nur ihre Haare lugten unter der Daunendecke hervor ... .

23

Wir schliefen bis in die frühen Nachmittagsstunden. Kaffee im Bett.

„Heute ist also Weihnachten ?!"

„Ja und heute abend zünden wir den Baum an."

Sie sah mich zweifelnd an.

„Nee – nicht den Baum. Die Kerzen !" Ich mußte Lachen.

„Und die Geschenke gibt's wann ?"

„Heute Abend. In England und Amerika aber eigentlich erst morgen früh. Der Weihnachtsmann bringt sie in der Nacht."

„Das ist langweilig, schließlich ist Weihnachten heute !", protestierte sie, „Ich hol noch Kaffee."

Sie stand auf, zog sich eines meiner weißen Anzughemden über, die sie mir aus dem Schrank gestohlen hatte und verließ das Zimmer.

Ich vertiefte mich in die Zeitung. Sie blieb lange weg. Ich rief nach ihr. Keine Antwort. Gerade als ich aufstehen wollte öffnete sich die Schlafzimmertür langsam. Sie blieb zwischen Tür und Angel stehen. Ich sah, daß sie sich unter meinem weißen Hemd Strumpfhosen angezogen hatte ? Und die schwarzen Pumps von gestern Abend ?!

Sie stand bewegungslos in der Tür.

„Ich möchte Dir Dein Geschenk jetzt geben, nicht erst heute Abend."

„!!!???"

„Weihnachten ist ein Fest der Liebe - hast Du mir gesagt, und so ...", sie knöpfte das Hemd langsam auf, „... schenke ich Dir mich !"

Das Hemd fiel zu Boden. Sie hatte sich eine mit rotem Geschenkband eine Schleife um die Brust gebunden. Schwarze Strumpfhalter und Nylons !

„Ich gebe Dir eine Jungfrau zum Geschenk !"

Sie kam zu mir aufs Bett, kniete sich neben mich, und küßte mich sanft auf die Lippen.

Sie richtete sich auf.

„Sei vorsichtig beim Auspacken. Ich bin sehr zerbrechlich ... und mach Dir keine Sorgen – ich nehme seit 2 Monaten die Pille ... ."

„Na !?", sie drückte mir ihren rotbeschleiften Oberkörper entgegen, "ist kein Doppelknoten ... brauchst nur zu ziehen !"

Und ich zog.

Enthüllte die jungfräulichen Knospen meiner Blume und erweckte sie mit zarten Küssen zu einem neuen Leben.

Wir lagen engumschlungen im Bett.

„Warum habe ich nicht geblutet ? Ich dachte ... alle Frauen bluten beim ersten Mal ?"

Sie klang wirklich besorgt. Fast verzweifelt. Sie war kurz davor zu heulen.

„Ich war wirklich noch Jungfrau. Du mußt mir das glauben ... Du mußt ! Du mußt !"

Ich nahm ihren Kopf von meiner Schulter und sah ihr in die Augen.

„Ich weiß. Schau – das passiert öfter. In manchen Ländern verstecken Frauen kleine Fläschchen mit Hühnerblut im Hochzeitsbett. Weil sie in der Hochzeitsnacht bluten müssen. Sonst ist die Hochzeit nicht gültig – und sie würden nie mehr einen Mann finden der sie heiraten würde. Was glaubst Du warum die das machen ? Hm ? Nicht unbedingt weil sie vorher schon mal mit einem Mann geschlafen haben. Nicht nur deswegen. Das Risiko ist einfach zu groß, daß sie nicht bluten, oder nur wenig. Die machen das, weil es durchaus passieren kann, daß Dein "Jungfernhäutchen" schon vorher verletzt wurde. Wenn Du was Schweres hebst zum Beispiel. Als Kind beim Spielen, oder beim Sport, oder sonstwie. Das passiert. Nicht Bluten heißt nicht unbedingt, daß Du keine Jungfrau mehr warst."

Sie dachte nach, und preßte ihren Kopf gegen meinen Hals.

„Du meinst also, daß alles OK ist ? Du glaubst mir ?!", sie sah mich fragend an.

„Na klar (wäre jetzt falsch gewesen zu sagen, daß es sowieso ziemlich „wurscht" ist) – aber wenn Du willst kann ich ja ein bißchen Rotwein auf dem Bett vergießen !"

Sie boxte mir in die Hüften.

„Du nimmst mich nicht ernst !"

„Doch, doch ! Ich nehme Dich sehr ernst." Ich küßte sie auf's Haar. "Aber anstatt Rotwein, glaube ich, wäre jetzt zur Feier des Tages ein bißchen Champagner im Bett angesagt !"

„Au ja ! Und eine Zigarette. In den Filmen rauchen die auch immer eine Zigarette danach ! Ich will eine Zigarette !" Sie hüpfte auf dem Bett herum.

Die Zigarette war keine gute Idee. Iyaia hustete ohne Ende, ließ es sich aber nicht nehmen die Zigarette " ... bis mindestens zur Hälfte zu rauchen !". Das erste Glas Champagner trank sie auf "ex" und beschloß extrem lautstark, den ganzen Tag im Bett zu verbringen.

Bildete ich das mir ein, oder hörte ich meine Nachbarn durchs offene Fenster Lachen und Applaudieren ?!

Der Champagner war bald leer und der Alkohol so früh am Tag machte uns betrunken und schläfrig. Wir dösten weg.

Ich wachte als erster wieder auf, stahl mich leise aus dem Bett und schlich mich aus dem Zimmer. Ihr Geschenk hatte ich im Küchenschrank versteckt. Ich legte mich wieder neben sie und plazierte das Päckchen zwischen uns.

Sie bemerkte den eckigen Karton als sie sich im Halbschlaf umdrehte.

„Was ist das ?"

„Mein Geschenk für Dich – mach auf . Brauchst nur an der Schleife zu ziehen !"

„Ehrlich ? Für mich ?"

Ich verbiß mir gerade noch einen Kommentar – ich wußte er wäre nicht witzig 'rübergekommen.

Sie rupfte das silberne Kleid aus dem Karton. Hielt es sich an die Wange wie Linus die Schmusedecke. Ihre Augen leuchteten.

„Das ist doch das Kleid aus dem Designshop ! Wie hast Du das geschafft ? Ich hab gar nichts davon gemerkt – daß Du es gekauft hast, meine ich. Wie ... ?"

„Das Paket gestern abend vor der Tür. Joe war ein echter Freund und hat es vorbei gebracht. Zieh an !"

Sie verschwand im Bad. Ich ging mir ein Glas Wasser holen. Hörte, wie sie sich die Zähne putzte.

Ich stand vor dem Christbaum als sie ins Wohnzimmer kam und sie sich vor mir im Kreis drehte, um mit dem Kleid anzugeben. Paßte wie angegossen. Genau die richtige Länge. Klassisch und trotzdem neckisch. Die Sorte Kleid, die nach einer schwarzgerahmten strengen schmalen Damenbrille verlangt. So von der Sorte "erotische aber unnahbare Lehrerin". Macht Männer verrückt, sowas. Verbotene Liebe ... .

Iyaia fing das Lachen an. Sie lachte mich aus ?! Ich stand mit dem Wasserglas vor dem Baum und wußte nicht was passiert war. Sie hielt sich eine Hand vor den Mund und mit der anderen zeigte sie ... ich sah an mir herunter. Da ich noch nackt war ... und mir diese bestimmten Gedanken durch den Kopf schossen als sie vor mir promenierte ... ich ... glaube ... ich brauche dem nichts hinzuzufügen. Peinlich, peinlich. Wie ich so dastand und an mir heruntersah schien die Schwerkraft langsam wieder die Oberhand zu gewinnen.

„Oh nein ...", hörte ich, „komm her, wir machen das jetzt richtig."

Sie zog mich an der Hand quer durch den Raum.

„Setz Dich hin !"

Sie schob mir den Eßtischstuhl hin und stellte sich vor mich. Sie zog sich den Rückenreissverschluss auf, schob das Minikleid bis zum Bauchnabel hoch und „O-beinte" zu mir auf den Schoß. Unserer Zungen fanden sich. Sie rieb Unterleib an Unterleib. Ich rutschte auf dem Stuhl ein wenig nach vorne und schloß meine Beine. Ihre Zehen berührten den Boden kaum. Sie stützte sich mit beiden

Händen hinter ihrem Rücken auf meinen Knien ab. Ich konnte ihre Brustwarzen unter dem Stoff auf und nieder fahren sehen. Sie rutschte immer wieder ab, aber positionierte sich sofort hektisch wieder ... und dann, genau im richtigen Augenblick, spürte ich ein leichtes Zittern in ihrem Unterleib. Das Zittern schwoll rasch an, ein Blitz durchfuhr ihren Körper. Sie klappte wie ein Schnappmesser nach vorne und drückte meinen Kopf gegen ihre Brüste. Wir keuchten. Und lachten.

„Schampus ?"

„Um Gottes Willen – keinen Alkohol jetzt. Ich brauch' Wasser ! Ich sterbe !"

Sie löste sich von mir und rannte, eine Hand zwischen die Beinen haltend, ins Badezimmer.

Wir waren zum Weihnachtsabendessen bei Freunden eingeladen. So richtig mit Gans und Klößen und dem ganzen „Drumherum". Da war „Foodkoma" garantiert.

Zum Glück essen die Amis schon immer ziemlich früh zu abend, so daß man nicht erst gegen 10 Uhr nachts sich zuschaufeln muß. Wir sollten um sechs Uhr da sein. Das hieß Essen um 6.30 Uhr. Das war schon angenehmer. Vor allem bei den Massen an Lebensmitteln die ich befürchtete. Es waren Deutschamerikaner die mir unbedingt beweisen wollten, daß sie wirklich gute deutsche Küche fertigbrachten. Wir waren gespannt.

Iyaia zog ihr Weihnachtsgeschenk an, mit Strumpfbandhalter und Stockings – ohne Schlüpfer !

Sie lief durchs Haus als hätte sie gerade im Lotto gewonnen, und zwar sich selbst ! Sie selbst – ihre eigene Trophäe ! Eine schlüpferloser, silbrig glänzender, umherstolzierender japanischer „1. Preis". Um sie herum schien nichts mehr zu existieren. Sogar ich nicht mehr. Ab und zu wurde sie auf mich aufmerksam, dann stürzte sie auf mich zu und küßte mich. Ich konnte kaum warten, diesem Irrsinn, oder „was-auch-immer-das-war", zu entkommen.

Das Essen war gut. Gebratene Gans mit Blaukraut, Endiviensalat und gekochten Klößen. Leider waren die Klöße nur etwas größer als Squashbälle, und wären bestimmt auch als „Yellow Dot" durchgegangen, aber ich hielt mich wohlweislich mit jeder, wie auch immer gearteten Kritik, zurück.

Es machte mich halb verrückt zu wissen, daß Iyaia mir nur etwa einen halben Meter entfernt ohne Slip gegenübersaß. Der Rock war bestimmt schon durch die Sitzposition zwei drittel nach oben gerutscht. Ob ein hoher Testosteronspiegel wohl die Verdauung fördert ? Die „Dame des Hauses" räumte den Tisch ab. Cognac wurde angeboten. Die Damen tranken Sherry.

Ich beobachtete unseren Gastgeber, als sich Iyaia auf dem überaus üppigen Sofa niederließ und die Beine überkreuzte. Unglücklicherweise war ich nicht der einzige Zeuge dieses Schauspiels.

Das Gesicht der Gastgeberin versteinerte. Ihr Mann bemerkte nicht, daß er von seiner Frau beobachtet wurde. Jetzt geht's gleich los, dachte ich mir. Ein Königreich für eine Decke !

Susan, seine Frau, ging um den Couchtisch herum und stellte sich mit ihrem verlängertem (etwas zu breitem) Rücken vor ihren sitzenden Mann, und blockte damit effektvoll die Aussicht. Er schien irritiert.

„Ich glaube, wir Frauen wollen uns mal ohne unsere Männer unterhalten.", „zwitscherte" mir Susan zu.

Das war eine Aufforderung an mich, mich von dem Sofa zu erheben, um ihr Platz zu machen.

Laut stöhnend und mit : „Das Essen war wirklich ausgezeichnet, hätte mich besser ein wenig zurückhalten sollen.", erhob ich mich.

Sie setzte sich neben Iyaia, wandte sich ihr zu und überkreuzte ebenfalls ihre Beine. Ihre „doppelten Oberschenkel" verdeckten Iyaia's gesamten Unterleib. Susan würdigte uns keines Blickes mehr. Jetzt begann wohl das Kreuzverhör einer eifersüchtigen Frau.

„Haste 'n Bier ?"

Wir gingen in die Küche.

„In Deinen Schuhen möchte ich später aber nicht stecken. Ist die immer so ?"

„Ich weiß. Werde meine Schuhe heute abend ziemlich früh unters Bett stellen müssen. Wenn sie mich läßt, heißt das ... is' ziemlich kompliziert in letzter Zeit."

„Hat ganz schön zugenommen seit dem letzten Mal, Deine Liebste !"

Er hatte sich auch ein Bier aufgemacht, und pulte jetzt scheu am Label herum.

„Sie will unbedingt ein Kind. Jetzt. Ich noch nicht ... sie denkt ich liebe sie nicht mehr, und will ihr deshalb kein Kind machen. Sie stopft in letzter Zeit alles Eßbare was sie im Haus finden kann in sich hinein. Überkompensation, oder wie immer man das nennt. Dann will sie andauernd Sex. Immer und überall. Läßt mich nicht mehr in Ruhe Fernseh glotzen. Frißt wie ein Scheunendrescher. Sogar beim Vögeln. Kürzlich hab ich mich im Bett an einem Fetzen Staniolpapier von der Schokolade, die sie beim Ficken gegessen hat, geschnitten ! Das Staniol liegt überall 'rum. Sie geht auf wie 'n Hefekloß.

Macht das Ganze nicht gerade erotischer. Sie denkt meine mangelhafte Libido ... , sie denkt es steckt 'ne andere Frau dahinter. Jedesmal wenn ich 'ne andere Frau anschaue hebt sie ab ... und dann wenn ich es „gutmachen" will, läßt sie mich nicht 'ran. Aber kaum bin ich eingeschlafen, boxt sie mich wieder wach und heult mir die Ohren voll mit: Du liebst mich nicht mehr. Du schläfst nicht mehr mit mir.... ."

„Na – sehr geschickt warst Du ja vorhin nicht gerade !"

„Ich weiß - Mensch wo hast'n die her ?! Die hat keinen Slip an, oder ?!"

„Lenk hier jetzt nicht ab !"

Das Ganze wurde mir zu dumm. Nahm die falsche Richtung. Während wir hier in der Küche standen, wurde Iyaia wahrscheinlich nach allen Regeln der Kunst ausgequetscht. Um dann mit dem Gedankengut einer frustrierten, brünftigen amerikanischen Elefantendame infiziert zu werden. Und das an dem Tag an dem sie ihre Jungfräulichkeit verloren hatte. Willkommen in der Welt der

„Erwachsenen – Probleme". Das mußte für eine siebzehnjährige Japanerin einfach zuviel sein. Ich mußte schnellstens zurück ins Wohnzimmer und die Lage peilen. Ich rechnete mit dem Schlimmsten.

Meine Befürchtungen waren zum Glück unbegründet. Susan hatte es in kürzester Zeit geschafft, Boden, Tisch und Sofa mit Kochbüchern zu überfluten. Fotos von Schweinebraten, Dampfnudeln, „Lederknödelsuppe Hausmacherart", Zwetschgenkuchen und dergleichen, starrten uns an. Ich war extrem erleichtert. Iyaia war leicht verstört. Susan bekam überhaupt nicht mit, daß wir wieder im Zimmer standen. Sie redete ununterbrochen weiter, las aus dem Kochbuch ein Apfelstrudelrezept vor, und verbesserte:

„Also, ich nehme da immer Butter und kein Schweineschmalz. Das schmeckt besser. Und mit der Milch muß da unbedingt Sahne mit rein.

Am besten Du mischt unter die Äpfel Sauercreme mit Zimt, das ist zwar ein bißchen österreichisch, schmeckt aber viel besser, und ... ."

„Ich glaube wir müssen jetzt gehen. Es war wirklich köstlich. Aber wir sind, glaube ich, wirklich müde."

Nur raus hier.

Wir lagen Zuhause vor dem Christbaum. Ich hatte die Kerzen angezündet und Glühwein gemacht. Es roch nach Weihnachten.

„Sag mal, reden die deutschen Frauen immer nur vom Essen ?", fragte mich Iyaia.

„Die ist nicht Deutsch. Hat nur deutsche Vorfahren ... nee, die reden nicht immer nur vom Essen."

„Hast Du gesehen, wie der mich angestarrt hat ?"

„Komm – das hast Du doch mit Absicht gemacht ! Erzähl mir nix."

Sie lächelte in ihren Glühwein. Rührte nachdenklich mit der Zimtstange herum.

„Ich bin jetzt eine Frau. Frauen dürfen sowas. Mädchen dürfen sowas nicht."

Dieser Logik konnte ich nicht ganz folgen.

„Du hast also meinen Freund ein bißchen scharf gemacht, weil Du jetzt eine Frau bist?"

„Frauen sind verfügbar. Weil sie ihre Unschuld verloren haben. Mädchen sind für Männer viel „Arbeit". Ich hab die Frau scharf gemacht, nicht Deinen Freund. Ich hab ihr gezeigt, daß man Männer sehr schnell verlieren kann – Männer denken immer mit ihrem Pimmel wenn sie nackte Schenkel sehen. So wie die sich bei Tisch unterhalten haben ... die Frau muß aufpassen, daß sie ihren Mann nicht verliert. Sie sollte sich mit ihrer Figur mehr Mühe geben. Sie wird heute Nacht bestimmt versuchen, ihren Mann wieder zurückzugewinnen. Im Bett. Sie sollte sich nicht so sicher sein. Frauen stehen außerdem immer im Wettbewerb miteinander."

Ich dachte nach. Aber mein voller Bauch, die Kerzen, der Glühwein der warm in meinen Innereien gluckerte - ich wollte über solche Sachen heute Abend nicht nachdenken. Obwohl sie vielleicht sogar einen "Punkt" bei der ganzen Sache hatte. Männer denken oft mit dem Schwanz.

„Aber ich kann noch ganz andere Sachen scharf machen !", sagte sie und schmiegte sich an mich.

„Wie faßt man das eigentlich richtig an ?"

Sie nestelte an meinem Reißverschluß herum. Wurde fündig, und hielt mein weiches Stück lose in ihrer Faust. Sie sah mir in die Augen und bewegte die Finger leicht auf und ab. Sie machte das sehr gut und ich sagte ihr das.

Ich konnte nicht glauben, daß sie das zum ersten Mal machte. Sie war zu geübt mit ihren Händen.

Sie stellte Fragen und ich antwortete.

Sie suchte mein Gesicht nach den Wirkungen ihrer sich unentwegt verändernden „Handwerkskünste" ab.

„Und wie ist das ? ... und das ?"

Als ich fast nicht mehr antworten konnte, stoppte sie.

„Mach die Augen zu, ich bin gleich wieder da."

Ich fühlte warme, weiche, feuchte Lippen.

„Paß auf Deine Zähne auf !"

Mit einem Mal spürte ich eine zähflüssige Masse ... und ein leichtes Kitzeln, oder Kratzen. Ich öffnete meine Augen und sah wie sie mit einem Backpinsel Honig auf mein Glied auftrug. In langen Strichen. Das von den Pinselhaaren hervorgerufenen Kratzen hatte eine eher abtörnende Wirkung. Aber dann leckte sie den Honig wieder ab. Nahm mein Teil dann ganz in den Mund, und ließ ihre Zunge in den entlegensten Hautfalten kreisen. Dann wieder Pinsel und Honig. Es machte mich rasend. Dieses Hin und her. Aufbäumen und Abflachen. Immer wieder, und immer wieder. Ohne Eile. Mit der Ruhe und Selbstverständlichkeit einer behaarten Raupe, die einen Baum hochklettert ... eines Mädchens, das Softeis durch einen Strohhalm saugt.

Als sie ihre Zunge sich dann von einer „Raupe" in einen „Schmetterling" verwandeln ließ, nahm die Natur ihren freien Lauf.

Endlich!

Ein Segen - weißer Regen!

Sie ließ ihre Hand auf mir liegen. Mein Schwanz spielte „Schildkröte". Ich lag auf dem Rücken und konnte mir kein perfekteres Weihnachten vorstellen.

Sie stand auf. Pflanzte ihre Füße rechts und links neben meinem Kopf und schob ihr Kleid hoch. Kein Slip der den Blick verdeckte.

„Ich glaube der übriggebliebene Honig sucht nach einer neuen Behausung ... .", neckte sie.

Ich trug sie ins Bett. Es war ein wundervolles Fest, dieses Weihnachtsfest.

24

Am ersten Feiertag beschloß sie, daß ihr Kleid „noch ein paar Freunde" im Schrank bräuchte, und so gingen wir wiedermal Einkaufen. Mittags schleppte ich sie in ein italienisches Restaurant um sie mit italienischer Küche vertraut zu machen. Leider hatten die anscheinend den Koch auf Urlaub geschickt, denn die Spaghetti schmeckten etwas „mau". Die Soße hatte diesen typischen Fastfoodgeschmack. Die murmelgroßen „Meatballs" waren trocken und fad. Meine „Spaghetti Bolognese" waren um Klassen besser. Immer. Sie wollte meine Kochkünste auf die Probe stellen.

„Und im Gegenzug mache ich Dir richtiges Sushi, so wie ich es von meiner Großmutter gelernt habe !"

Ich zweifelte stark daran, daß ihre Großmutter ihr beigebracht hatte, Sushi „oben ohne" zu servieren, aber ich beschwerte mich nicht. Sie hatte ihr Gesicht gepudert, ein paar Chopsticks ins hochgesteckte Haar arrangiert. Der dick aufgetragene Lippenstift ließ ihren Mund wie eine nasse, zum Bersten gefüllte Sauerkirsche erscheinen. Ich durfte nichts vom Essen selber anfassen, ich wurde gefüttert und mit Sake vollgefüllt. Zum Nachtisch gab's Iyaia.

Meine Spaghettis waren da eher bodenständig bäuerlich. Schmeckte ihr aber, nur ein weißes Oberteil würde sie beim nächsten Mal nicht mehr anziehen wollen.

Der 31ste Dezember kam und wir wollten feiern.

Ich hatte uns Tickets besorgt. Für einen riesigen Tanzschuppen in Downtown. War früher mal ein Hotel und wurde dann in den 80ern als Disco eine Institution. Das Teil hatte mehrere Ebenen. Für jeden etwas. Im Keller gab's nur "schwarze" Musik. Von Hip Hop über Reggae, alles. Erdgeschoß war 80iger. Songs aus unserer, sprich meiner, Jugend. Musik, die jeder kannte, und zu der sich jeder Tanzen traute. Die Decke zum ersten Stock hatten sie rausgerissen. Der jetzt zweite Stock war Tanzfläche für Techno. Sie hatten auch dessen Decke entfernt ,und so konnte man von einer Balustrade im jetzigen dritten, früher vierten Stock, die Technotänzer von oben bewundern. Im vierten Stock waren noch kleinere Räume mit Livebühnen für Heavy Metal Bands und eine Hardrockbar. Billiardtische und Rockerbräute. Ein paar „Chill - Out – Rooms" zum Fummeln überall.

Wir mußten klarerweise außen vor der Tür Schlange stehen. Ich kenn hier keine „Disse" in der Stadt, die was auf sich hält, ohne eine Schlange Wartender vor der Tür. Wir hatten Tickets und durften uns nach vorne mogeln. Die übliche Durchsuchungstour am Eingang. Säuberlich nach Männlein und Weiblein getrennt. Schlimmer als am Flughafen. Zigarettenschachteln wurde gefilzt, Handtaschen ... .

Heute griffen sie sogar den Saum meines Mantels nach Pillen, oder „was-weiss-ich" ab. Sie hatten sogar einen Metalldetektor. Ich fühlte mich wie in einem Moskauer Nightclub.

Ich hatte Iyaia ein wenig in die „Gepflogenheiten" der New Yorker Anmachtour eingeweiht. New York ist nach meinem Dafürhalten etwas anders als andere Großstädte. Aggressiver, glaub ich, trifft es ziemlich gut. „No Nonsens", wäre ein anderer Begriff. Ohne hier zu langweilen, aber das Ganze läuft in solchen Schuppen „Unisex" ab. Egal ob „Mann" anmacht, oder Frau. Es ist sehr direkt. Findet man ein Beutestück, dann tanzt man es an. Dreht sich das betroffene Geschlecht nicht sofort ab, dann hat man schon gewonnen. Körperkontakt kommt dann fast gleichzeitig. Beim zweiten Tanz küßt man dann in der Halsgegend. Kommt keine Abwehr, dann kann es passieren, daß das Gebalze in „Sex auf der Tanzfläche" oder „Gefummel an der Bar/Chill-Out-Room", mutiert – für besonders erfolgreiche gibt's dann anschließend eine Taxifahrt und traute Zweisamkeit – das kommt aber eher seltener vor, oder aber man bekommt ohne Vorwarnung die „kalte Schulter" gezeigt und die Beute verschwindet sekundenschnell wieder in der hottenden Meute. Das kommt eher öfter vor. Man ist hier um zum Spaß haben, und nicht unbedingt um Beziehungen anzufangen. Wird einem allerdings von vornherein durch Abdrehen Interesselosigkeit signalisiert, so sollte man sich (gilt vor allem für Männer !) sofort verziehen. Eine gewisse Hartnäckigkeit endet sonst meisten mit fünf Fingern, oder einer Handtasche im Gesicht. Ohne „Verzögerungstaktik" seitens des vermeintlichen Opfers. „Kabumm !!!" Keine Vorwarnung. Nicht so gut.

Ausgerüstet mit diesen Informationen betrat Iyaia die Lokalität und staunte über die schiere Größe des Clubs. Wir liefen herum, es war noch nicht so voll, und ich zeigte ihr alles. Auch den Treffpunkt, falls wir uns verlieren sollten.

„Ohne Treffpunkt haste keine Chance mich jemals wieder zu finden."

Ich gab ihr auch einen Zettel mit meiner Adresse, an die ein 10 Dollarschein angetackert war.

„Für alle Fälle ! Ich glaube kaum, daß Du im betrunkenen Zustand, falls wir uns verlieren sollten, dem Taxifahrer noch mitteilen kannst, wo Du hinwillst."

Ich hatte Übung in diesen Dingen. Ich wußte was ich machte. Schließlich war sie erst siebzehn, und unter 21 hatte man hier keinen Einlaß. Ich wollte keine Probleme mit Taxifahrern vor dem Ausgang der Disco, wenn sie ohne mich heim mußte. Besser war das.

Der Laden wurde langsam voll, und ich gab ihr einen „B-52" um uns beiden die Hemmungen etwas zu nehmen. Die Stimmung wurde zunehmend heißer. Iyaia hatte ein rückenfreies Pallettenoberteil an. Roter Ledermini. Stiefel. Sie brauchte sich um Verehrer nicht zu sorgen.

Wir tanzten uns den Arsch ab. Löschten unseren Durst abwechselnd mit Gin Tonic und Heinecken. Um 12 Uhr gab's Freisekt für alle und viel Nebel und viel Licht und Strobos und eine Menge Küsse von meiner japanischen Blume. Sie vergaß auch nicht, meiner Männlichkeit mal kurz durch die Hose ein beiläufiges „Happy New Year" zu reiben. Neues Jahr – Neues Glück, dachte ich mir.

Als die Nebelschwaden verschwanden, hatte die GoGo - Girls, auf einer schmalen Erhöhung hinter der Bar, hinter den Alkoholflaschen, mit ihrer Show begonnen. Sie zogen alle Aufmerksamkeit auf sich. Männer in Begleitung ihrer Freundinnen, wollten klarerweise keinen Ärger mit ihren Begleiterinnen, und konnten nicht so offensichtlich stieren, schielten aber bei jeder sich bietenden Gelegenheit rüber. Mir war das egal. Ich hielt mich an meinem Bier fest, und beäugte was es da zu beäugen gab.

Heute hatten sich die Discobesitzer wirklich nicht lumpen lassen. Die Frauen waren echte „Babes". Durchtrainierte, schlanke Körper, so im Stil von Fitnesstrainerinnen – nur mit kleineren Hintern -, extreme Perücken (konnte kein Echthaar sein, oder ?), und Brüste vom Feinsten. Bikinis vom Kleinsten. Iyaia stand mit offenem Mund frontal vor der Bar. So etwas hatte sie offensichtlich noch nie gesehen.

Die Bühne, wenn man es Bühne nennen konnte, war extrem schmal, so war die „Fußarbeit" limitiert, und mußte mit Hüftgewackel und ähnlichem ausgeglichen werden. Spagat. Kopfstand mit Spagat – und dann Handstand gegen die Rückwand und extremes Arschzittern. Köstlich ! Eine Augenweide. Iyaia, hatte keine Zeit, eifersüchtig zu werden. Zu sehr war sie damit beschäftigt, alles zu verdauen was sie da sah. Alle zwei Lieder wechselten die Tänzerinnen sich ab. Man konnte sehen wie erschöpft sie waren. Es war heiß, und der Schweiß lief ihnen die Wangen herunter. Ein paar Idioten paßten sie an der seitlichen Minitreppe die von der Bühne führte, ab und steckten ihnen Scheine in die Bikinis. Als Lohn dafür, daß ab und zu die Beine in ihre Richtung gespreizt worden waren. Vielleicht erhofften sie sich auch mehr, aber ich glaube dazu war alles zu professionell hier.

Iyaia erholte sich nur langsam von ihrem ersten Erstaunen.

„Sowas hab ich noch nie gesehen. Und die sind so hübsch ! Daß die sowas machen ? Ist das nicht verboten ?! Die müssen wirklich gute Sportlerinnen sein, usw. ... usw."

„Komm ich zeig Dir was besseres !"

Wir gingen zum dritten Stock. Zur Balustrade.

Die Technofreaks wanden sich unter uns im Stroboskopgewitter. Auf römischen Säulen inmitten der Tänzer tanzten Männer in Hotpants oder Jockstraps.

Eingeölter Adonis mit Waschbrettbauch ! Im Stil der „California Dream Men". Das war das zweite Mal, daß ihr der Mund offenstand. Wir sahen dem Spektakel eine Weile zu.

„Ich hol uns ein paar Drinks. Ich treff' Dich dann da unten vor dem Typ mit den abgesägten Jeans, und deutete auf einen der Tänzer."

„Du läßt mich da alleine runter ?"

„Klar, sollst auch Deinen Spaß haben – ohne meinen bohrenden Blick im Rücken. Ich treff' Dich in 20 Minuten."

Und weg war ich. Es dauerte eine Weile, bis ich mich wieder zur Bar durchgekämpft hatte. Und eine kleine längere Weile bis ich bedient wurde. Ich bestellte zwei Drinks und ein Bier. Ich hatte Durst ! Es war noch immer rappelvoll. Die GoGo's auf Highspeed, und die männlichen Bewunderer im Stadium der Volltrunkenheit. Bittgestelle der Meute an die Tänzerinnen, sich den knappen Textilien zu entledigen, wurden nicht honoriert. Gewagte Manöver wurden mit lautstarkem Gejohle quittiert.

Ich schob mich mit meinen Drinks durch die Menge. Iyaia war nirgends zu sehen. Hatte ich ehrlicherweise auch nicht anders erwartet. Machte wahrscheinlich die Runde. Mußte sich alle „Dream Men" von der Nähe anschauen - nahm ich mal an. Ich stellte mich neben den mit den „abgesägten" Jeans an den Rand, und nippte am Gin Tonic. Die Mädels hier waren anders als die im Erdgeschoß. Dünner und etwas daneben. Trancemässig drauf.

Hatten vielleicht geschafft, ein paar Pillen durch die Kontrollen zu schmuggeln ? Und da sah ich eine im roten Ledermini, eingekreist von Männern, mit sich selber tanzen. Jedesmal, wenn einer in der Runde auf sie zukam, tanzte sie ein wenig mit ihm, gerade genug um ihn scharf zu machen, und wandte sich dann ab. Manche mußte sie auch wegschubsen. Gutes Mädchen ! Hatte wohl meinen Verhaltenscode verinnerlicht.

Die armen Typen schäumten fast vor Gier. War nett anzusehen. Ich alter Sadist. Ihr Pallettenoberteil schwang hin und her und zeigte fast mehr als was es verdeckte. Ein Verehrer brachte ihr was zu trinken. Sie nickte ihm zu, und drehte sich dann einem Säulentänzer zu, und machte ihn gewaltig an. Er spielte mit. Die beiden hatten Sex miteinander so in dem Stil wie wenn man Gitarre ohne Gitarre spielt. „Luftsex".
Der nächste Drink wurde gebracht, die Gute wurde etwas fahrig in ihren Bewegungen. Ich beschloß den Drink den ich ihr gebracht hatte selbst einzukippen. Wozu Geld ausgeben, wenn Sie umsonst abgefüllt wurde ?

Langsam macht mir der Alkohol zu schaffen. Das Spektakel wurde auch langsam langweilig. Der Saal dünnte aus. Das Licht ging kurz an und es wurde etwas über Lautsprecher verkündet. Keine Ahnung. Das Stroboskop wurde wieder angeschaltet und das unterschwellige Schwarzlicht ließ meine Eiswürfel im Glas leuchten.

Iyaia hatte mich wohl in der kurzen Lichtgewitterpause an der Seite stehen sehen und kam auf mich zu. Gehen konnte man das eigentlich nicht mehr nennen. Sie stolperte in die Tänzer links und rechts von ihr. Sie fiel mir erschöpft, abwesend in die Arme. Mir kam das Bild eines Schiffbrüchigen, der an den Strand gespült wurde, in den Sinn. Im Schlepptau hatte sie einen Verehrer mit einem überzähligen Drink in der Hand. Er war etwas erstaunt sie in meine Armen vorzufinden, lallte etwas, aber ich nahm ihm seinen Drink dankbar aus der Hand. Er wollte sie auf ihren nackten Rücken küssen, war aber alkoholbedingt etwas langsam in seinen Bewegungen. Ich drehte mich und Iyaia ein wenig nach links, und er küßte im nach vorne fallen meine Schulter anstatt ihren Nacken. Er war darüber so erstaunt, daß es ihn fast nach hinten umschmiß. Ich hörte ihn etwas murmeln, als er, seinen Drink halb verschüttend, wieder in der Menge verschwand.

Ich schleppte Iyaia in ein Taxi. Die verhältnismäßige Stille im Taxi ließ meine Ohren rauschen. Sie schlief an meiner Schulter ein.

Wieder Zuhause wollte sie unbedingt noch einen Drink und drehte die Stereoanlage auf.

Ich gab ihr Wasser mit Eiswürfeln und etwas Zitronensaft. Sie „tanzte" im Wohnzimmer herum.

„Die Frauen in der Disco. Hinter der Bar. Die mit den Bikinis. Was die können, kann ich auch."

Sie versuchte ihr Glas auf dem Tisch abzustellen, verpaßte aber die Tischplatte knapp um einen halben Meter. War ja nur Wasser ... .

Dann riß sie, mit einem Ruck, ihren Rock um die Hüfte – was sie fast den Boden unter ihren Füßen verlieren ließ - nestelte am Reißverschluß 'rum, der sich nun auf ihrer Vorderseite befand, und ließ den Rock auf den Boden fallen. Sie stakste aus ihrem Rock und stand im Schlüpfer vor mir.

„Schau !"

Ein besoffenes junges Mädchen im Slip, Pallettenoberteil und hochhackigen Schuhen stand vor mir.

Sie probierte einen Handstand gegen die Wand. Sie kniete mit dem Rücken gegen die Wand. Streckte dann die Beine aus, und versuchte so gegen die Wand hochzulaufen. Sie kam erstaunlich weit hoch. Als sie fast ganz ausgestreckt gegen die Tapete lehnte, schmierte sie seitlich ab und kippte langsam um. Sie lag lachend auf dem Teppich. Ich trug sie ins Bett.

25

Unser Kater am ersten Januar war gewaltig. Die Nachmittagssonne schien fahl durch den Vorhang und wir hatten uns nicht viel zu sagen. Gelegentlich rief uns die Natur und wir schleppten uns ins Badezimmer. Wir dösten ein, wachten wieder auf. Keiner von uns beiden wollte das Bett verlassen. Schließlich brachte ich Rollmöpse und Aspirin.

„Was ist das ?!"

„In Salzwasser eingelegter saurer Fisch. Brot und Wasser. Aspirin !"

„Gefängnisnahrung !"

„Hilft aber gegen alkoholbedingte Kopfschmerzen ausgezeichnet. Oder willst Du Bier mit Erdbeeryoghurt ?"

„Bier mit Yoghurt ?"

„Erdbeeryoghurt. Da gibt's 'nen Komik in Deutschland ... ."

„Hör auf ! Mir ist schon schlecht genug !"

„Speit sich ausgezeichnet !"

„Das hätte ich gestern machen sollen, dann ginge es mir jetzt besser."

„Besser spät, als ... !"

Mir knallte ein Kopfkissen ins Gesicht. Meine Reaktionschnelligkeit ließ heute morgen zu wünschen übrig.

Wir aßen den toten, kalten Fisch, und warteten auf Besserung. Wenigstens verschwand dieser wollene Geschmack in meinem Mund. Sie schlief mit dem Kopf auf meiner Brust wieder ein. Zuckte wie ein junger Hund beim träumen.

Als wir wieder aufwachten war es schon wieder dunkel.

„Das wird ein ruhiger Abend heute."

Wir beschlossen, uns ein Video auszuleihen. Der Chinese um die Ecke lieferte gedünstetes Allerlei mit Reis und so anderem Zeugs. Sie bestand auf Broccoli – weil's so gesund ist.

Ich mußte also meine verschwundenen Spurenelemente mit diesem faden dunkelgrünen Gemüse wieder zurückgewinnen. Ich hasse Broccoli. Aber was uns nicht umbringt ... . Vorhin beim Videoverleih bestand sie auf „Rocky 1".

Gar nicht schlecht, der Film. Hatte ihn seit Jahren nicht mehr gesehen - und - es war das erste Mal, daß ich den Film im Orginalton genießen konnte. Sylvester Stallone spielte wirklich den kompletten Deppen. Es war kaum zu verstehen, was er da so murmelte. War aber auch gar nicht wichtig. Bezeichnend allerdings, daß man hier in den Staaten lustig sein mußte um eine Frau 'rum zu kriegen. Auch wenn die Witze so abgestanden waren wie die von Rocky.

Wir lagen in Nachkaterstimmung auf dem Teppich vor der Glotze. Aßen und schauten. Ich machte eine Flasche „Roten" auf. Nach ein paar Schluck ging das Zeug wieder gut runter. Iyaia war sofort wieder beschwipst und schläfrig. Ich brauchte noch einen Absacker nach dem „Kampf" und dann „zombieten" wir wieder ins Bett. Voller Magen und ein „Aufgewärmter" ließen uns schlafen wie tot.

Brunch. Spaziergang bei den Klöstern im Norden.

Die kalte, frische Luft tat gut. Der Schatten ihrer Abreise erschien am Horizont und stimmte uns etwas melancholisch.

Wieder Zuhause wärmten wir uns mit Glühwein auf und zündeten den Baum ein letztes Mal an. Es war eine surreale Stimmung. Der in der Ecke stehende Baum strahlte Wärme und angenehmes Licht aus. Draußen hupten die Taxifahrer um ihr Leben. Wir hörten Reifen quietschen. Menschen schreien. Teilweise erreichten uns Fetzen von Jive: „Yo – wassup ?" Feuerwehrautos mit lauten Sirenen fuhren vorbei. Klassik im Radio. Welten schienen ineinander zu verschmelzen. Wir machten Liebe vor dem Baum. Auf Stuhl und Tisch. Die ganze Einrichtung wurde zu unserem Spielzeug. Und über allem lag diese seltsame Stimmung wie ein dicker Samtvorhang, der die Wirklichkeit nicht richtig zu uns kommen ließ. Geräusche drangen nur gedämpft zu uns. Waren nur „Staffage" im Hintergrund. Waren da, aber spielten keine Rolle.

Wir gingen in Ausstellungen und Museen. Gepflegt essen und ins Kino. Wir hatten Sex, so oft und so intensiv, als ginge es um unser Leben. Die letzten Tage flogen vorbei. Wir erkundeten die Stadt „Hand in Hand", „Arm in Arm", und küßten uns, wo immer sich eine Gelegenheit bot. Die Stadt gehört uns. Wir waren ineinander verliebt und wunderten uns über alle die es nicht waren.

26

Schließlich war es dann soweit. Der Tag der Abreise war gekommen. Koffer mußten gepackt werden. Dinge, die in der Wohnung verstreut waren, gefunden werden. Die Limo zum Flughafen war für Zehn Uhr bestellt. Ich wollte sie nicht zum Flughafen begleiten. Das hätte ich nicht ausgehalten. Sie vielleicht auch nicht. Ne Stunde im Auto sitzen, dann am Abflugschalter Schlange stehen, um sie dann erst im letzten Moment zum Gate verschwinden zu sehen. Das war masochistisch. Das wollte ich uns nicht antun. Also hatte ich ein Auto bestellt.

Ich dachte in diesen letzten Stunden oft an ihren Vater. Der, der nicht wollte, daß seine „Blume" zu schaden kam. Der alte Herr hatte doch genau gewußt was da ablief ! Aber irgendwie ... . Es ging mir nicht aus dem Kopf. Er bekam seine „Blume" wieder zurück. Nicht so „ganz" wie er sie gehen sah, aber auch nicht beschädigt im eigentlichen Sinne. Eher „aufgeblüht". War es das ? "Gut beschützen und von heiklen Situationen fern halten ???" Er wollte auf keinen Fall, daß ihr weh getan wurde. Er wollte sie behütet sehen. Es mußte ihm klar gewesen sein, was hier passieren würde. Und wunderbarerweise hatte er , sozusagen „inoffiziell", sein Einverständnis gegeben. Gab seine Tochter in die Obhut eines Mannes, tausende von Meilen entfernt. In die Obhut eines Mannes, den er für gerade 20 Minuten in einem Café in New York getroffen hatte. Mit dem er - wenn's hochkam - fünf Sätze gewechselt hatte. Ich war diesem Mann dankbar. Seine Tochter hatte die „Hornhaut" die sich um mein Herz gebildet hatte durchbrochen. Mir klar gemacht, daß ich doch noch in der Lage war zu lieben. Etwas, was ich nicht mehr für möglich gehalten hatte. Nach all meinen Enttäuschungen und Erfahrungen mit Frauen. Ich nahm Frauen im besten Fall nur noch dann für Wesen war mit denen ich leben konnte, wenn sie mir keine Probleme machten. Als Gegenzug erklärte ich mich damit Einverstanden, machte mir keine Illusionen darüber, daß sie alle einen bestimmten Grund hatten, mit mir zusammen zu sein. Ein Grund, der nicht Liebe war. Geld, Freundeskreis, Beziehungen, Karriere ... .
Iyaia kam „naiv" in mein Leben. Ich wußte nicht, ob ich mit ihr leben konnte, aber ich wußte, daß da keine verborgenen Hintergedanken bestanden. Wie auch ?! Ich fühlte mich wohl in ihrer Nähe. Da war natürlich der Altersunterschied ... .

Das Telefon klingelte. Der Limofahrer stand vor der Tür.

Der Limofahrer ! Natürlich wieder zu früh. Die kommen alle entweder zu früh oder nie. Ich sagte ihm, daß wir gleich kommen würden.

Iyaia kam aus dem Schlafzimmer und schleppte zwei schwere Koffer zu Tür. Ich wollte ihr helfen aber sie wehrte mich ab. Sie stellte das Gepäck an die Tür, drehte sich zu mir um. Sie hatte Tränen in den Augen. Wir küßten uns. Wir umarmten uns. Wir versprachen uns wieder zu sehen. Bald. Entweder hier oder in Tokio.

Wir hielten uns fest. Sie preßte sich an mich. Ich fühlte das letzte Mal ihren wunderbaren Körper. Sie heulte an meiner Brust. Ihr Kajal verschmierte. Ich versuchte den Schaden mit meinen Daumen wegzuwischen. Es gelang klarerweise nicht. Sie schniefte und küßte. Mir war auch nach Heulen zumute. Ich versuchte zu trösten. Wen wußte ich nicht. Mich ? Sie ? Sie schnaufte heiß an meinem Hals. Ich hob sie an ihrem Hintern hoch. Ihre Beine klammerten sich um meine Hüften. Sollte der Limofahrer doch warten. Hastig, heiß, intensiv ... . Dann ... - Stille.

Sie stand auf, brachte ihre Kleider wieder in Ordnung. Wir „sammelten" uns. Ein Abschiedskuß. Sanft. Wir sprachen nicht.

Sie öffnete die Tür, nahm ihre Koffer.

„Warte - ich helf' Dir tragen."

Sie drehte sich zu mir um. Lächelte.

„Nein, das geht so. Is' besser so."

Der Limofahrer saß faul in seinem Mobil und wartete. Ich schloß die Tür.

27

Es gab diesmal keinen Anruf vom Flughafen. Auch nicht aus Hawaii. Keine Botschaften auf dem Anrufbeantworter.

Sie hatte sich verändert in der Zeit in der sie hier gewesen war. Ich fand den rosa „Tropenhelm" im Abfall. Vieles Neues war in ihr Leben gedrungen. Und damit meine ich nicht nur mich. Sie hatte ihre Garderobe verändert. Ihre Weiblichkeit. Ich hatte keine Ahnung wie sie so in Japan lebte, aber ich wußte, daß New York anders war als irgendeine Stadt in dieser Welt. Gut, Tokio war sicherlich auch anders als irgendeine Stadt in dieser Welt. Aber das war es ja gerade. Ein kleines Mädchen das in New York zur Frau wurde. Feierte. Männer anmachte. Zum ersten Mal Kaffee trank. Italienisches Essen versucht. Miniröcke trägt. Nach alldem zu schließen, was sie hier so begeisterte, mußte sie wohl sehr behütet konservativ aufgewachsen sein. Die hatten doch auch MTV da drüben in Japan?! Und Kunst und Kino.

Würde sie ihren roten Minirock auch in Tokio anziehen? Würde ihr Vater ihr den Fetzen um den Kopf schlagen und sie als Nutte beschimpfen? Das silberne Cocktailkleid? Die anderen Sachen? Würde sie die nur heimlich ihren Freundinnen zeigen können? Großartige Geschichten erfinden und angeben wie „Zehn nackte Neger"? Vom Vater erwischt werden, wie sie sich einen Gin Tonic an der Hausbar mixte? Oder würde sie alles das, was sie in New York gemacht und erfahren hatte, an der Haustür abgeben wie einen alten Mantel?

Ich wollte nicht anrufen. Ich wollte nicht ihre Mutter oder ihren Vater am Telefon haben um dann schnell wieder auflegen zu müssen. Am Ende hatten die „Caller ID" und wußten, daß ich das war. Komisch eigentlich, daß sie nie Zuhause angerufen hatte. So in dem Stil „Ich bin gut angekommen".

Das Haus war leer. Kein Lachen das aus dem Nebenzimmer drang. Der Christbaum war auch weg. Nadelte fürchterlich. Kein Schlüpfer auf dem Sofa. Kein Minirock auf dem Küchenboden. Kein kleines „Gespenst", daß mir, in einem von mir „geklauten" weißen Hemd, das Frühstück ans Bett brachte. Kein kleines warmes Knäuel, das sich an mich schmiegte wenn ich ins Bett kam. Ich vermißte sie. Ich war traurig. Obwohl, richtig traurig war ich nicht. Wir hatten uns ja nicht getrennt. Ich wußte, daß Sie da draußen irgendwo war. Ich war dankbar für die zwei Wochen. Sie hatte nicht mit mir „gespielt". Und ich nicht mit ihr. Das war echt und nah. Es war ein gutes Gefühl, irgendwie. Ich liebte sie. Sie war eine Freundin. Ich wußte nicht ... was?! Ich wollte sie bloß wieder sehen. Bald. Verdammt! Warum rief sie nicht an?

Samstag früh. Ich checkte meine Emails. Da war es!!!

„Iyaia@ ...."

Ich spürte ein Zittern im Magen. Schmetterlinge ... Bloß nicht aus Versehen löschen.

Aufmachen! Adresse speichern!

„Subject: TEST!"

„Hallo, das ist ein Test. Schreib zurück wenn diese Mail Dich erreicht. Iyaia"

Und wie ich zurückschrieb! Und dann löschte ich alles wieder und tippte:

„Mail angekommen! Kann das außer Dir sonst noch jemand lesen?! Hast Du ein Paßwort für Deinen Computer?! :-) "

Am nächsten Tag kam die Antwort. Sie hatte nicht angerufen oder geschrieben, weil sie mich mit einer Email überraschen wollte. Sie hatte den „alten" Computer ihres Vaters vermacht bekommen und hatte sich bei einem Service Provider angemeldet. Ihre Email an mich, war ihre erste die sie versendet hatte. Und es hatte geklappt. Ja, sie hatte ein Paßwort für ihren Computer und es bestünde keine Gefahr, daß irgend jemand außer ihr meine Mails lesen würde.

Email war eine riesige Erleichterung für unsere Kommunikation. Der Zeitunterschied, der sonst immer die Telefongespräche erschwert hatte, war gewaltig. Briefe brauchten so um eine Woche um von Ost nach West - und umgekehrt - zu gelangen. Das waren zwei Wochen ohne Antwort! Und dann auch noch die Zeit, die das Schreiben verbrauchte. Geschriebenes wieder auszubessern war auch so ein Problem. Schaut einfach scheiße aus! So durchgestrichene Zeilen mitten im Brief. Ich mochte Briefe sowieso nicht besonders. Postkarten lagen mir eher. Kurz und prägnant. Mit Bild. Was zum Anschauen. War aber „offen". Konnte also jeder lesen. Mit dem ganzen Geschreibe war man sich nie sicher, ob nicht eine besorgte Mutter, oder eifersüchtiger Vater die Briefe abfangen und über saftige Details in Ohnmacht fallen würde. Alles das war jetzt kein Problem mehr. Noch nie war ich über die Erfindung von Emails so glücklich. Wir schrieben uns jeden Tag. Es macht alles so viel einfacher. Ich wußte, daß sie irgendwo da draußen war. Daß sie meine Mails las. Es war ein gutes Gefühl.

Ihre nächsten Ferien standen an. Sie wollte wieder kommen. Ich wollte, daß sie wieder kam! Na klar! Wir diskutierten kurz darüber, ob ich nach Tokio kommen sollte. Aber das war eine ziemlich schlechte Idee.

Erstens hatte ich nicht so viel Zeit, Job und so. Zweitens wäre es ziemlich „wunderbar" gewesen mit ihren Eltern unter einem Dach zu leben. Wahrscheinlich dann auch noch getrennte Schlafzimmer. Sicher sogar. Wie sollte man der Mutter erklären, daß ... . Der Vater würde mich wahrscheinlich andauernd abends zum Trinken wegschleppen ... trinkende Japaner nach getaner Büroarbeit – mein Vorurteil.

Vielleicht wären sie dann schließlich mit der Idee gekommen uns zu verheiraten. Der Altersunterschied war da auch noch. Aber die Eltern hätten es sowieso nicht erlaubt. Denk ich mal. Obwohl sie mittlerweile 18 war. Aber was zählt das schon ? Vielleicht wäre ich gekommen, hätte sie eine eigene Wohnung gehabt. Wahrscheinlich aber eher nicht. Obwohl ?! Flüge von hier nach Tokio waren doppelt so teuer wie „Return-Flüge" die in Tokio gebucht wurden. Vater zahlt sowieso alles. Wirtschaftlich gesehen war das folglich ziemlich dumm 'rüberzufliegen. Da konnte ich sie hier jeden Abend zum Essen ausführen und es wäre immer noch billiger. Und mehr Spaß.

Ich versprach ihr ein teueres Geburtstagsgeschenk. Ich dachte da an so einen Laden der Kleider verkaufte ... .

Es war also wieder soweit. Keine verschlüsselten Botschaften vom Vater diesmal - von wegen „Blume" und so. Anscheinend hatte er sich damit abgefunden. Seine Tochter war ja nach dem ersten Trip auch wieder in einem Stück zurück gekommen. War also in Ordnung.

28

Am Abend vor dem Abflug rief sie mich an. Ich war überrascht. Lampenfieber, dachte ich mir. Von wegen !

Iyaia: „Hi ! Wollte nur schnell „Hello" sagen bevor ich morgen losfliege."

Ich: „Hey ! Ich freu' mich schon ! Ich kann's kaum erwarten. Du kommst also wirklich. Hatte schon Angst Du rufst an, und sagst Du kannst nicht kommen."

Iyaia: „Ich lieb Dich doch. Klar komme ich. Was denkst Du ?"

Ich: „Nix. Bin bloß überrascht.

Iyaia: (Pause)

Ich: „Is' was ?!"

Iyaia: „Nee !"

Ich: „Irgendwas is' los. Ich kenn' Dich doch. Ich riech' das durchs Telefon."

Iyaia: „Ich wollte Dir bloß was sagen, bevor ich losflieg'."

Ich: „ Du bist schwanger ?!"

Iyaia: (Schüchternes Lachen) „Nein, ich bin nicht schwanger. Ich hab doch die Pille genommen. Hast Du das schon vergessen ?"

Ich: „Wie könnte ich ?"

Iyaia: „Ich werde im Sommer nicht nach New York kommen. Ich werde einen Monat in Indonesien Urlaub machen ... ein Bekannter von mir ... ein Schulfreund ... seine Eltern haben da ein Sommerhaus."

Ich: „Familienurlaub ? Befreundete Familien auf Urlaub in Indonesien ? Warum läßt Du Deine Eltern da nicht alleine hin, und wir treffen uns auf halben Weg ? Hawaii vielleicht, ... das wär' doch was ?!"

Iyaia: „Nein. Nur er und ich. Keine Eltern."

Ich: (Pause) „BITTE ?!"

Iyaia: „Nur er und ich. Ich kenn' ihn seit ich vier war."

Ich: „Sandkastenliebe, oder was ?"

Iyaia: „Keine Liebe. Er ist nur ein guter alter Freund. Ich liebe Dich, und sonst niemanden."

Ich: „Du willst mir also erzählen, daß Du mit einem alten Schulfreund einen Monat nach Indonesien fliegst – *alleine* – und die ganze Zeit am Strand sitzt und nix anderes machst als Sandburgen bauen und Dich mit ihm über die gute alte Zeit unterhältst ... ?!"

Iyaia: „Nein !"

Ich: (Pause) „Ich ... kann Dich nicht vom Flughafen abholen. Nimm Dir ein Taxi !"

Ich knallte den Hörer auf die Gabel. Ich war stinksauer. Verwirrt. Was war das?

Zum Teufel !!!

Ich versuchte einen Grund zu finden, warum sie mich einen Tag vor dem Abflug anrief um mir sowas mitzuteilen. Was war los ? Das war wohl das schlechteste Intro, das ich mir für einen romantischen Urlaub vorstellen konnte. Warum hat sie mir das gesagt ? Ausgerechnet übers Telefon !? Warum nicht in einem zärtlichen, oder was auch immer, Moment, wenn sie hier war. Warum die Stimmung von Anfang an verderben ? Sie hätte es mir auch gar nicht sagen brauchen. Oder eben im Juli, oder so. Warum dieses „Nein !" ? Konnte sie nicht lügen !? Wollte sie nicht lügen ? Was sollte ich machen ? Wie sollte ich mich verhalten ? War ich jetzt der volle Depp ?!
Ich lief im Haus herum, wie ein Tiger im Käfig. Ratlos. Wollte sie mich verlassen ? Warum kommt sie dann überhaupt ? Ich hatte keine Antwort. Je mehr ich darüber nachdachte, desto weniger wußte ich. Ich gab's auf. Laß sie erstmal kommen. Dann sehen wir weiter. Erstmal kommen lassen ... .

29

Ankunftstag. Und ich würde lügen, würde ich nicht zugeben, daß jedesmal, wenn ich an sie dachte, mir das Blut in den Schwanz schoß. Ihr Körper war mir noch so lebendig in Erinnerung. Ja, vögeln wollte ich auf alle Fälle mit ihr. Und wenn es das letzte Mal war. Das war sie mir schuldig, fand ich. Wenigstens das. Vielleicht war das mit Indonesien ja nur ein Test? Ein dummer Test zwar. Aber vielleicht ein Test? Ich wollte nicht damit anfangen. Nicht der erste sein, der das Thema anschnitt. Wenn sie darüber mit mir sprechen wollte, gut, dann würde sie damit schon früh genug anfangen. Gut. Fein. Wir haben also einen Plan. Klappe halten und kommen lassen. „Schau 'mer mal" – wie der Teamchef immer so treffend sagte.

Es schellte an der Tür. Sie stand vor mir. Endlich. Koffer links und rechts. Sie fiel mir freudestrahlend um den Hals.

„Ich hab Dich so vermisst!"

„Ich Dich auch", sagte ich. Und ich meinte es auch so.

Wir brachten die Koffer rein. Ich machte ihr einen starken Kaffee. Sie setzte sich auf meinen Schoß. Sie rauchte. Das war neu. Sie plapperte. Erzählte. Rauchte. Trank Kaffee. Hörte nicht mehr auf.

Ich hörte zu.

Ihr Lachen war wie immer ansteckend. Ich entspannte. Langsam. Die Situation entkrampfte. Jedenfalls auf meiner Seite. Ihrerseits schien niemals jemals eine Anspannung existiert zu haben. Oder sie überkompensierte mit ihrem Gerede. Normalität kehrte ein. Es war als wäre sie nie weg gewesen. Iyaia war nie weg gewesen.

Ich gab ihr das Geburtstagsgeschenk. Ein knappes Minikleid. Extra für sie gemacht. Sie freute sich „zu Tode". Sie zog sich vor meinen Augen mitten im Zimmer um. Das hatte Methode. Das war „gestaged". Verfehlte seine Wirkung nicht. Sie hatte teure Dessous an. Französisch. Verführerisch. Als hätte sie schon vorher gewußt, daß sie sich vor mir umziehen würde. Aber das war OK. Sie fragte mich, ob ich sie nicht in ihrem neuen Kleid vernaschen wollte? Ich wollte ... natürlich wollte ich.

Das Wochenende verbrachten wir größtenteils im Bett. Der polnische Bäcker im Laden nebenan erkannte sie sofort wieder, und stellte ihr ohne zu fragen grünen Tee hin. Sie wollte lieber Kaffee, traute sich aber dann doch nicht, was zu sagen.

Der Typ schmolz regelrecht dahin. Konnte seine Augen nicht von ihr lassen. Dieser eine Trip zur Bäckerei war der einzige Vorstoß in die Außenwelt, den wir an diesem Wochenende unternahmen. Montag mußte ich wieder in die Arbeit. Ich hatte zwar Vorsorge getroffen größtenteils von zu Hause zu arbeiten – Gott segne die Erfindung der Emails – aber Montags waren eben diesen verdammten Abteilungssitzungen. Grauenhaft.

30

Ich kam ziemlich früh wieder nach Hause. Iyaia hatte eingekauft und das Apartment geputzt. Abendessen stand auf dem Tisch. Sie wollte wissen, was ich den ganzen Tag über so gemacht hatte. Was mein Job war. Mit welchen Leuten ich arbeitete. Wie die so waren. Wir tranken Wein. Ich fragte sie ob sie ins Kino gehen wollte.

"Nein, ich find's gemütlicher hier."

Auch gut. Is' Montag. Montags bin ich immer ein wenig "flach". Wochenanfang und dergleichen. Wir öffneten die zweite Flasche Wein. "Couchpotatoe". Sie verführte mich während die Simpsons im Fernseher liefen. Bett.

Der nächste Tag verlief irgendwo genauso. Ich arbeitete von zuhause. Sie nutzte die Zeit um Fenster zu putzen, und um andere spannende Tätigkeiten des Haushalts zu erledigen, wie z.B. den Kühlschrank zu enteisen. Am Nachmittag fand sie dann den Staubsauger. Meine Geschäftskollegen am anderen Ende des Telefons fragten mich, ob meine Putze tollwütig geworden war. Iyaia stürmte mit dem Teil mitten in einer Konferenzschaltung auf Lautsprecher in mein Büro. Ich hatte vergessen das Telefon auf "Stumm" zu schalten.

"Jaja, meine Putzfrau ... .", sagte ich. "Iyaia !!!", dachte ich.

Wäre selbstmörderisch gewesen, zuzugeben, daß meine *achtzehnjährige (!)* japanische Freundin, halbnackt, – sie war nur mit Slip und einem meiner, für sie viel zu großen, weißen "Heini-Geschäft–Hemden" bekleidet, hier mit einem Staubsauger Amok lief. Ich trieb sie aus dem Zimmer. Fehlt nur noch das Kopftuch ... .

Sie wollte den Abend wieder zuhause vor der Glotze verbringen. Gut ! Ich bestand auf Baywatch. Mal testen wie sie reagieren würde. Wußte ich's – sie war ein Fan von "Hasselhoff".

"Was willste mit dem ? Der ist doch schwul !"

"Na und ? Was willste denn mit der "Anderson" ? Die ist doch plastik !"

Ich durfte mir die wogenden "Plastikwelten" in knappen Badeanzügen ansehen und wurde dabei "mündlich entlohnt". Der "Hasseldoof" war viel zu oft im Bild.

Fortsetzung folgte im Schlafgemach, und der Gedanke an die Anschaffung eines Wasserbettes ging mir nicht aus dem Kopf.

Nächster Tag, gleiches Szenario. Nur daß ich mit der „Stummtaste" des Telefons etwas schlauer umging, und daß es nicht mehr viel im Haushalt zu tun gab. Iyaia langweilte sich. Sie wollte aber auf keinen Fall das Haus verlassen. Wollte in keine Ausstellung gehen. Nichts einkaufen. Nichts anschauen. Sie blätterte mürrisch in einigen Illustrierten herum. Wir gingen Mittagessen. Zwei Stunden ! Sie stocherte in ihrem Essen herum. Ich schickte sie einkaufen. Sie kam nur mit dem Nötigsten zurück.

Abends wieder vor der Glotze. Nix Kino, nix Kneipe, nix Kultur.

Wein. Weib. Wohnzimmersex.

Am nächsten Tag passierte es dann. Iyaia lief lustlos in der Wohnung herum, und machte mich nervös. Sie hatte nichts zu tun. Wollte aber auch nichts unternehmen. Bücher waren ihr zu langweilig. Die Illustrierten hatte sie angeblich alle ausgelesen. Ich konnte da nicht viel machen. Ich mußte telefonieren, die Jungs auf „Trab halten". Wir hatten eine Deadline, die wir einhalten mußten. Kostete es was es wollte. Iyaia kam immer öfter ins Bürozimmer und stöberte herum. Schmiegte sich an mich, wenn ich telefonierte. Stellte mir Fragen, wenn ich Emails beantwortete. Riß mich aus Gedanken, wenn ich versuchte irgendeinen blödsinnigen Text zu verstehen. Mit einem Wort – ich arbeitete, ihr war langweilig.

Ich hörte wiedermal, wie sich die Tür öffnete. Ich saß vor meinem PC und tippte.

„Immer sitzt Du nur vor dem dämlichen Computer und starrst auf den Bildschirm. Mich gibt's auch noch ! Hast Du mich vergessen ?"

„Ich muß arbeiten, Iyaia. Besser hier als im Büro. Spart mir das Pendeln jeden Morgen - und Abend."

„Scheiß „Pendeln" !"

„Würde ich im Büro arbeiten, könnten wir uns den ganzen Tag nicht sehen. Und außerdem würde ich spät nach Hause kommen. So sparen wir uns zwei Stunden."

Sie stand dicht hinter mir. Sie stieß einen wütenden Schrei aus. Ich wollte mich umdrehen um zu sehen was los war. Hatte gerade meine Hände von der Tastatur gehoben – ein Schlag knallte gegen meinen Hinterkopf.

Es durchzuckt mich ein dumpfer Schmerz. Mein Oberkörper knickt nach vorne. Kopf knallt gegen den Monitor. Meine rechte Hand schlägt gegen das Keyboard. Das Keyboard flippt nach oben. Trifft mich mit der Kante auf die Nase. Monitor rutscht gegen die Wand. Ich richte mich schreiend im Stuhl auf. Mein Kopf brennt. Brummen. Sie steht neben mir. Ich schwinge auf dem Stuhl herum, packe sie vorne am Hemd. Ziehe sie mir über den Schoß. Packe eine Zeitung von irgendwo, und knalle sie ihr ein, zwei, drei Mal auf den Hintern.

Wie einem jungen Hund. Mein Kopf explodiert. Ich stöhne. Ich lasse sie los. Sie gleitet weg. Ich drehe mich wieder dem Tisch zu. Halte meinen Kopf. Aus der Nase tropft Blut auf Papier. Suche nach was. Kann nix finden. Mir wird schlecht. Schwindlig. Schwarz. Taste mich ins Bad. Stütze mich aufs Waschbecken. Langsam wird's besser. Schaue mich im Spiegel an. Bin kalkweiß. Mein T-Shirt ist vorne voller Blut. Ich sehe aus wie Bukowski in „Barfly". Der Vergleich bringt mich zum Lachen. Das Lachen sticht in der Birne.

Besser nicht.

Ich gehe wieder zurück ins „Büro". Iyaia steht wie zur Salzsäule erstarrt in einer Ecke. Sie glotzt mich an. Sieht mich aber nicht. Schaut durch mich hindurch. In ihrem Gesicht, kein Entsetzen – purer Horror ! Sie zittert vor Furcht. Kann sich aber sonst scheinbar nicht bewegen. Was mach ich hier im Büro ? Keine Ahnung. Denkapparat ist wohl auf „Standby". Ich dusche. Das Wasser tut einigermaßen gut. Das T-Shirt schmeiße ich weg. Das wird eh nicht mehr sauber. Ich zieh mich an. Keine Spur von ihr. Nicht im Schlafzimmer, nicht im Wohnzimmer, nicht im Büro. Ich ordne ein paar Unterlagen. An Arbeit ist nicht mehr zu denken. Sowieso schon sechs Uhr. Ich kippe ein paar Aspirin und beschließe zu warten. Sie kommt nicht wieder.

Warum hat sie das getan ? Ihr war langweilig, klar. Aber mir deswegen eine in die Birne zu knallen ?! Und gleich so ? Was war das ? Abends wollte sie nie fortgehen. Tagsüber nichts unternehmen. Vielleicht wollte sie nichts alleine unternehmen, aber sie wußte, daß ich arbeiten mußte. Wenigstens arbeitete ich von Zuhause. Mittags gingen wir essen. Aber da stocherte sie nur lustlos im Essen herum. Anstatt früh auszuschlafen, stand sie mit mir auf und machte Frühstück. Mir, der normalerweise nicht mehr als einen Kaffee vor dem Mittagessen runterbringt. Aber ich aß. Sie ging danach nicht wieder ins Bett. Klar, daß die Tage lang waren. Wirklich, in New York gab es tagsüber mehr zu sehen als mir bei der Arbeit zuzusehen. Wenn man schonmal da war. Ich hatte nächste Woche einen Tag freigenommen, extra für sie.

Da war nämlich ein Feiertag am Mittwoch. Das wär dann ein Tag Arbeit, zwei Tage frei, ein Tag Arbeit. Oder vielleicht auch nur einen halben. Ich konnte keine zwei Wochen freimachen. Das hatte sie schon gewußt bevor sie kam. So dermaßen auszurasten ... das macht fast Angst. Sie kam nicht heim.

Es war jetzt acht Uhr. In der Glotze lief nur Scheiß, außerdem tat das Fernsehen meinem Gehirn weh. Die Aspirin waren wohl Kindergrösse. Ich warf noch zwei ein. Rief einen Kumpel an. Es hatte keinen Sinn zu warten.

31

Wir trafen uns in der Kneipe. Das Übliche. Stress mit seiner Freundin. Alle haben sie Stress. Wir alle haben Stress. Selbst der Typ in der Ecke, der mit seinem langen weißen Bart aussah als käme er direkt von den Hells Angels (70iger Jahre Ausgabe), schrie seine Alte an:

„Warum machst Du das mit mir? Ich habe Dir nie was getan!"

Ja, warum machte sie das? Was immer es auch war. Alle machten sie was .... Aber warum haben diese Typen immer alle Schlüssel, die sie jemals im Leben besessen hatten, außen an ihrem Hosenbund hängen. Ein faustgroßer Batzen Metall. Vielleicht benützt er den als „Totschläger", wenn ihm jemand an den Ranzen will. Coole Wampe, Alter.

Mein Kumpel fragte mich nach meinem Liebesleben.

„Achterbahn, wie immer. Nix Neues in der Weste."

Ich hatte keine Lust, ihm mein neuestes Beziehungserlebnis mitzuteilen, um dann mit ihm in Küchenphilosophie zu versinken. Über etwas zu diskutieren, über das ich selber nix wußte, war nicht so mein Ding heute abend. Ich bestellte noch ein Bier.

„Was hast Du mit Deiner Nase angestellt?!"

„In Dinge reingesteckt, in die ich sie nicht hätte reinstecken sollen."

„Neue Braut? Eifersüchtiger Freund?"

„Wenn'stes genau wissen willst ... 300 Neger und ich ... ."

„Schon gut ... . Wenn Du nicht drüber reden willst ... ."

„Genau. War erst kürzlich im Knast. Einmal reicht. Weißt ja, FHM ... Feind hört mit!", ich deutete auf die vergammelte Videoüberwachungskamera, die schon im Sezessionskrieg nicht funktioniert hatte.

„Pfff ... .", er ließ ein zischendes Geräusch von sich, daß man wohl so oder so ähnlich buchstabierte.

Manchmal war es wirklich erholsam einfach jemanden neben sich sitzen zu haben, der verstand was man meinte, und die Klappe hielt.

Manchmal sind diese Fernseher, die sie hier in jeder Bar haben, von extrem großem Unterhaltungswert.

„Meinst Du die Yankees ... ?"

„Damned Yankees !"

Wir lachten. Tat zwar noch ein bißchen weh, aber das Aspirin „teamte" anscheinend gut mit dem Alkohol. Das Eis, das sich gerade bilden wollte, war schon wieder abgetaut.

„Hör mal .."

„Noch'n Bier ?"

„Klar, is ja schließlich Donnerstag. Also hör mal ... ."

Es wurde doch noch ein guter Abend. Etliche Bier später verließ ich die Kneipe. Vergessen war all die Pein ... ging die paar Schritte nach Hause. Das Schlafzimmer war leer. Sie hatte ihre Sachen gepackt und war ins Gästezimmer umgezogen. Na, dann geh ich morgen eben ins Geschäft. Sei's drum.

32

Man weiß nie, wieviel Aspirin gut für einen sind, oder wieviel man braucht um dem Elend dieser Welt gnädigerweise ein Ende zu setzen. Ich war an diesen Morgen offensichtlich stark auf der Seite der „Zuwenig Verwender". Aber obwohl es einiger Überwindung bedurfte, aufzustehen um ins Geschäft zu düsen, einen zweiten Kopfschmerz wollte ich an diesem Morgen dem Ersten nicht hinzufügen. Einer war wirklich genug. Eines dieser Biere mußte schlecht gewesen sein. Schlechter Witz, ich weiß. Bin ich bekannt für. Was soll's.

Meine Nase war Gesprächsstoff Nummer 1. War abzusehen. Da mir keine glaubhafte Geschichte einfiel, und es mich langweilte, erzählte ich halt die Wahrheit. Naja, nicht ganz. Nur den Part mit dem Keyboard. War ein großer Lacherfolg. Glaubte mir nur keiner. War wurscht. Sie hätten mir sowieso keine Geschichte geglaubt. Wozu sich also die Mühe machen, oder ? Um 4 Uhr ließen sie alle ihre Stifte fallen. Manche um 3 Uhr – war ja schließlich Freitag ... die arbeiten hier weniger als Holz. When you can't beat them, join them. Ich packte also auch ein.

Iyaia war nicht anwesend. Weder körperlich noch geistig. Anstatt Ihrer lag ein Umschlag auf dem Bett. Ich öffnete und las:

„Ich bin den ganzen Tag im Regen in der Stadt herumgelaufen und habe nachgedacht. Über uns. Du mußt wissen was Du willst. Entweder mich, oder Deine Arbeit. Du mußt Dich entscheiden. Beides geht nicht. Ich komme später wieder. Iyaia."

Ich glaub' mich tritt ein Pferd !

Was glaubt die denn ? Der Prinz auf dem Weißen Pferd mit den Satteltaschen so mit Dukaten vollgefüllt, daß er nie wieder arbeiten muß ? Und sie ritten in den Sonnenuntergang. Entweder Sie oder Arbeit !? Wird Zeit, daß sie aus der Schule rauskommt und Papi sein Bankkonto sperrt. Soll man das überhaupt ernst nehmen ? Von wegen den ganzen Tag im Regen herumgelaufen ! Es hat überhaupt nicht geregnet. Den ganzen Tag nicht. So ein Blödsinn. Sie oder die Arbeit. Pah ! Ich pfefferte das Papier in die Ecke. Soll mir bloß kommen.

Ich wartete. Machte mir Essen. Was für ein blödes Spiel war das ? Begib Dich direkt ins Gefängnis – gehe nicht über „Los" – ziehe keine 4000 Mark ein. Scheiß Ereigniskarte hab ich da gezogen !

Apropos Ereignis. War ja schließlich Freitag. Mein Wochenende. Vielleicht steht sie ja draußen, und traut sich nicht rein solange ich da bin. Kann man alles ändern. Ich packte meine Jacke. Mal sehen was in der Stadt so los ist.

Viel los war nicht. Jedenfalls nichts was mich so richtig interessierte.

Ein paar Amateurbands mit schlechter Musik. Lange schwarzgekleidete Schlangen vor den Klubs. Überfüllte Irish Bars. Aufgemotzte Mittelklassewagen mit „Bumsverglasung", Chromfelgen und aufgedrehten Stereoanlagen. Die Bässe wummerten mit einer Vehemenz, daß man Angst hatte die Karren würden beim Kurvenfahren aus der Ideallinie geschleudert. Gangsta – Rap. Die wollten alle so richtig gefährlich und gemein sein. „Wassup, Nigga ? – Cruisin' man, zup ? Hear what I'm sayin' ?! – Yo, keepin' it real, brother - Respect, brother, respect …blablabla. 'N Bier hier, 'ne Unterhaltung da. Wollte nicht so richtig in Fahrt kommen, der Abend.

Da half nur ein Absacker in meinem „All Time Favourite". Mit meinem „All Time Favourite" ! Lochnagar 10 Jahre. Nicht 12 Jahre. 10 Jahre ist der richtige Stoff. Der beste Whisky, den die Schotten jemals zusammengebraut hatten. Meiner Meinung nach. Aah ! Der Geschmack ! Das süße rauhe Brennen in der Gurgel. 12 Jahre - der ist für Anfänger und labelgläubige Snobs. 10 Jahre ! Der Tresen der Bar ist aus poliertem Zinn. Nach dem zweiten „Doppelten" spiegeln die Gläser hinter der Bar schon heller. Leuchten. Das schwarze Mädchen neben mir küßt ihren schwarzen Freund. Tracy Chapman singt „Talking about a revolution". Die Bedienung fragt den Barkeeper nach Schokolade für ein Liebespaar an einem Tisch. Noch'n Schluck. Ne Zigarette. Mir wurde gesagt, daß ein guter Freund von mir vor 'ner Stunde gegangen ist. Ich höre Gespräche über Lou Reed's neuen Film „Rock 'n' Roll Heart". Der Produzent ein alter Bekannter von jemandem. Gute Geschichten hier am Tresen.

„Goddard hat etwas ähnliches mit den Stones gemacht. In den 60igern – „Sympathy for the Devil" ."

Der steht da „Golden Brown" im Glas vor mir. Der Teufel. Gelächter von hinten. Jetzt 'ne Chinesin neben mir. Gläser klirren. Eiswürfel knacken in Wassergläsern. Es wird ruhiger. Es wird später.

„Le Express" on Park Avenue. So heißt der Laden. Keiner hier muß sich mehr was beweisen. Künstler, Fotografen - alles alte Garde.

„Weißt Du noch als wir den Fotoshoot mit dem verrückten Deutschen gemacht hatten? Haben extra diesen spanischen Oldtimer aufgebracht. Richtig alter Wagen. Der Typ hatte Koteletten bis ins Grab … . Hatten damals keine Ahnung wer der war. Der wollte überall mit."

„Ja, haben ihn in alle Schuppen mitgenommen. Hat getrunken wie ein Fisch. Frauen auch und so. Später kam er 'rüber und hat für die City Fußball gespielt. Cooler Knabe. Franz Beckenbauer war das. Kam früher immer für 'n bißchen rüber. Jetzt nich' mehr so. Schaut alt aus, der Knabe."

Die zweite Schicht rollt an. Javier - der macht Salat. Leo spendiert mir einen „Dry Martini". Fast kein Wermuth drin.

„Hey, auf der Getränkekarte is'n Druckfehler !"

„Jaja, schon seit 20 Jahren ... ."

Die zweite Schicht ... .

„Besser gehen. Schon spät."

„Hmm."

„Man sieht sich."

„Paß auf Dich auf."

Das Bett war leer. Morgen ist auch noch ein Tag.

Mir ging's erstaunlich gut. So früh am Tag. Hatte 'ne Flasche Wasser getrunken, bevor ich das Kissen umarmte. Und Aspirin. Iyaia werkelte in der Küche herum. Duschen. Tief einatmen.

„Was war das gestern mit dem Brief ?"

„Welcher Brief ?"

„Der Brief, den Du gestern auf dem Bett deponiert hast."

„Ich hab' keinen Brief ... ."

Ich zog das Teil aus meiner Hosentasche. Eines hatte ich gelernt. Beweisstücke mußte man sichern. Man weiß nie was passiert. Hatte ich mir gestern abend noch eingesteckt. Ich weiß nicht, warum Frauen mir andauernd Briefe schreiben, aber ich weiß aus Erfahrung, daß die Existenz dieser Urkunden weiblicher Logik sehr oft verleugnet werden. Ist vielleicht nicht ganz fair von meiner Seite, die Teile aufzuheben, aber was ist schon fair ... . Ich hielt ihr den Wisch hin.

„Was denkst Du Dir eigentlich ?! Du oder die Arbeit ? Manche Menschen müssen arbeiten um Geld zu verdienen. Um Rechnungen zu bezahlen. Um Kleider für Freundinnen kaufen zu können. Hast Du nicht mehr alle ?"

Ich war außer mir.

„Knallst mich von hinten um. Mir tut der Schädel heute noch weh ! Und die Nase. Sehe aus wie ein Clown. Kein Wort der Entschuldigung. Du haust einfach ab. Und dann das hier !!!"

Ich schleuderte ihr den Brief entgegen. Dummerweise kann man Papier nicht so richtig theatralisch werfen, außer man knüllt es zusammen. Dieses Blatt wollte mich verspotten, es flog vielleicht zwanzig Zentimeter in die beabsichtigte Richtung, stoppte, pendelte in der Luft hin und her, und landete mit dem letzten Schwinger auf meinen Fußspitzen. Das war wohl nix ! Ich zog mich auf die Couch zurück und wartete.

„Ich wollte Dir nicht wehtun."

„Na Prima !"

„Ich weiß nicht ...", sie wischte einen Teller trocken, „... ich bin ... immer im Haus ! Nie was unternehmen ! Und dann Du ... andauernd vor dem Computer ! War wohl zuviel. Dann hast Du mich geschlagen ... ."

„Ich hab' Dich nicht geschlagen ! Ich hab Dir mit einer Zeitung für zwei, drei Sekunden den Hintern versohlt – so wie man einem ungezogenen jungen Hund mit einer Zeitung eine „hintendrauf" knallt wenn er in die Wohnung macht ... oder sonstwas ... ."

„Ich bin keine Gewalt gewohnt."

„Ach ja ?! Gewalt nennst Du das ? Komisch, aber selber austeilen ... ."

„Ich hatte einfach Angst. Nach dem Ding mit der Zeitung. Ich war so überrascht. Ich mußte einfach weg. Gedanken ordnen. Und dann warst *Du* weg. Den ganzen Freitag. Ich wollte mit Dir reden. Deshalb der Brief."

„Klang mehr nach einem Ultimatum, wenn Du mich fragst."

„Jedenfalls reden wir jetzt ... ."

„Genau ... ."

„Ich will was erleben, was unternehmen."

„Ich hab Dich die ganze Zeit gefragt, ob Du was unternehmen willst, aber Du wolltest ja immer Zuhause bleiben !"

„... weil ich gedacht hab', daß Du Zuhause bleiben willst."
(Kommentar am Rande: Kommt das jemanden bekannt vor ?! Ich mein ja nur ...)

„Ich will weg. Ich will nach Mexiko !"

„Mexiko ?!"

„Ja, aber ich hab' kein Geld."

„Das mit dem Geld hab' ich Dir beim ersten Mal geglaubt. Das zieht nicht mehr. Hab' Deine Goldcard gesehen. Du glaubst wohl nicht, daß ich Dir ein Ticket nach Mexiko kaufe ?! Und dann krieg' ich von Deinem Vater die Hucke voll, weil Du nicht rechtzeitig zum Schulanfang zurück kommst."

„Nein."

„Wir müssen das hier auf die Reihe kriegen. Du kannst tun und lassen was Du willst. Entscheide Dich. Aber solange Du hier wohnst, schläfst Du nicht im Gästebett. Pack Deine Sachen und schmeiß sie wieder ins Schlafzimmer, wenn Du hier bleiben willst. Ich betreibe hier kein Hotel. An unserem Sexleben kann sich ja wohl in zwei Tagen nicht viel verändert haben. Wenn Du gehen willst, dann kannst Du noch bis Montag im Gästezimmer bleiben. Dann suchst Du Dir für die restlichen Tage ein Hotel. Die Kreditkarte hab' ich nicht vergessen. Komm mir nicht damit. Überhaupt, wenn wir schon dabei sind ... was sollte diese ganze Geschichte mit Indonesien ?! Du rufst mich kurz vor Deiner Ankunft an und erzählst mir, daß Du im Sommer mit einem Typen auf eine Insel verschwindest, um Dich für vier Wochen durchvögeln zu lassen?! Spinnst Du ? Was glaubst Du eigentlich wie ich mich gefühlt habe ? Vor Deiner Ankunft sagst Du mir das !

Ist das japanischer Humor ? Versteh ich da was nicht richtig ?! Wolltest Du mich eifersüchtig machen ? Ich pack's nicht ! Hast Du eigentlich eine Ahnung was ich für Dich empfinde ? Ich liebe Dich ! Ja, noch immer. Nach all dem Ganzen. Schau nicht so erstaunt ... ."

Sie sah mich entgeistert an.

„Is' das „News" für Dich ?! Nach all dem ?"

Ich hatte keine Ahnung, wie ich ihren Gesichtsausdruck deuten sollte. Ich war völlig „baff" ! Wieso schaut sie mich so entgeistert an ?! War es das „Hotel Ding" ?, war es die Geschichte mit Indonesien ? Ich hatte sie während meiner „Rede" nicht angeschaut. Konnte nicht wissen, wann sie ihren Gesichtsausdruck verändert hatte. Sie hätte beinahe den Teller fallen gelassen.

„Jedenfalls, das Angebot steht. Ich geh' einkaufen. Wir brauchen was zu Essen."

Ich machte die Tür hinter mir zu, und ließ eine sichtlich verwirrte Iyaia zurück. Mal sehen was der Haussegen nach dem Einkaufen so macht.

Der Supermarkt war rappelvoll. Änderte aber nichts an der „Laid Back" Einstellung der Kassiererinnen. Ich kapier's nicht. Sie ziehen Deine Einkäufe über den Barcodeleser und schauen weder Dich noch das Produkt an. Völlig gelangweilt. Piept's nicht, dann wird mal ein Blick auf die Ware geworfen. Noch ein, zweimal probiert. Dann Code eingegeben. Völlige Gleichgültigkeit. Willst Du dann zahlen, und hältst ihnen das Geld hin, dann schauen sie noch für zwei, drei Sekunden über ihre Kasse in die Luft und du kommst dir vor wie ein Depp. Stehst da mit ausgestrecktem Arm und nix passiert. Liegt wahrscheinlich an der schlechten Bezahlung. Aber es interessiert sie einen feuchten Dreck, wieviele Leute an der Kasse warten. Es geht auch keinen Deut schneller wenn die Schlange länger ist.

Meine Laune wurde durch diesen Umstand nicht gerade besser. Aber ich hielt mich zurück. Wenn man nämlich was sagt, dann werden sie zickig. Das hätte mir gerade noch gefehlt. Erstaunlich wie man mit fünf Zentimeter langen Fingernägeln die Registrierkasse bedienen kann ... .

34

Wieder Zuhause - ich glaub mich trifft der Schlag !

Die Fenster waren abgedunkelt. Räucherstäbchen waren in der ganzen Wohnung verteilt. Kerzen flackerten in allen Ecken. „Der Ritt der Walküren" bombastete aus der Stereoanlage. Ich stand mit meinen Plastiktüten inmitten des Spektakels und kam mir „etwas" deplaziert vor. Ich stellte die Tüten ab und rief nach Iyaia.

Sie kam um die Ecke. Im weißen Kimono. Rote Schleife. Teeschale in der Hand. Sie ging vor mir auf die Knie und gab mir die Schale.

„Es tut mir leid. Alles. Ich hoffe, Du kannst mir verzeihen. Ich möchte, daß du mir verzeihst. Es war dumm von mir, und ich hätte Dich nicht schlagen sollen. Ich wollte Dir nur eine Kopfnuß geben. Es tut mir leid was passiert ist. Ich möchte nicht, daß wir uns in unseren letzten Tagen streiten."

Sie sah mich von unten an.

„Ich hab Dir ein Bad eingelassen mit japanischen Kräutern und möchte Dich und mich mit Duft, Wasser und Wein verwöhnen."

Etwas dramatisch das Ganze. Ziemlich. Aber es verfehlte nicht seine Wirkung. Was willste da sagen ? Pack Deine Räucherkerzen ein und zieh Dir was an ?! Ich wollte ja mit ihr zusammen sein. Was ich vorhin gesagt hatte, war die Wahrheit. Ich liebte Iyaia.

War das Ganze auch etwas theatralisch, so brach es doch das Eis, veränderte die Situation, nahm den Wind aus meinen Segeln. Ich ließ mich ins Badezimmer führen. Die Lampen waren mit roten Tüchern abgedeckt, die ich in grauer Urzeit einmal aus Indonesien mitgebracht hatte. Die Atmosphäre irgendwo zwischen arabischem Harem und Zen. Ich wurde massiert und gebadet, geschrubbt und getränkt, eingeölt und beglückt. Es war phantastisch. Sie war wirklich gut mit dem Baden und allem. Wir hatten viel Spaß. Die schwarzen Wolken waren verflogen. Es war wie „früher". Wir waren das glücklichste Liebespaar in New York. Gingen wieder Hand in Hand durch die Straßen. Küßten uns wo und wann immer wir konnten und verärgerten dadurch von Zeit zu Zeit die Umstehenden, wenn wir währendessen in Gespräche verwickelt wurden. Montag hatte ich „Blau" gemacht. Es gibt ein Leben neben der Arbeit !

Dann kam der Feiertag und mein Urlaub. Dann der Samstag der Abreise.

Wir kosteten jede Minute die wir hatten aus. Wir wandelten auf Wolken. Der Abschied war weniger dramatisch als das letzte Mal, aber eng mit unserer Tradition verbunden ließen wir den Limofahrer ein paar Minuten warten ... .

35

Es war ausgemacht, daß sie nicht vom Flughafen aus anruft. Nicht von JFK und auch nicht aus Hawaii. Ich fand die Anruferei ein bißchen pathetisch, so nach ein paar Stunden nachdem man sich verabschiedet hatte. Sie würde von Japan aus anrufen, sobald sich Gelegenheit ergeben sollte. Außerdem - es gab ja Email. Ich müsste also nicht wieder eine Woche auf einen Brief warten. Ich riß mich zusammen. Ich wollte nicht derjenige sein, der die erste Email abschickte. Warum ? Habe keine Ahnung. Wahrscheinlich wollte ich eine Art Sicherheit haben, daß sie an mich denkt und ohne mich nicht leben kann. Chauvinismus vielleicht. Andererseits wollte ich nicht den Eindruck erwecken, daß ich a) nicht ohne sie Leben kann und b) wollte ich sie nicht unter Druck setzen. Ich wollte ganz einfach sicher sein, daß wir ein „Paar" waren, und von meiner Seite wäre diese Sicherheit gegeben, wenn sie als Erste schreiben würde. Wenn man Frauen ein bißchen in Unsicherheit wiegt, dann probieren sie „es" um so stärker. Spiele der Erwachsenen. Doof, eigentlich, aber ich wollte nichts auf's Spiel setzen. Aber ich konnte nicht anders.

Als Entschuldigung für's „nicht Emailen" könnte ich ja dann immer noch meine Arbeit vorschieben. Wäre auf Geschäftsreise gewesen, oder so ähnlich. Geschäftsemails würden von meiner Sekretärin gelesen und deshalb hätte ich nicht schreiben können. Mir wäre schon etwas eingefallen, wenn wirklich Erklärungsbedarf bestanden hätte. Sie hatte mich „mit Haut und Haaren" gefangen. Ich stellte sogar ein kleines Photo von ihr auf meinen Schreibtisch zuhause. Ziemlich spießig. Aber was soll's. Versteht sowieso keiner.

Ich konnte an nichts anderes mehr denken. Im Büro hatte ich viel zu tun. Das war gut so. Ich begrub mich mit Arbeit. Das brachte andere Gedanken. Zuhause wartete ja niemand. Ich wünschte, sie wäre da und würde auf mich warten. Sie hatte noch ein halbes Jahr Schule abzusitzen und wollte dann studieren. Vielleicht könnte sie hier studieren ? Mal sehen was sich da machen lässt. Geld für eine Uni in USA war ja sicherlich vorhanden. Der Vater war reich. Da war ich mir sicher. Da ging bestimmt was.

Nach einiger Zeit war mir das Warten zu blöde. Ich schickte eine Email. Belanglos. Ne Testmail. Kam prompt zurück. Ihr Account war überfüllt und nahm keine Mails mehr an. Auch gut. Nee, nicht gut. Warum las sie ihre Emails nicht? Vielleicht hatte sie vergessen, die Rechnung zu zahlen ? Irgendwie war ich erleichtert, daß meine erste Mail nicht ankam. Konnte so meinen blöden Prinzipien treu bleiben. Was heißt Prinzipien ? Meine Erfahrungen mit Frauen waren eben dergestalt, daß wenn ich wie ein läufiger Hund versuchte Kontakt aufrechtzuerhalten, der Schuss nach hinten losging. Ich wollte da keinen Fehler reinbringen.

Es war jetzt über eine Woche her, daß ich etwas von ihr gehört hatte. Vielleicht ist ja ein Brief auf dem Weg. Ich beschloß zu warten. Nach zehn Tagen schickte ich wieder eine Mail.

„Was ist los ? Warum höre ich nichts von Dir ? Ist alles OK ? Hast Du Probleme Zuhause ? Melde Dich, damit ich weiß Du wandelst noch auf dieser Erde !"

Die Mail kam an. Ich bekam eine positive Rückmeldung vom Server, daß die Mail in den Account eingegangen war. Ich wartete auf Antwort. Es kam aber keine. Was war passiert. Offensichtlich hatte sie Zugang zu ihrer Mailadresse und mußte demzufolge einiges gelöscht haben. Sie konnte ja wieder was empfangen. Ich wurde unruhig.

Ich schickte jeden Tag eine Mail. „Melde Dich", „Rühr Dich", auch ein „Ich liebe Dich".

Nix !

Ich rief Joe an.

„Sag mal, kennst Du Dich mit Japanerinnen aus ?"

„Wie meinen ?"

„Hast Du Zeit für ein paar Freibier ? Ich muß Dich was fragen."

„Für Freibier immer !"

Joe redete für gewöhnlich nicht viel. Jedenfalls nicht viel Blödsinn. Wir trafen uns zur „Happy Hour" in seiner bevorzugten Tränke. Mir war gar nicht so „happy" zumute.

Nach dem ersten Bier fing ich an.

„Du kannst Dich doch noch an Iyaia erinnern ?"

„Iyaia, das war die kleine mit dem Vater mit dem teueren Uhrengeschmack ?!"

„Ja."

„Klar, wer kann die vergessen ?"

Ich erzählte ihm die ganze Geschichte. Mit Weihnachten und dem ganzen Zirkus beim zweiten Besuch. Zwischendurch wedelte er mit dem leeren Bierglas. Ich nickte, er bestellte, ich erzählte, er hörte zu. Bei der Indonesien Sache hob er kurz irritiert den Kopf, starrte dann aber weiter in sein Glas.

„So, und jetzt höre ich überhaupt nichts mehr von ihr. Sie beantwortet keine Mails, ruft nicht an ... kein Brief. Was ist da los ?"

Er bestellte sich noch ein Bier. Ich wartete. Er trank eine kleinen Schluck. Drehte sich mir zu.

Ellbogen auf dem Tresen. Bier in beiden Händen.

„Yellow Cabs !", sagte er leise, „Schon mal den Ausdruck gehört ?"

„Klar, willst Du mich verarschen. So nennt man die Taxen in New York."

„Ne, das meine ich nicht. Du hast wirklich noch nichts davon gehört ?! Wie lange wohnst Du jetzt schon in der City ? Herr im Himmel ! Das wird ekelhaft."

„Also...", fing er an, " ... der "Big Apple" ist dafür bekannt, daß er viel Spaß bringt. Leben und Liebe sind hier schnell. Das weiß jeder, richtig ?"

„Richtig."

„Alles bleibt hier ziemlich anonym, keiner kennt seinen Nächsten. Das hat sich sogar bis nach Japan rumgesprochen."

„Komm zur Sache !"

„Ja, also, wir nennen die Japanerinnen, die hier auf Urlaub rüberkommen „Yellow Cabs". Wie unsere Taxen. Es gibt so viele von ihnen. Du brauchst nur den Arm zu heben ... und schon lassen sie Dich rein. Du verstehst ?!"

Ich wollte nicht verstehen.

„Deine Iyaia ... Jungfrau ... die Sache mit Indonesien ... ."

„Erzähl mir nix !!!"

„So wie ich die Sache sehe ... ist die rübergekommen um ihre Unschuld zu verlieren. Sonst nix. Das Ding ist so ... meine Version von Japanischer Kultur ... . In Japan eine Frau zu entjungfern is' 'ne ziemlich ernste Sache. Der Typ hat die Verantwortung für die Folgen zu tragen. Anscheinend sind ihre Eltern reich und vielleicht auch sehr traditionsbewusst. Sie wollte vielleicht nicht mit dem erstbesten Mann mit dem sie Sex hatte, verheiratet werden. So ist sie also nach New York gekommen. Keiner Zuhause in Tokio, obwohl die Eltern es sicher ahnten, muß mit der Schande zurechtkommen, daß die Tochter – entschuldige hier – in ihren Augen eine Schlampe ist. Schläft mit einem Mann und heiratet ihn nicht. Is' halt passiert. Wenn sie niemandem erzählt, wie und wann es passiert ist, „Schwamm drüber !". Da fragt keiner nach. Kann keiner beweisen. Ist schließlich nicht in der „Nachbarschaft" passiert. Für die Jungs da drüben, auf der anderen Seite, ist sie jetzt eine richtige Frau. Kommt „schlüsselfertig" zurück. Dinge werden einfacher. Sie haben nicht mehr die Verantwortung der Entjungferung zu tragen wenn sie mit ihr schlafen. Und außerdem ist sie wohl jetzt gut im Bett. Das is'n Plus. Großes. Sie weiß jetzt, wie man einen Mann glücklich macht. Die Männer werden's mit Freude zur Kenntnis nehmen. Sie kann sich jetzt als Frau bewegen. Sie kann sich die Männer „leichter" aussuchen. Das ist die neue Welt vom Westen, die hier rüberkommt. Sie verliert jetzt keine Zacken mehr aus ihrer Krone, wenn sie mit jemanden ihres Alters schläft. Sie hat jetzt eine stärkere Machtposition. Japanische Männer lernen den Sex sehr oft noch immer von Frauen, die dafür bezahlt werden, ihnen zu zeigen wie das so geht. Vor allem in traditionsbewussten Haushalten hat man mir gesagt. Für Frauen gibt's sowas nicht. Die Indonesien - Geschichte paßt da ziemlich gut rein. Wer weiß was die offizielle Version von *dem* Urlaub ist. Wer weiß, was die offizielle Version von ihren New York Aufenthalten war ? Vielleicht ist sie ja sogar dem „Indonesientypen" in irgendeiner Weise versprochen worden ? Alter Schulfreund, jaha ! Vielleicht kennen sich die beiden Familien schon seit Generationen ?! Keine Ahnung. Kann auch alles Blödsinn sein. Vielleicht hat sie auch erkannt, daß sie mit Deinem Lebensstil nicht klarkommt. Die „Teufel" aus dem Westen – oder Osten, ganz wie Du willst. Du bist da ganz schön in was reingerutscht."

Ich war sprachlos. Ich brauchte etwas stärkeres als ein Bier.

„Das ist mir nie ... da hab ich nie ... Iyaia liebt mich, da bin ich mir sicher. Und ich liebe sie. Das kann nicht sein. Das kann sie nicht alles gespielt haben !"

„Was weiß ich. Gespielt hat sie vielleicht gar nicht. Ich denke eher, sie hatte da ein Ziel vor Augen. Andererseits ist sie ja zweimal gekommen. Sorry - kein Witz beabsichtigt ! Schätze aber : „Der Mohr hat seine Schuldigkeit getan, der Mohr kann gehen !". Glaub' mir, ich krieg' auch nur noch wenige Emails von der anderen Seite des Pazifiks. Mensch – die war Achtzehn ! Denk mal nach. Wie alt bist Du ? Hast Du wirklich gedacht das funktioniert ?! Wach auf !"

„Ach was."

Ich war erschüttert. Seine Geschichte machte in einer Weise schon Sinn. Andererseits ... . Keine Ahnung. Aber Joe redete normalerweise keinen Bullshit.

„Noch'n Bier ?"

„Nee, muß morgen früh raus. Weißt ja, in meinem Alter braucht man mehr Schlaf. Aber danke für die Einladung. Bis später."

„Ja, danke auch für's zuhören ... und den Rest."

Er ließ mich in der Bar sitzen. Ich bestellte mir noch einen Whisky. „One Bourbon, one Scotch, one beer ... ." Manchmal versucht man sich zu betrinken und es klappt einfach nicht.

Ich war am nächsten Tag in der Arbeit ziemlich schweigsam. Ich wollte es einfach nicht glauben. Das, was Joe mir gestern erzählt hatte. Ich ging das alles noch mal in Gedanken durch. Wieder und wieder. Wenn es stimmte, dann kam ich mir ziemlich ausgenutzt vor. Emails kamen keine zurück. Ich wollte nicht anrufen und ihre Eltern dranhaben. Ich wollte sie auch nicht am Telefon ausquetschen. Ich hatte Angst, sie würde alles bestätigen. Ich hatte keine Ahnung was für ein Telefonanruf das dann geworden wäre. Ich war feige. Ich wußte das. Aber ich wollte ihr nicht Joe's Geschichte am Telefon erzählen um herauszufinden, das ich entweder ein „Westlicher Teufel" war, der alle alten Vorurteile gegenüber den Japanern einfach so glaubte, oder eben ... alles bestätigt bekommen. Ich war mir sicher, daß das Gespräch in einer Heulorgie enden würde. Entweder in der Version, daß keiner den Telefonhörer als erster auflegen wollte. Oder aber der Hörer in die Gabel geknallt wurde. Oder vielleicht: „Ich kann jetzt nichts sagen, mein Vater/Mutter kann zuhören". Alle Versionen - Scheiße.

Am Wochenende beschloß ich, einen Brief zu schreiben. Einen handgeschriebenen Brief. Es dauerte eine Weile bis ich den richtigen Ton traf, und dann das ganze Teil ohne „Durchstreichungen" zuende brachte. Ich hatte keine andere Wahl. Emails wurden immer noch nicht beantwortet.

Zwei Wochen später fand ich einen weißen, handgeschriebenen Briefumschlag in der Post. *Aus Japan !!!*

Ich riß ihn auf.

Nichts.

Ein weißes gefaltetes Blatt Papier. Leer.

Nix Geschriebenes.

„Joe - ich hab einen Brief aus Japan bekommen. Ein leeres weißes Stück Papier. Steht nix d'rauf !"

„Ich hab's Dir gesagt. Weiß ist die Farbe der Trauer. Und wenn da nichts draufsteht, dann gibt's da nichts mehr zu sagen."

Vielleicht, ...

Die Frau ist ganz lustig. Könnte ganz lustig sein. Wenn man so ihre Socken ansieht. Passen irgendwie nicht so zum „Rest". Obwohl der „Rest" eigentlich ja locker ist.

Jeans, schwarz.

Weste, hinten schwarz, vorne wie aus einem 60iger Jahre Altherrensofa ´rausgeschnitten.

Dieses rot-grün bunte Zeugs. Blumenmäßig. Dicker, rauher Stoff. Drunter einen dieser weißen dickrippigen 70iger Jahre Nylon-Baumwollgemisch Rollkragenpulli.

Vor ein paar Jahren nannten wir das Ostblockpulli !

Noch ein paar Jahre vorher war das der letzte Schrei.

Aber das war in einer Zeit, in der ich gerade 'mal meine allererste Zigarette ausprobierte.

Eigentlich gar nicht schlecht. Ein bißchen herb vielleicht, aber von der Sorte die reizt. Ein bißchen naiv vielleicht.

Stille Wasser gründen tief. Weiß mans ?

Sie sitzt zu steif da. Zuuu steif ! Vielleicht ist sie ja spießig und die Weste ist nicht als Witz gedacht.

Und die Socken - ohne daß sie es bemerkt hätte .... morgens beim Anziehen ...

Die Plüschteddies wieder aufs Bett gelegt.

Die peinlich saubere Küche. Oberflächlich. 3 Monate alter Apfelsaft im Kühlschrank. Gärt. Und hinter die Spüle gerutschte Pizzareste schimmeln vor sich hin. Aber nix Sichtbares.

Trockenblumensträuße, bestimmt.

Wohnzimmerschrankwand - ein bißchen moderner als bei Mutti, grau, leichter und flotter - aber eben eine Wohnzimmerschrankwand. Punkt.

Mit Glasvitrine!

Eine Glasvitrine für Gläser die man nie benutzt, aber anschaut. Natürlich. Braucht man. Leichte Staubfusseln dort.

Katzenbilder - sicher hängen Katzenbilder in Ihrer Wohnung. Findet man komischerweise oft bei solchen. Jaja - nix Freund, aber was zum Schmusen. Zum zähmen, ein bißchen. Zum Glück braucht man die nicht Gassi führen ... Also bequem. Die Entschuldigung heißt: „eigener Kopf". Außerdem pissen die auf ihr Katzenstreu. Angenehm sauber. Nur ab und zu auszuwechseln.

Eine nachlässig ausgedrückte Zahnpastatube unter dem getönten Badezimmerspiegel am Waschbecken. Tjaja - so mit der ganzen Hand, so mit der Faust zugedrückt. Und dann die Kapsel nicht wieder 'draufgeschraubt. Übrigens, die Schampooflaschen und das Duschgel stehen auch offen 'rum. Alles an seinem Platz zwar, aufgeräumt...

Bestimmt lebt sie allein. Da schleicht sich sowas ein. Wenn man alleine lebt. So als Frau.

Haare im Badewannenabfluß ? Vielleicht. Könnte schon sein.

Blümchenslip. Nein, Blümchenslip paßt nicht. Glaube ich nicht.

Vielleicht ist sie ja gar nicht so...

Pfirsichgroße Brüstchen unter dem Pulli. "Sitting at the beaches, looking at the peaches..." Klein, aber naja. Sind von der Sorte die interessant sein könnten. Gute Form ?!
Mehr lapprig oder mehr fest ? Am BH sollst Du sie erkennen. Schaut nach Bee-Dee's aus - oder so. Ginge locker auch ohne.

Oberhalb der Brüste wirft dieses Breitrippteil eine große waagrechte Falte. Obwohl sie aufrecht sitzt!

Der Hintern ist zu groß für ihre Brüste.

Sie steht auf.

Uuiih !!

Sie weiß, daß ich sie beobachte. Diese Bewegung ! Dieses Gleiten dieses Hinterns ! Mit einem leichten, sachtem Seitkick beim Aufstehen.

Oh !

Das ist Erotik. Das ist Klasse. Das hilft über die Socken hinweg. Vielleicht habe ich mich getäuscht.

Vielleicht.

Keine Fragen heute Abend ?

Es war eine explosive Mischung. Ich war zu spät auf die Party gegangen - und das auch noch müde.

Mit jedem dieser winzigen Biere wurde ich wacher. Der fehlende Schlaf zusammen mit dem Alkohol hebelten mich in einen Zustand in dem nichts wirklich, und alles möglich war. Zeit schien nicht zu existieren. Musik, Biere, Zigaretten. Frauen ...

Ich tanzte mit jeder. Und machte sie alle an. Sie tanzten mit mir, und machten mich an. Manchmal drei auf einmal. Es war ein Spiel. Es schien niemanden der anwesenden Männer zu stören.

Wenn ich Lust hatte zu tanzen zog ich sie am Arm aus ihren Smalltalkgrüppchen und strich über ihre Hüften als Janis „Take a piece of my heart" sang. Sie bewegten sich wie Schlangen zwischen meinen Händen und lachten.

Es war, als ich am offenen Fenster stand um mich zu erholen. Bier links, Zigarette rechts. Mein Freund klopfte mir auf die Schulter.

„Das hättest Du nicht machen sollen !"

„Was ??"

„Hast Du nichts mitbekommen? Das Mädchen das mit Dir getanzt hat ? Zwei Tänze lang. Und dann hast Du Dich umgedreht, hast Dir einfach eine andere gegriffen und hast weitergemacht."

„Ja und?"

„Komm, mach hier nich' auf blöd. Dieser Nadja Auermann Verschnitt hat Dich angehimmelt. Hat vor Dir einen abgezappelt, daß die Typen hier kaum noch ihren Speichel unter Kontrolle hatten und sich gefragt haben: „Warum er ?" Und was machst du ? Du drehst dich einfach nach zwei Songs um, grapschst Dir die Nächste und läßt sie dumm, ohne ein Wort zu sagen, mitten auf der Tanzfäche stehen. Der sind schon die Freudentränen die Beine 'runter gelaufen. Und Du ? - Du grapschst der Dicken an den Arsch und schiebst ihr zu "Je t'aime" Dein Knie zwischen die Beine. Die stand da wie der Depp und ist abgerauscht. Die hatte fast Tränen in den Augen !"

„Hey - Verasch mich hier nicht, okay !"

„Doch, Alter. Stimmt alles. Die hättest du haben können! Den ganzen Abend versuchen die Typen hier an die Frau d'ranzukommen und du läßt sie stehen wie saure Milch. Da hat nicht mal jemand mehr gelacht. Die Jungs haben den Mund nicht mehr zugekriegt."

„Paß auf. Wenn Du mich verarschen willst - ich kann das selber besser!"

„Mann, glaub mir, die will Dich! Die kannst Du haben. Die brauchste bloß nehmen. Die ist da. Ich scheiß dich nicht an."

„Ich glaub dir kein Wort. Du willst nur daß ich hingehe und mir 'nen „dicken Roten" hole und die Kumpels lachen sich dann tot. Dafür ist mir der Abend zu schade. Ohne mich. Ich weiß wann ich landen kann, und wann nicht, okay?"

„Ohne Scheiß! Ich verkack nich'! Geh hin und pack ein. Aber schnell, sonst ist die weg und die Trauer groß. Die Puppe steht im anderen Raum und is' stinksauer. Hol Sie Dir. Echt!"

„Nee."

„Doch."

Pause. Ich ziehe an meiner Zigarette. Denke nach. Kann nicht sein. Oder doch? Ist 'n komischer Abend heute. Will er mich jetzt verscheißern?. So 'n Testlauf ob man an die Frau 'rankommt oder nicht?!

Eigentlich bin ich heute unverwundbar. Denk ich 'mal. Hab mir alles rausgenommen was ging. Bin angetrunken. Das weiß jeder. Advantage! Und so richtig frech heute. Hab' sie mir einfach geholt. Einfach so. Einfach Spaß.

Heute war mir mal wieder jede recht. Und alle haben sie mitgespielt. Und gelacht. Hat Eine das wohl ernster genommen? Ist das möglich?

Ich trank noch einen Schluck, warf meine Zigarette aus dem Fenster.

„Okay." (Hätte Humphrey Bogart wohl auch gesagt!)

„Was Okay?"

„Ich geh jetzt da rein und hol Sie mir. Ich geh jetzt einfach da rein und hol sie mir."

„Wie? Du gehst da jetzt einfach rein und holst sie Dir?"

„Ich geh jetzt da einfach 'rein und hol sie mir. Du hast gesagt ich kann sie haben. Gnade Dir Gott wenn Du mich angeschissen hast!"
Ich stellte mein Bier ab und ging durch die Tür.

„Stop !"

„Was noch ?"

„Hey, ich hab Dich nicht angeschissen. Wollte nur sagen. Aber weißt ja - wir haben zugeschaut und so. War so unser Gefühl. Weißt ja wie das ist . Vielleicht hast du ja kein Glück und so ... keine Schande."

„Gnade Dir Gott Alter. Ich gehe jetzt da 'rein und hol sie mir."

Ich ging durch die Tür. Schaute wie ein Jäger durch die Runde.

Ein Jäger, das war ich ja jetzt. Vorher hatte ich nur meinen Spaß gehabt und mir nix dabei gedacht. Jetzt war es ernst. Jetzt wollte ich was. Und wenn man was will, dann wird's ernst.

Mal sehen.

Da stand sie ! Ein neues Lied fing an. Guter Groove. Ich ging auf sie los.

Im Hintergrund hörte ich die Stimme von meinem Kumpels. Paßt auf was er jetzt macht. Augen gerade ... ! Diese Ratte.

Egal.

Ich war bei ihr. Blieb nicht mal stehen. Sah sie nicht mal an. Packte im Vorbeigehen ihre Hand und zog sie hinter mir her in die Mitte der Tanzfläche. In die Mitte der zappelnden Leiber. Ich sah ihr ins Gesicht.

Sie lachte !

Sie strahlte mich an wie eine Querschnittsgelähmte die plötzlich wieder laufen konnte. Ich konnte es nicht fassen. Er hatte recht gehabt !

Die Musik raste plötzlich um meinen Schädel wie ein Orkan. Da tanzte sie vor mir. Nadja Auermann in der einmeterfünfundsechziger Ausgabe. Da war Spaß dabei. Das ging ab. Das war ein Rausch.

Ich tanzte mir den Schwanz ab, und sie sich den ihren, aber Frauen haben ja eigentlich keinen wie man ja aus Erfahrung weiß. Manche wollen aber einen und dafür müssen sie dann eben zu uns. Zum Glück war das von der Natur her so eingerichtet, denn sonst wüßten wir wahrscheinlich gar nichts mit diesem Ding da anzufangen.

Wir tanzten da jetzt also so - uns gegenseitig angrinsend - etwa das halbe Lied, als plötzlich ein Kumpel mit seiner Freundin immer näher kam.

Die beiden tuschelten miteinander, rissen uns auseinander und bestanden darauf die Partner zu tauschen. Scheiße !! Was willste da machen ? Tja, gute Miene und so. Das herrliche Lachen verschwand auf ihrem Gesicht.

Sie tanzte mit Jack - und ich mit Jill.

Scheiße, Scheiße, Scheiße !

Ich lächelte immer 'rüber und sie, sie lächelte zurück. Aber gar nicht mehr so zuckersüß. Denn Jill ging 'ran an den Mann.

Das war eine große Frau. Fast einen Kopf größer als ich. Da hatte ich schlechte Karten. Wenn die mich im Griff hatte - und die hatte mich im Griff ! - hatte ich nicht mehr viel zu melden.

Ihr Schambein testete immer wieder meinen Beckenknochen auf Stabilität und Reibungskoeffizienten. Warum jetzt ? Warum gerade jetzt, lieber Gott, warum ?

Ich schaute nach oben. Aber da war kein Gott. Da waren zwei riesige Nasenlöcher. Ich hätte ihr in den Hals beißen sollen.

„Tollwütiger Tänzer reißt Riesin !" Ich sah die Schlagzeile schon in der Zeitung.

Zum Glück kündigte der Song schon sein Ende an, und ich konnte demzufolge von einem Blutbad absehen - das hätte sowieso nur Verwirrung in die ganze Situation gebracht.

Ich konzentrierte mich also wieder auf meine niedrigeren Beweggründe. So die einmeterfünfundsechzig großen etwa.

Der Tanz war vorbei und der Wolf wollte Rotkäppchen - aber da war noch die große böse Großmutter.

Die nämlich packte ihrerseits mich am Arm und ließ mich nicht fort. Im Gegenteil, sie nagelte mich an die Wand. Buchstäblich.

Ich knallte mit dem Rücken gegen die Wand und sie pflanzte sich vor mir auf. Als ich die Flucht ergreifen wollte sperrte sich mich zwischen ihren Armen ein.

Die Hände knallte sie mir links und rechts neben meinen Kopf. Ich sah unter ihren Achseln hindurch meinen Traum durch die Tür verschwinden.

„Hey - was machst Du hier eigentlich !"

„Wie ? Was ich hier mache ?"

„Du weißt genau, was Du hier machst."

„So, weiß ich das ??"

Ich holte mir eine Zigarette aus der Tasche und zündete sie an. Ich glaubte damit dem Armkäfig zu entgehen. War aber falsch gedacht. Sie ließ lediglich ihre Hände etwas weiter auseinandergleiten.

„Du machst hier alle Frauen an und tanzt mit ihnen. Alle ! Du machst sie alle, alle, an !"

„Und ?" (Ich blies ihr den Rauch gegen den Hals.)

„Alle nur mich nicht !" (Ach Du Scheiße !!)

„Ich will Dich !"(Ojojojojojo - daher weht der Wind.)

„Moment mal. Nimm mal die Arme 'runter. Nein? Auch gut. Hey, verdammt nochmal, Du hast Deinen Freund hier, und der steht hier drüben. Was soll der von Dir denken ? Ich kann Dich doch nicht anbaggern wenn Dein Freund dabei ist ! Außerdem ist er ja schließlich auch ein Kumpel von mir. Die anderen kenne ich nicht so. Da macht das nicht so viel aus. Nimm doch bitte die Arme 'runter, ja ?" (Die Arme blieben oben.)

„Alle, nur mich nicht. Warum ?"

„Bitte. Ich hab's Dir gerade erklärt, das *geht* doch nicht. Jedenfalls nicht, wenn er da ist. Die Arme, bitte." (Die Arme blieben)

„Du hast nicht 'mal mit mir getanzt. Mit allen anderen schon. Du hast sie ja fast ausgezogen mitten auf der Tanzfläche. Mit mir hast Du nicht 'mal getanzt. Schau mich an. Ich will Dich. Ich laß Dich hier nicht weg. Du willst jetzt bloß der anderen nachlaufen und mich hier stehenlassen."

Damit hatte sie den Nagel auf den Kopf getroffen. Und wenn ich mich nicht beeilte, dann bräuchte ich gar nicht mehr nachlaufen. Mir mußte was einfallen. Und das schnell.

Jill war offensichtlich betrunken - und größer als ich. Das waren schon mal zwei Dinge die da gegen mich sprachen.

„Warum machst Du das mit mir ?"

„Was mache ich ?"

„Du beachtest mich gar nicht."

„Blödsinn. Ich hab hier einen guten Abend, verstehste ? 'Ne gute Feier. Da denke ich doch nicht nach. Da will ich Spaß haben. So. Wie alle hier. Ich versprech', ich tanze nachher mit Dir. Okay ? Nimm bitte die Arme runter."

„Nein. Wenn ich die Arme runter nehme, dann läufst Du bloß der anderen nach und ich sehe Dich nicht mehr !" (Intelligent auch noch !!)

„Schau, ich will doch bloß nen guten Abend haben. Bier trinken. Tanzen und Spaß haben. Hör mal, eigentlich bin ich Tanzmuffel. Das weißt Du ! Und wenn ich schon mal tanze - Du weißt das ist selten - dann geht's mir gut. Und 'nen guten Abend möchte ich mir nicht verderben."

„Du tanzt nicht mit mir."

Jetzt hatten wir es also. Das Dreisatzdelirium. Die Frau war hacke dicht und konnte nur noch die gleiche Scheiße wiederholen. Was mach ich bloß ? "Und sie ist weg - weg ! Und ich bin wieder allein, allein." Der neue deutsche Rap ist manchmal doch ziemlich zutreffend."

„Listen ! Du willst mir doch sicher nicht den Abend verderben ,oder ?"

„Nein - tanz mit mir."

„Hör mal, wenn Du mir den Abend nicht verderben willst, dann laß jetzt mal Deine süßen Arme runter und laß mich gehen."

„Wenn ich die Arme runternehme dann läufst Du nur dieser Anderen nach und bist weg."

„Paß auf, nimm die Arme runter und laß mich gehen. Nimmst Du die Arme nicht runter, dann hast Du mir den Abend verdorben. Und wenn Du mir den Abend verdorben hast, dann kannst Du sowieso alles vergessen. Dann tanze ich überhaupt nicht mehr mit Dir. Nie mehr ! Dann war's das, und zwar für immer. Überlegs Dir. Ja, ich gehe jetzt der Frau nach sobald Deine Arme unten sind, und mach mir einen schönen Abend.

Wenn die nicht mehr da ist, bloß weil Du mich hier zu lange gefangen gehalten hast, dann hast Du gewaltig in die Scheiße gelangt und Du bist Geschichte. Hast Du das kapiert ! (Oh Gottogott was sage ich hier bloß). Da drüben steht Dein Freund und der schaut schon ganz blöd.

Laß mich jetzt sofort zu der Frau, oder ich werde stinksauer - und zwar genau hier, mitten auf der Tanzfläche. Jeder wird das mitkriegen. Wie Du siehst ist, die Bühne frei für uns. Es tanzt nämlich im Moment keiner. Laß mich sofort zu der Frau und meinen Spaß haben."

Ich war stinkig. Aber anscheinend hatte ich die magischen Worte gesprochen.

Sie ließ die Hände die Wand runter gleiten, drehte sich um, *rannte* fast in die gegenüberliegende Ecke, lehnte sich an die Wand, verschränkte ihre Arme trotzig vor ihrer Brust und starrte mich wutentbrannt an.

War mir wurscht. David gegen Goliath !

Ich ging zur Tür. Ging durch und da stand sie allein am Fenster, beugte sich raus und rauchte. Allein. Puh. Glück gehabt.

Ich atmete tief durch. Jetzt bloß nix falsch machen. Oder alles falsch machen.

Ich ging hin und lehnte mich neben ihr aus dem Fenster.

Ich bekam einen kurzen Seitenblick. Der war ziemlich traurig, oder gelangweilt, oder enttäuscht ... oder irgendwas. Aber jedenfalls nicht normal.

Sie starrte weiter geradeaus. Ich nahm meine halbgerauchte Zigarette und schnippte sie aus dem Fenster.

„Haste 'ne Kippe für mich ?"

Sie richtete sich auf und gab mir eine.

„Haste auch Feuer ?"

Sie gab mir Feuer. Wir lehnten uns wieder aus dem Fenster. Sie sagte nichts. Ich sagte auch nichts.

Schweigen also.

„Ich glaube wir müssen uns mal unterhalten."

Sie sah mich an.

„Ja. Warum ?"

„Aber hier ist nicht der richtige Ort dafür. Wollen wir zu Dir oder zu mir ?"

Sie sah mich an. Zog an ihrer Zigarette.

„Keine Fragen heute Abend ??"
Ich gab keine Antwort und sah sie nur an.

„Aha. Keine Fragen heute Abend". Sie nickte.

Das klang nicht nur wie eine Feststellung, das war eine ! Keine Fragen heute Abend ! Irgendwie war das wie im Film - und ich fand das klasse. Sie sagte, sie müsse erst noch ihre Freundin heimfahren, würde dann aber vorbeikommen. Ich erklärte ihr wo ich wohnte.

Meine Freunde gingen an uns vorbei.

Sie gingen nach Hause. Ich hörte eine Frau sich entrüsten. "Warum kriegt der immer alle Frauen ! Auf jeder Feier".

Babe, schätze mit Dir habe ich wohl auch nicht getanzt ...

Ich schloß mich meinen Freunden stumm an und ging. Jill stand oben an der Straßenecke als ich in die andere Richtung abbog. Sie blickte ziemlich zufrieden drein, als sie sah daß ich mich allein - ohne weibliche Begleitung - vom Acker machte.

Ich sah auf meine Uhr. 5 Uhr 30 ! Scheiße, die kommt nicht mehr. In meiner Wohnung machte ich mir zum nüchtern werden einen Kaffee.

Ich hoffte ja daß sie kommen würde, aber sicher war ich mir da nicht. Man kennt ja so langsam das Leben.

Für den Fall daß sie kommen würde wollte ich dann schon einigermaßen fit sein. Außerdem macht mir Kaffee keine Probleme mit dem Einschlafen - solange ich mich spätestens nach einer halben Stunde ins Bett lege.

War also egal.

Ich beschloß eine halbe Stunde zu warten, und tat so die Dinge die man früh um 6 eben macht wenn man auf eine Frau wartet. Ich räumte die Bude ein wenig auf.

Dann ging ich aufs Klo.

Was soll ich sagen, gerade in dem Augenblick wo ich so mitten im Pinkeln war, klingelte es. Das war wie Weihnachten, nur im falschen Moment.

Jungs - sie stand da einfach so in der Türe !

Meine einmeterfünfundsechzig große Nadja Auermann. Und ich, ich fühlte mich wie ein Prinz (mit Druck auf der Blase).

Sie hatte unter ihren Jeans, wie sich im Laufe des Morgens herausstellte, halterlose Strümpfe an.

Ich bestand darauf, daß sie sie anbehielt. Ihr Körper war etwas, was ich einfach nicht verdient hatte.

Und das Beste war, daß sie noch da war als ich wieder aufwachte. Neben mir lag, mit ihren kurzen verstrubbelten blonden Haaren.

Als sie schließlich später am Tag dann ging - ich mußte auch los denn ich hatte was zu tun - kam nicht die unvermeidliche Frage, wann wir uns denn wohl wieder wiedersehen würden.

Aber wir haben uns dann noch öfters wieder gesehen - bei mir - denn sie wußte ja jetzt wo ich wohnte. Da war auch noch so eine stille Übereinkunft zwischen uns beiden:

„Keine Fragen heute Abend."

Spuren

Sie sagt ich hätte eine Spur

hinterlassen

in ihrem Leben

Der Slip

den ich von ihr anzog

weil sie meinen anhatte

in einer Pause

unseres Spaßes

wäre nun zu groß

für sie

Was

soll ich da sagen

Eine Spur

die ich jetzt habe

bleibt für immer

Ich fand sie am nächsten

Morgen

als es brannte

auf meinem Rücken

unter der Dusche

Linda und Lydia, ...

Es war ein wieder mal ein ganz normaler Abend. Ich saß vor dem Fernseher, eine Flasche Bier in meiner Hand, froh der Arbeit entronnen zu sein, als es an der Tür klopfte.

Ich ignorierte die das Geklopfe, und konzentrierte mich auf das wie immer nichtssagende Programm. Klopfen wurde lauter. Jemand hämmerte mit den Fäusten gegen die Tür. Die Tür gab nach, krachte aus dem Rahmen, und ich schrie:

> „Die Tür geht nach außen auf, verdammt".

Es war zu spät.

Eine Frau, so um die 30 stolperte ins Zimmer. In der Mitte ein Zuhältertyp mit einer Jüngeren im Schlepp. Die war völlig von der Rolle. Nicht ganz so nuttig aufgemacht wie die erste, aber gute Beine. Füße in weißen Pumps.

> „Halt die Fresse, Alter".

Es ging alles ziemlich schnell. Ich stand auf, aber bevor ich richtig aus dem Sitz 'raus war, fielen alle drei schlingernd auf mich drauf. Das Nächste an was ich mich erinnern kann, war, daß ich mit Paketband gefesselt in der Ecke zwischen Bade -und Wohnzimmer saß und versuchte meine Augen auf Scharf zu stellen. Sie hatten offensichtlich viel Spaß und leerten meine Alkoholvorräte.

Der Alte mit dem Walroßbart hing mit seinem fetten Wanst, meinen besten Scotch in der Hand, im Halbdilirium auf dem Sofa fest. Die Mädels kämpften währenddessen um ein billige Liter Flasche Rotwein auf dem Fußboden und zeigten ihre Schenkel und ihre angewanzte Büstenhalter.

Ich wurde langsam klar.

Die Schweine hatten mir irgend etwas in den Mund gestopft um nicht gestört zu werden. Die Ältere gewann schließlich und saugte gierig an der Flasche.

> „Ich bring das Arschloch um !" Das war die Jüngere.

> „Was bildet der sich ein. Sie fing an zu heulen.

> „Halt die Fresse !"

Der Walroßtyp stand wortlos schwankend auf und knallte der Jüngeren eine mit der Faust. Sie blieb liegen. Er blieb da stehen wie die Rache Gottes. Ein besoffener Hulk.. Weniger grün als im Comic.

Sie rührte sich nicht . Wimmerte. Die Ältere packte ihn am Knie und zog ihn zu sich runter - gab ihm einen Kuß. Schmatz !

„Gott im Himmel - laß mich verschwinden".

Er ging zurück aufs Sofa. Ein paar Klapse gegen die Backe und die Jüngere war wieder Standard.

„Ich bring die alte Sau um !"

„Fresse !"

Das konnte ja lustig werden.

„Ich beiß ihm seinen verdammten Schwanz ab".

Ich war wohl wieder eine Weile weggetreten, jedenfalls fühlte ich, daß sich mein Blick wieder scharf stellte. Zu meinem Erstaunen bildete sich aus einer unscharfen Masse eine riesige Pussy. Riesig - mein ganzes Gesichtsfeld bestand aus einer feuchten, angenehme Wärme ausstrahlenden Pussy. Kleine Wassertropfen glitzerten im Schamhaar. Zwei schöne fast haarlose Oberschenkel. Blonder Babyflaum.

Als mein Blick nach oben schwenkte - ein interessiertes junges Gesicht. Lachen aus dem Hintergrund und ein Quietschen wie ein feuchter Scheibenwischer auf einer Frontscheibe.

Die Muschi neckte mich. Aber irgendwie nicht richtig. Etwas zu schüchtern. Sie schwebte einen Schritt zurück und schaute mich an. Wäre mir nur nicht so schwindlig ...

Titten von unten. Ein Bauchnabel. Milchige, weiße, Haut. Keine Brustwarzen zu sehen, nicht von hier unten. Ein Wassertropfen kommt aus dem nichts und trifft mich voll ins Auge. Ein Kinn. Braune Augen. Langes, feuchtes, dunkles Haar. Noch ein Schritt zurück. Zurück ...

Die Alte klettert aus der Dusche. Nicht ganz sicher auf den Beinen.

Ich schließe meine Augen. Sicherheit is' Trumpf. Nur nicht auffallen. "I am singing in the rain" tönt es hinter dem offenen Vorhang.

„Hey Babes - blast mir einen. Zusammen. "Alle Huren in Sankt Pauli ...." ".

„Der meint das so !- Komm, steh auf !"

Die Kleine war in sich zusammengesunken. Lag zusammengerollt auf den Fliesen.

„Ich beiß Ihm seinen verdammten Schwanz ab - laß mich. Laß mich in Ruhe."

Nackte im Clinch. Sie wehrte sich.

„Hey - ich kann das nicht, ich hab das noch nie gemacht."

„So'n Scheiß, reiß Dich zusammen !"

„Nein, ich kann das nicht, ich hab noch nie gemacht."

„Der bringt uns um, verdammt noch mal. Halt jetzt die Klappe … ." und so weiter.

Sie konnten sich wirklich nicht entschließen.

Die Befehle, wieder aus der Dusche, wurden lauter.

Schließlich drehte sich die Ältere um, suchte mit ihren Blicken das Bad ab. Sie sah die Klorolle . Starrte rüber. Entrollte das Ding, suchte nach etwas . Nahm meine Nagelfeile und sägte das Ding mehr oder weniger in zwei Teile. Stopfte es an einem Ende mit Klopapier voll, und rammte es in den Mund der Jüngeren.

„So ! Das isses".

Das sah so blöd aus daß ich gelacht hätte, wenn ich hätte können. Sie schaute mich mit ihren Kuhaugen an und sah aus wie eine diese Aufblaspuppen von Beate Uhse.

Voll das Blasrohr im Gesicht, die Absaugpumpe. Sex mit der Klopapierrolle ! Ich bekam vor ersticktem Lachen keine Luft mehr. Wandte mich in Schmerzen. Ich hatte keine Chance, das Lachen blieb mir buchstäblich im Hals stecken.

Die Kleine schien jetzt völlig daneben. Sie glotzte mich mit ihrer Klorolle im Mund verzweifelt und nach Hilfe suchend an. Mein Körper zuckte spastisch. Das war nun endgültig zuviel. Ich muß blau im Gesicht geworden sein. Sie durchbohrte mich mit wütenden Blicken mit ihrem „Kanonenrohr" im Gesicht, aber das machte die Sache auch nicht gerade besser.

Ich lag da und kämpfte um mein Leben. „Todesursache - erstickt durch Lachen" Ich fiel auf die Seite, dachte an Margaret Thatcher im Winter, im Regen, drehte meinen Kopf Hilfe suchend zur Decke.

Wenn es einen Gott gab, dann müßte er jetzt mit einem armen Sünder wie mir Erbarmen haben. Bitte! Gab es einen Gott ? Gibt es einen Gott ? Würde er mir helfen … ?

„Komm, der merkt das gar nicht, so besoffen wie der ist. Komm in die Dusche bevor er loßflippt." Sie riß an ihrem Arm.

Schweigen der Lämmer war ein Dreck dagegen. Ich konnte nicht mehr. So skurril, oder so gefährlich wie das war. Es war zuviel. Das arme verschreckte Küken, die alte Besoffene, der Typ „… singing in the rain…"

Sie krabbelten in die Dusche. Aber anscheinend war das nicht genug. Er freakte, gab Befehle. Scheibenwischer an der Frontscheibe. Wieder dumpfer Knall. In einem akrobatischen Rückwärtssalto hing plötzlich Seidenhaar kopfüber um den Wannenrand geknickt.

Die Klopapierrrolle, wie bei einem Exekutionskommando auf mich gerichtet - eine Pumpgun aus einem Schwarzenegger Film. War aber zum Glück kein Film. Das Ding wäre sonst nämlich losgegangenen.

Erneutes Quietschen. Schriller Schrei. Was jetzt ? Was war jetzt schon wieder los ?

Die Ältere - Lydia - wie ich inzwischen mitgekriegt hatte - krabbelte hektisch aus der Dusche. Sie stieß die Füße von Linda über den Badewannenrand, vollendete damit ihren Salto, und weckte sie damit aus ihrem Delirium.

„Weg hier ! Steh auf ! Bloß weg hier !"

Und ich?

Verdammte Partypoopers!

Und ich??

Sie rafften ihre Sachen zusammen .

Verdammt noch mal !

Das Nasse, jetzt mit Slip verhüllte, Schamhaar hatte Gnade, zog mir den Knebel aus meinem Mund.

„Und ich ??", brüllte ich.

„OK, bind Ihn los."

Na endlich. Mutter Theresa wäre auf ihre alten Tage vor Freude feucht geworden. Sie gaben mir die Hände frei.

Sie klaubten weiterhin ihre Sachen zusammen. Ich kämpfte noch immer mit diesem klebrigen Paketband. Meine steifen Finger waren mir da keine besonders große Hilfe.

„Hey !"

„Was Hey?"

„Wollt ihr mir nicht helfen?"

„Warum?"

Wispern. Besprechung. Vielleicht wollten sie mir ja jetzt meinen Schwanz abbeißen.

Was war aus dieser Welt geworden ?

„Hast Du ein Auto?"

„Ein Auto?" fragte ich.

„Die Bullen haben mir schon lange meinen Führerschein abgenommen, besoffen gefahren. (Dreiste Lüge, aber man glaubte mir). Mein Auto hab ich schon lange verkauft. Aber ein Fahrrad hätte ich anzubieten. Könnte Spaß machen. Wollt wohl schnell weg von hier. Ich kenn' da eine Bar, die hat noch offen."

Erneutes Wispern. Schließlich half man mir mit dem Paketband. Die Füße kamen frei. Aus der Dusche - nur Schweigen.

„Twentyone ways to leave your lover..."

Wir rannten aus dem Haus. Lydia, die Ältere - Linda und Lydia (Au Mann !) stahl sich beim 'rausrennen noch eine Flasche Bier, die vorletzte, aus meinem Kühlschrank, und da stand es - mein Bike !

Mutter hatte es vor Jahren ausrangiert. Es stand da wie ein Relikt aus der guten alten Zeit. Immer mit mir mit. Ruhig und verläßlich. Eine „Bank" im Leben.

Lydia setzte sich auf den Gepäckträger, Linda hatte ich auf dem Lenker.

Nach anfänglichem Schlingern gewannen wir an Speed. Wir schossen die Strasse 'runter. "Got my engine running, head down on the highway …"

Singend, Bierflasche schwenkend, schlitternden wir um die erste Ecke. Es ging bergab. Schau Mama - "No hands".

Plötzlich hörten wir eine Sirene „Scheiße" sagte Lydia noch, mein Bewährungshelfer mag das bestimmt nicht. Und da waren sie schon, die Bullen. Zwei im Auto - die hatten wohl Angst so alleine im Dunkeln.

Sie schnitten uns den Weg ab, brachten ihren Schlitten schräg vor uns zum Stehen. Wir fielen fast vom Bike, als wir uns 'runtermachten, aber Lydia war da Profi und verschüttete keinen Tropfen.

Ich nahm einen guten Schluck und harrte der Dinge die da wohl jetzt kämen.

Der Fahrer stieg aus, zog seine Mütze auf. Checkte sein Schießeisen und kam langsam in der Christbaumbeleuchtung seiner Kutsche auf uns zu. Ich kicherte noch, als ich mir vorstellte er würde sagen „Führerschein und Fahrzeugpapiere, bitte " Aber das tat er nicht.

Linda raffte ihren Minirock. Er betrachtete uns und das Bike lange und schweigend.

> „Sie trinken Bier. Hier mitten auf der Straße. Sie sind betrunken und nehmen auch noch am Straßenverkehr teil!"

Spätestens jetzt wußten wir, daß wir in der Scheiße saßen. Gib einem unterentwickelten Gehirn etwas Macht, er wird sie immer nutzen. Das nur so nebenbei.

> „Arschloch" murmelte ich.

Er verzog keine Miene.

> „Ich nehme an, Sie können sich ausweisen?'

Diesmal Schweigen von unserer Seite. Langes Schweigen von unserer Seite. Lydia steckte sich eine an.

> „Wir werden ihre Daten überprüfen - und das machen wir am besten *im* Auto."

Das „im" betonte er besonders sorgfältig. Linda, die Beste von uns, senkte den Kopf und ging auf das Auto zu. Er hatte die hintere Wagentür schon geöffnet und sie kroch nach innen. Wir folgten ihr. Ich hatte den Lenker in der Hand und schob das Rad neben mir her, als Lydia sagte:

> „Es macht Ihnen doch hoffentlich nichts aus, wenn ich meine Zigarette zuende rauche, oder ? In der Kutsche darf man doch sicher nicht ... rauchen, oder ?"

Der Cop warf ihr eine vernichtenden Blick zu, drückte Lindas Arsch durch die Tür in den Wagen auf die hintere Sitzbank.

Lydia und ich waren ziemlich nah am Gefährt. Der Bulle mit dem Rücken zu uns, ins Wageninnere gebeugt. Er nahm wahrscheinlich die Gelegenheit wahr, sich seinen Fang etwas genauer anzusehen. Vielleicht etwas zu genau.

Wir standen neben der Tür und warteten.

Ich wollte schon eine dumme Bemerkung machen, als er sich wieder aufrichtete.

Genau in diesem Moment bückte sich Lydia.

Ich sah die Eisenstange auf der Straße liegen.

Sie hob die Stange auf und knallte sie dem Streifenheini, in einer Aufwärtsbewegung, mit voller Wucht von über den Kopf.

Ein feuchtes Knirschen, ein überraschtes Stöhnen. Er brach zusammen und glitt lautlos auf der Strasse. Mir wurde schlecht.

Lydia ließ die Stange klirrend zu Boden fallen, riß Linda aus dem Wagen. Ich stand versteinert daneben. Die Geräusche kamen direkt aus der Hölle.

Sie rannten. Stolperten, ließen Schuhe hinter sich. Ich drehte mich um. Sah wie der andere Bulle, der Beifahrerbulle, sich aus dem Wagen schälte, nach der Knarre griff und feuerte.

Sie rannten. Dann drehte er sich zu mir um, zielte übers Dach auf mich.

„Nein!"

Ich duckte mich. Er schoß. Ich rannte los wie im Traum. Meine Beine schienen sich wie in Zeitlupe zu bewegen. Sie gehorchten mir nicht. Sie wollten nicht schneller.

Ich hörte ein Krachen. Sprang hinter das nächste Auto. Raffte mich auf. Rann, rann, rann ... Schüsse explodierten. Nichts traf mich.

Ich hörte den Sprechfunk. Die Sirenen! Ich rannte um mein Leben.

Meine Haustüre. Aufgebrochen. Ich fiel ins Haus. Torkelte seitwärts aufwärts, schmiß die auf dem Boden liegende Tür ins nicht mehr vorhandene Schloß - und das alles nüchtern, fuhr es mir durch den Kopf.

Wollte mich gegen die Tür lehnen, aber die fiel bloß auf mich 'drauf.

Driftete langsam dem Boden entgegen.

Ich muß da wohl für einige Zeit gelegen haben, bis ich merkte daß der Fernseher noch immer lief. Ich ging ins Bad.

Der Typ war weg. Ich brauste das Blut von den Armaturen und der Wanne.

Langsam kam ich wieder zu mir. Schien alles in Ordnung zu sein. Die Flasche Bier war weg.

Ich machte mir einen Whisky und setzte mich vor die Glotze. Und das alles wegen einem miesen, betrunkenen, Blowjob.

Ich hatte mal eine Freundin, die wurde über Nacht zur Vegetarierin. Kein tierisches Eiweiß. Kein Fleisch. Keine Blowjobs mehr.

War traurig.

Konnte sie nicht davon überzeugen, daß Vegatarier das ohne Schlucken machen. Aber sie sagte „Kein Fleisch in *meinem* Mund !"

Traurig war das.

Resümee

Es war wohl etwas härter gestern. Ich weiß das nicht mehr so genau. Zwischendurch habe ich den Rotwein wieder 'rausgekotzt. Der Dope blieb in der Blutbahn. Wein wurde nachgegossen. Irgendwann war ich platt. Ich dachte noch wann kommt sie endlich?

Sie kam dann auch. Spät. Zu mir meine ich. Jedenfalls - im Moment stehe ich auf dem Klo und pisse auf die Keramik. Wundere mich eine kleine Sekunde lang wo die schwarzen Flecken vorne auf meinen Boxershorts herkommen. Und so ein länglicher Fettfleck.

Meine Körperhaltung entspricht der der kleinen Jungs auf den einschlägigen Postern, wo die Knaben ihre Hosen nach vorne weghalten und ungläubig auf ihren Wurmfortsatz starren. Nur eine kleine Sekunde wie gesagt. Lippgloss und Wimperntusche. Die Sau hat sich nicht einmal die Mühe gemacht mir die Unterhose auszuziehen.

D'rauf losgeblasen.

Und dann Dizzy Gillespie gespielt – „Joghurtflecken" kann ich jedenfalls nicht entdecken.

Naja, jedenfalls tut mir nichts weh.

Langsam setzt sich das Puzzle wieder zusammen. Eine Katze die Sahne genascht hatte.

Eben.

Da war ja noch ihr Kopf auf meinem Bauch als ich vorhin die "Leinen losmachte".

Na Alter! Mal wieder Sex 'n' Drugs 'n' Rock 'n' Roll gehabt. Macht jung wa'?! Nur leider nicht viel gemerkt davon.

Kann nicht alles haben.

3,6 Liter Hubraum warten.

See you some time.

Gedanken ...

Es war ein bischen viel passiert in letzter Zeit. Als mein Boss sagte, ich sollte mal kurz nach Europa, da kam das mir sehr willkommen. Frankreich. Und danach noch Zeit ein paar Kumpel in Deutschland zu besuchen. War mir gerade recht.

Da sitzt man so im Flieger und weiß nicht was tun. Schlafen is' so am Anfang nicht drin. Also blättert man wahllos in Magazinen. Mal wieder was Deutsches zu lesen. Sehr viel erotischer, die Deutschen Magazine, als der Amerikanische Schrott.

Immer wenn ich mir Frauen in Magazinen anschaue, meistens wenn es Bilder von ihren Gesichtern sind, denke ich mir „Wie schauen die wohl im Bett aus". In dem Moment wenn sie ausgeliefert sind. „Kurz vor dem Orgasmus". Besonders, wenn sie im Text als „ in Ihrem Kinofilm fiel sie Ihren Kritiker als „schön böse auf" beschrieben werden. Es muß wohl ihre Bockigkeit in dieser Komödie gewesen sein ..." und so weiter. Meistens ist da ein Foto von einer kurzhaarigen schlanken Frau, die einen unergründlichen Gesichtsausdruck hat.

Meistens spiegelt etwas in den Augen. Irgendwelche Neonröhren, oder Fotolampen von Fotografen.

Aber es funktioniert. Man schaut sich in die Augen. Und dann der Mund. Rotgeschminkt und voll. „Cocksucker Red"

Genau !

Nimm ihr die Dominanz und laß sie deinen Schwanz lutschen. So auf den Knien und so.

Vergiß es, es funktioniert mit Solchen nicht. Die Dominanz, die Du brechen willst, nur für eine Sekunde, um zu sehen, daß sie doch ganz normale Mädchen sind - und in jeder so einer Frau steckt ein ganz normales Mädchen - nur dieser Sekundenbruchteil, diese plötzliche Verletzlichkeit, die dir zeigt, daß am Ende doch alles das Gleiche ist. Dieser Bruchteil einer Zeit, die Dir Monate einer Beziehung erspart, das wirkliche „Ich" zu sehen, mit etwas Sadismus natürlich, und Masochismus ...

Eine Spur von ihr.

Den Moment kriegst Du von einem Blowjob nicht. Im Gegenteil.

Du wirst es nicht genießen.

Sie ist, obwohl sie kniet, oben!

Sie könnte Dich ja auslachen. Oder reinbeißen!

Du kannst sie nicht kontrollieren, weil der Körper zu weit weg ist.

Nur den Kopf.

Aber was hilft das Dir wenn sie zubeißt.

Leider verloren.

Es ist paradox. Selbst Frauen die „oben reiten" sind eigentlich unten. Man läßt arbeiten. Vielleicht ist der Sex an sich, paradox.

Jedenfalls so lange man dabei denkt.

Hingabe ohne am nächsten Morgen zu wissen ob man nun, oder ob man nun nicht. Stunden später fällt es Dir dann wieder ein. Zusammenkonzentriert aus kleinen Bausteinen, ist, glaube ich, der unschuldige Sex. Der Beste wahrscheinlich.

Derjenige der dich danach in Wolken bettet und nicht denken läßt:

"Ha!".

Nicht, daß dieses „Ha!" keinen Spaß macht. Sehr viel sogar. Manchmal ist es auch ein kalkuliertes Spiel. Aber es ist eben Mittel zum Zweck, mit Abspritzen. Geil. Manchmal.

Aber ficken will ich sie doch - so wie sie mich aus dem Magazin anschaut. Einmal erleben, wie ihre gespielte Kontrolle fällt.

Geiler wär's schon.

Du kleines Biest.

43

Bomben ...

Der Tag war irgendwie schon von Anfang an verrückt. Angekommen in Paris. Ab in den Zug. In aller Herrgottsfrühe hatten wir dann einen Bombenalarm. Wir mußten auf freier Strecke aussteigen.

Während wir darauf warteten, daß der jetzt in der Ferne abgestellte Zug mit einem gewaltigen Feuerball inmitten dieser französischen Kornfelder explodieren würde, erkannte ich, daß dieser fahle Geruch, der diese "van Gogh Idylle" störte, von dem ausgetrockneten Scheißebatzen links neben meinem Schuh kam. Sollte ich den ganzen Tag über Scheiße am Bein haben ?

Der Zug machte keinerlei Anstalten zu explodieren. Das Bombenentschärfkommando zog zufrieden, mit einem dieser großen häßlichen Samsonite Koffer, wieder an uns vorbei. Höchstwahrscheinlich um sich in der nächsten Kneipe auf die Anstrengungen des Morgens hin ein paar Pastis zu genehmigen.

Der Ersatzzug war natürlich schon überfüllt. Klappstuhl im Gang. Später auf dem Rückweg nach Paris verpaßte ich dann meinen Anschluß - und damit auch meinen Flug. So fing eigentlich die ganze Geschichte an.

Ziemlich entnervt gelang es mir, den Zubringerbus vom Bahnhof zum Flughafen gerade noch rechtzeitig zu erwischen.

Mit einem Grinsen beobachtete ich eine Frau - dem Gesicht nach etwa Mitte Vierzig - die verzweifelt versuchte ihren Koffer durch die Bustür zu bugsieren. Wir alle sahen tatenlos zu und taxierten ihren Arsch.

Zugegeben, es war wirklich interessant. Die runden, wirklich perfekt geformten Arschbacken - mon dieu ! - rieben sich in ihren knallengen pinkfarbenen Jeans gegeneinander, während sie mit aller Kraft und einer spürbaren steigenden Hektik versuchte das sperrige Ding durch die Tür die Stufen nach oben in den Bus zu rammen.

Sie hatte eine von diesen superdünnen, fast durchsichtigen, Stoffjeans an. Darunter offenbar keinen Slip. Die Schamhaare zeichneten sich vorne durch ein etwas dunkleres Rosa ab. Aber viel Dunkel war da nicht ! In meiner Hose rührte sich was. Also der Arsch war echt OK ! Auch die Figur war noch gut in Schuß.

Ziemlich gepflegt für ihr Alter.

Ich saß in der ersten Reihe an der Türe und hatte den besten Platz.

Sie mußte sich nach vorne beugen und ihre gepuderten Äpfel schaukelten in ihrem knappen BH wie eine Welle die an Land schwappte. Der Halsausschnitt ihres - ebenfalls pinkfarbenen - T-Shirts ließ beim Vorbeugen die Brüste bis zu dem Punkt erkennen wo eigentlich die Warzen hätten sein müssen.

Da waren aber keine.

Ihr Arsch gab eine wunderbare Doppelrundung unter mir ab (der Apfel damals im Paradies konnte nur ein müder Abklatsch von dem gewesen sein, was ich da vor mir hatte).

Mit fahrigen Bewegungen - immer noch vornübergebeugt - schob sie den Samsonite mit letzter Anstrengung in Richtung Fahrersitz. Sie hielt den Koffer jetzt zwischen den Beinen und hob ihn mit beiden Händen am Griff, direkt vor ihrem „Smile between the legs", die letzte Stufe im Bus nach oben in den Gang.

Die Brüste wurden von ihren Oberarmen beidseitig zusammengequetscht und quollen mir aus ihrem Gefängnis derart unverschämt entgegen, daß sie wie diese Wasserbomben aussahen, die wir früher in der Schule aus Luftballons bastelten.

Sie setzte den Koffer mit einem Seufzer der Erleichterung neben mir ab. Mir verging das Grinsen. Mir ging die Luft aus.

Sie drehte sich zum Fahrer um und zahlte. Arsch frißt Hose ! So schlecht konnte das Leben nicht sein.

Während der Fahrt drehte ich mich des Öfteren nach ihr um, und bemerkte, daß viele Männer das Gleiche taten. Naja, ihr Körper war wirklich noch okay, und so wie sie sich kleidete wäre wahrscheinlich eine Chance vielleicht gar nicht so unmöglich gewesen.

Ihr Gesicht zeigte die typischen Spuren die sie im Alter kriegen wenn sie in den jungen Jahren viel Spaß und durchgesoffene Nächte gehabt hatten. Ihre langen, fast schon gebogenen, knallroten Fingernägel ließen auf Spaß schließen. Eine Sekretärin konnte sie damit jedenfalls nicht sein.

Als sie sich die Lippen nachzog hätte ich wetten können, daß sich einige Männer plötzlich schmerzlich der Enge ihrer Hosen bewußt wurden. Beim Aussteigen war die Show nicht mehr so doll und der Arsch verschwand ziemlich schnell in einem Taxi.

Klarerweise gab es für das Hotel das ich mir ausgesucht hatte keinen Zubringerbus zwischen den Terminals. Hilton kam und ging, und natürlich auch die Busse der anderen Absteigen. Von meinem Hotel gab es nur einen etwas älteren Bus, aber der fuhr nur zur Depandance in der Stadt.

Hätte ich gewußt wie nah dieser Schuppen eigentlich war, wäre ich gelaufen. Meinen Kleidersack über die Schultern und los. So wurde es bloß eine dieser peinlichen Taxifahrten die mir weitere 40 Franc kosteten.

Der Fahrer fuhr fast bis in die Lobby. Aber das schien niemanden zu stören. Da ich keine Kohle mehr hatte versuchte ich, dieser jungen angefetteten Dame hinter der Rezeption zu erklären was Euroschecks waren. Bargeld nämlich. Oder fast. Sie bestand doch tatsächlich darauf von meiner EC - Karte eine Kopie anzufertigen um mich davon abzuhalten, früh ohne zu zahlen abzuhauen. Leider Gottes kannte sich dann doch jemand aus und ich ließ einen Blankoscheck auf den Tresen liegen.

Wir vereinbarten das Abendessen auf die Zimmerrechnung zu buchen und daß ich alles gesammelt auf den Scheck schreiben würde bevor ich ins Bett ging.

Wo zum Teufel war ich hier ? Aber es schien ein guter Abend zu sein, um auf Firmenkosten ein paar Liter Rotwein zum Abendessen zu kippen. Ich war fix und fertig und wollte mich nur noch betrinken. Die Schickse vorhin im Bus hatte mir endgültig den letzten Rest gegeben.

Mal wieder mit einem pelzigen Gefühl im Mund, und der Gewißheit zuviel geraucht zu haben, im Hotelbett abbleiern.

Ich nahm dieses Plastikteil mit eingestanzten Löchern das sie heutzutage als Schlüssel ausgeben, und begab mich zu meinem Zimmer 161.

Fahrstuhl. Erster Stock.

Eine Klingel riß mich aus meinen Gedanken. Das Teil war verdammt schnell. Bevor sich die Türen wieder zuschoben war ich trotzdem draußen. Links ? Rechts ? Links.

Eigentlich sollte man ja glauben, daß die auf der ganzen Welt das gleiche System mit den Zimmerschlüsseln haben. Aber überall scheint das anders zu sein. Naja, jedenfalls für mich - vielleicht spielt mir ja auch mein Gedächtnis immer wieder einen Streich.

Ich steckte also dieses schwarze Ding, diese eckige durchlöcherte Plastikoblate, in den Schlitz und drückte die Klinke 'runter.

Nichts.

Ich zog es 'raus. Nichts.

Die Clevereren unter den Hotels hatten da am Schloß zwei LED Leuchten. Grün wenn die Tür zum Öffnen bereit war. Rot für Stop - noch geschlossen. Doch das war scheinbar eines dieser nicht so cleveren Hotels. Jedenfalls waren da keine LED's.

Ich probierte alles. Rein, raus, Klinke. Nix. Stecken lassen. Nix. Warten und von vorne. Nix. Usw.

Diese scheiß Tür mochte mich nicht. Nicht ums verrecken. Ich zog und drückte. Ruckelte. Nix. Garnix. Stur wie ein Franzose.

Ich machte einen Heidenlärm.

Plötzlich ging direkt hinter mir eine Zimmertür auf.

Jetzt gibt's Ärger dachte ich mir! War ja schon neun Uhr abends, und die Franzosen sind bestimmt so spießig wie die Deutschen.

Heraus kam eine kleine, etwa 1,55 große, dunkelhaarige Frau.

Ein Püppchen von Figur.

Schwarze enge Jeans. Ein creme - schwarz quergestreiftes Stretch Oberteil. Dunkler Lidstrich vor braunen Augen und einer von diesen dunkelroten Lippenstiften. Sie sah mich kurz über ihre Schultern an.

Oh Gott!

Sollte ich sie fragen ob sie sich mit diesen verdammten Türen auskennt?

Nee. Solche Frauen denken doch bloß man will sie anmachen, schenken dir ein säuerliches Lächeln, drehen sich um und gehen zum Aufzug.

Okay. Lassen wir das. Probieren es wir weiter. Im Endeffekt kann man dann ja immer noch zur Rezeption gehen und sich darüber beschweren daß dieses Schlüsselersatzstück nicht paßt, um sich dann letztendlich mit einer der Rezeptionsdamen vor seiner Tür wiederzufinden um zuzusehen wie diese die Karte in den Schlitz schiebt und diese dann öffnet, als wäre nichts gewesen. Schöne Aussichten. Du lachst?! Alles schon mal dagewesen.

Das Püppchen steht immer noch hinter mir und scheint mir interessiert zuzusehen.

Naja. Du willst es also nicht anders - und ich, ich bin absolut genervt. Keine Lust mit meinem Kleidersack wieder nach unten zu gehen um mich zu blamieren.

Okay. Gut. Also.

„Hi! I think I got a problem here, do you know how the fuck this thing works ??"

Sie lächelte mich an und ihre Augen brachten mich fast um.

Irgendwas war anders mit ihren Augen, aber ich kam nicht drauf.

Sie legte den Kopf schief und erklärte mir, daß sie vorhin das gleiche Problem hatte, und daß man diese schwarze Karte nur einfach hart genug in diesen Schlitz stoßen mußte um die Tür zu öffnen.

Nur einfach fest hineinstoßen, drinnen lassen und öffnen. Kannte ich irgendwoher. Sesam öffne dich. Es klappte. Kein Problem. Danke. Sie lachte mich an. Keine Ursache, drehte sich um und ging.

Also einfach nur fest hineinstoßen und Klinke drücken. Aha. Ich sah diesem Püppchen in den engen schwarzen Jeans nach und trat kopfschüttelnd in mein Zimmer. Ich hatte genug. Restlos. Das Zimmer war sauber, modern, unpersönlich. Kannte ich irgendwoher.

Eigentlich war ich total am Ende. Die Bude war heiß und ich hatte keine Ahnung, wie ich diese verdammten Fenster öffnen sollte. Aber nach dem Malheur mit der Tür hatte ich jetzt erst recht keinen Bock unten bei der Rezeption anzurufen. Einen Fernseher konnte ich auch nicht auf Anhieb entdecken und ich war schon soweit, mich einfach aufs Bett zu schmeißen.

Warum haben die immer diese Tagesdecken auf den Betten? Man muß jedesmal wie ein Depp im Dreiviertelkreis um diese „Queensize" 'rumlaufen um die Decke zu entfernen, und dann das Ganze rückwärts, um auch noch die eigentliche Bettdecke von der Matratze zu befreien.

Ich ließ es sein. Mein Magen meldete sich. Hunger! Also doch 'runtergehen und was essen. 'Nen halben Liter Rotwein um es dem Gehirn gutgehen zu lassen. Oder vielleicht doch einen Ganzen. Scheiße, muß ja wohl sein.

Ich ließ das Zimmer so wie es war, rauchte eine Marlboro Lights ohne Filter und starrte aus dem Fenster. Wenigstens ging der Feuermelder nicht los. Draußen auf dem Gang verlor ich erstmal die Orientierung. Brauchte eine Weile um den Fahrstuhl wieder zu finden.

Im Gegensatz zu Deutschland wartet man hier auf den Kellner am Eingang des Restaurants um einen Tisch zugewiesen zu bekommen. Ich wartete also. Auf den Kellner.

Ein deutsches Pärchen, bei dem man eigentlich den Sargdeckel schon längst hätte schließen sollen ging einfach 'rein und wurde prompt zurückgepfiffen.

Grinsen meinerseits.

Die Kellnerin begegnete meinen gelangweilten Blicken letztendlich (Gott war wiedermal gerecht - süßes Gesicht, aber die Figur ließ die Abnützungserscheinungen mehr als erahnen - am besten sind sie doch noch wenn sie kurz davor sind aus dem Leim zu gehen - der Arsch hätte bestimmt Gondolfiere gefallen) und fragte mich nach dem Üblichem:

„Smoking ?"

„Yes !"

„Table for one ?!"

„Yes, ah oui."

„Please follow me."

Sie führte mich zu einem Einzeltisch nach hinten. Eigentlich einem ganzen Areal von Einzeltischen. Warum bekommen immer die Raucher diese Katzentische ??

Ich quetschte mich also hinter so ein Teil und noch bevor sie irgendwas sagen konnte, bestellte ich erstmal eine Flasche Rotwein. Bordeaux - da kann man nicht so viel falsch machen, dachte ich mir.

Mein Blick testete die Umgebung ab als ich mich aus dem Jackett schälte und es über die Stuhllehne hängte. Oh Gott !

Etwa drei Meter von mir entfernt, halb links, saß das Püppchen. Was jetzt ? Sollte es einer dieser Abende werden wo man 'mal ganz unverbindlich 'rüber lächelt um zu zeigen, daß man sich schon einmal gesehen hatte um dann verkrampft in die Speisekarte zu glotzen bis die Kellnerin kommt.

Was bestellen, um dann, während man auf das Essen wartet *gaaanz* ungezwungen in die Runde starren, sich vornehmen irgend etwas interessant zu finden, und versuchen direkten Blickkontakt zu vermeiden.

Peinlich sowas.

So'ne Scheiße. Wieso sitzt die jetzt da ? Es reicht doch schon, fremde Leute im Sekundentakt anzusehen um wieder wegzublicken wenn sie zurückschauen !

Ich wollte mich doch bloß ohne Streß taub trinken, was essen und unauffällig nach oben verschwinden. Jetzt das. Naja - noch hatte sie mich noch nicht so richtig entdeckt.

Ich beschloß, quasi als präventive Abwehr die Brille abzunehmen und mir die Nase mit einem unmißverständlichem Gähnen zu reiben. Den Kopf so halb nach unten. Man muß ja Zeichen setzen.

Lächeln. Lächeln zurück.
Ich packte meine Zigaretten, die ich unmißverständlich, wie eine Glaubenserklärung bei meinem Eintreffen zusammen mit den Streichhölzern auf den Tisch geknallt hatte, und trennte den Filter ab. Warum rauche ich eigentlich Lights wenn ich doch andauernd den Filter abmache ?

Der Wein kam.

Endlich eine Pause.

Wie Werbung in einem Spielfilm.

Der dicke Arsch der Blondine verdeckte für kurze Zeit die Sicht nach halblinks. Balsam für meine Seele. Könnte so weitergehen. Aber der Arsch verschwand wieder aus meinem Blickfeld.

Eigentlich war ich ja genervt genug, um in aller Ruhe auf meinen Hamburger zu warten und eine Zigarette nach der anderen zu rauchen. Ein bißchen desillusioniert in die Gegend zu schauen und ab und zu milde zurück zu lächeln. Gerade höflich genug um eine Wand aufzubauen. Eine dünne Wand, eine nette Wand, aber eben eine Wand die stark genug war zu verdeutlichen, daß man allein sein wollte. Eine Art Puffer.

Neben ihr saß ein Pärchen, etwa Mitte Vierzig mit zwei Kindern unter zehn.

Deren Tisch war voll mit Scheiße, aber die lang ersehnte Cola fehlte immer noch. Klagelaute.

Drei Meter Entfernung wurden durch ein jähes „Did it go OK with your Key Card ?" unterbrochen.

    „Ja, kein Problem."

Lächeln beiderseitig.

Die nächste Zigarette. Wein.

Sie hatte eine Art Rinderbraten vor sich liegen und die Messer waren anscheinend nicht scharf genug. Sie sägte wie ein Weltmeister und steckte irrwitzig kleine Stückchen Fleisch in ihren burgunderfarbenen Mund. Sie aß wie ein Spatz.

Dazwischen ein winziges Schlückchen Rotwein.

    „It's good that you don't have problems with your key anymore - I have problems with my meat here."

Breiteres Lächeln. Puppe wenn du es willst ...

    „Why don't you come over here to my table and we have dinner together. I see that you have ordered already !?"

Naja, wenigstens bleiben dann die peinlichen Blickkontakte aus.

Und - was soll ich denn machen - eine Drecksau sein und ablehnen ? Ein bißchen Erziehung haben wir ja schließlich auch genossen. Vielleicht ist es ja doch ganz angenehm, ein wenig Konversation beim Abendessen zu haben.

Ich packte also meine Siebensachen zusammen und ging die paar Schritte 'rüber und zwängte mich an ihren Tisch.

Ich stellte mich vor - das geschäftige Umräumen am Tisch um Platz für mich zu machen erstickte diese Vorstellung - und aus den Augenwinkeln sah ich die leeren, erstaunten Gesichter des Pärchens am Nachbartisch.

Ich hängte mein Sakko über den Stuhl, legte die Zigaretten hin und setzte mich.

Irgendwie hatten die beiden einen irren Gesichtsausdruck und bewegten ihre Köpfe ruckartig zu beiden Seiten während sie ihr Weißbrot mit aufgestützten Ellenbogen vor ihren Mündern zerrupften. Aasfresser die Ausschau nach etwaigen Futterdieben hielten.

Die Minute des peinlichen Schweigens die entsteht wenn man sich an den Tisch eines Fremden setzt kam nicht auf - sie sprach sofort weiter in dem sie sich über die Größe, oder die Kleinheit, der Tische in dem Restaurant ausließ. Ich beobachtete sie neugierig, freundlich, und hörte zu ... Große Raucher bekommen immer kleine Tische lächelte ich, und wußte nicht warum ich sowas sagte. Wahrscheinlich nur um etwas zu sagen, über irgend etwas mußte man ja reden. Es gibt in so einem Moment nichts tödlicheres als höfliches Schweigen.

Die Bedienung kam mit meinem Hamburger und blickte irritiert in die Runde. Ich machte auf mich aufmerksam und erklärte ich hätte den Tisch gewechselt, sonst nichts, und bedankte mich nochmals bei „Püppchen" für die Einladung an ihrem Tisch zu sitzen.

Der Hamburger sprengte die Kapazität des Tisches nun endgültig.

Sie vergaß ihr Essen und ich erinnerte sie daran daß sie ruhig weiter essen sollte - während sie erzählte - aber der Hunger war anscheinend nicht so groß.

Drei Kinder. 16, 14 und 11. Zwei Jungs, ein Mädchen. Das warf mich um.

Ich konnte es nicht glauben.

Mit weit aufgerissenen Augen - ich glaube ich wurde zum ersten Mal wach an diesem Abend - sah ich sie ungläubig an.

Die Frau war im Leben nie und nimmer älter als Mitte, vielleicht Ende Zwanzig ! Sie lachte und bedankte sich für's Kompliment.

Aber es war in keinster Weise so beabsichtigt. Ich glaubte es einfach nicht ! Wirklich es war unfaßbar. Normalerweise schätze ich Frauen kulanterweise jünger als sie aussehen, denn jeder Mensch ist für Komplimente empfänglich, beziehungsweise fühlt sich immer geschmeichelt - egal wie dreist und unmöglich sie sind (Lektion 1 - wie kriege ich eine Frau ins Bett ?), aber das war unmöglich. Mir blieb der Hamburger im Hals stecken - und ihr "Believe me" sollte ich noch öfter hören - , so daß ich ausgesehen haben mußte wie ein Franzose dem man erzählte, ein englisches Restaurant hätte drei Sterne im Guide Michelin.

Sie nahm von meiner Reaktion nicht weiter Notiz und bekräftigte eher beiläufig ihre Aussage nur mit einem weiteren "Yes, believe me.".

Sie hatte langes dunkles Haar. Zugegeben ein etwas gelebtes Gesicht, aber noch jung, und eine bemerkenswerte Figur. Einen perfekten Arsch, Herzform und nach oben zeigend, eine Taille die man bestimmt beinahe mit zwei Händen umspannen könnte und schöne pfirsichgleiche Brüste.

Gut - BHs können lügen, müssen aber bei einer solchen Figur bestimmt nicht

Sagte ich daß sie zierlich war ?

Ich war vollkommen von der Rolle. Ich sagte es Ihr.

Ja - da wo sie herkomme sei es gar nicht so unüblich in jungem Alter Kinder zu gebären. Jung ja - aber wie jung ? Nun - sie hat mit 17 das erste Kind bekommen. Also 33. Ich war noch nicht betrunken und konnte noch rechnen. Zumindestens addieren.

33 fand ich unwirklich und hielt damit nicht hinterm Berg. Wo sie denn herkäme ?! Ich sollte raten. Nun wurde mein Hamburger langsam kalt. Sie sah südländisch aus, unterhielt sich aber, so wie ich das beurteilen konnte in perfekten Französisch mit den Landsleuten hier.

Also Frankreich.

Nein.

Spanien, Italien Griechenland - Nein. Hmm. Marokko ?! Nein. Portugal, sie kam aus Portugal. Portugal paßte.

Die heiraten ja wahrscheinlich auch jung dachte ich mir - und Frankreich ist ja so weit auch nicht.

Mein Weinglas war leer und sie schenkte mir nach. Aus ihrer Karaffe obwohl meine noch halbvoll war ! Die Gastfreundlichkeit der Südländer. Ich konnte es noch immer nicht glauben.

„Believe me".

Sie schmunzelte beim Einschenken und - Hach - sie könne nicht so viel trinken. Ich müßte ihr helfen.

Die Nachbarn am Nebentisch sahen mich nun zweifelnd an. Es war die typische Situation. Ein Geschäftsmann, einsam, trifft in einem Flughafenhotel eine einsame Frau und macht sie an. Ich hatte noch gar nicht begonnen ! Jedenfalls nicht wissentlich.

Sie sahen mich angewidert an. Ihre Kinder verstanden nichts. Aber vielleicht hatten sie ja recht. Aber irgendwie war es scheißegal. Mir jedenfalls. Es belustigte mich.

Ich sah mir das Pärchen an. „Durchschnitt" würde es genau beschreiben. Die Kids irgendwie nach der neuesten Mode gekleidet. In Kotzfarben. Lila, Rot und giftgrün. Ich hasse Lila. Ganz abgesehen davon, daß es nicht zu grün paßt, (eine typische, die mitteleuropäische Kultur und damit das verlorengegangene Geschmacksempfinden einer Plastikgesellschaft darstellende Kombination von Elementen die die alten Götter im Olymp aller Wahrscheinlichkeit nach zum Kotzen gebracht hätten).

Bei Lila bekomme ich Übelkeit. Wenn es genau der richtige Lilaton ist, wird mir der Magen flau und leichte Kopfschmerzen breiten sich aus. Noch schlimmer ist Metallik-lila.

Als ich ein kleines Kind war hatte ein Nachbarmädel ein damals sehr modisches Klapprad in eben dieser Farbe. Metalliclila !

Da wird mir die Zunge pelzig und ich muß sehen daß ich fortkomme.

Vielleicht ein Kindheitstrauma ?

Jedenfalls mochte ich die Nachbarin nicht so besonders, und da paßte das Fahrrad, das heißt die Farbe des Fahrrads, perfekt.

Naja, ich hatte Glück, es war nicht *genau* dieser Lilaton, aber eben schrecklich. Der Junge hatte dazu noch eine Footballkappe der 49'ers auf, und das Mädchen hielt Monologe mit einer nackten Barbiepuppe. So eine hatte ich auch am Tisch sitzen, allerdings angezogen !

Ganz schön alt für ein Mädchen das mit Barbiepuppen spielte.
Die Mutter war im Kaufhausschick angezogen. So zwischen „Hertie" und Boutique. Billiger Goldschmuck, blond, angefettet. Sie konnte nicht verbergen, daß sie sich gehen ließ.

Nachläßiges, fast verschwundenes Makeup, eine altmodischer Ehering. Blümchenbluse. Er - der Patriarch ! Bauch, rief die Kinder andauernd zur Ruhe - die quengelten nämlich ... seine beste Zeit hatte auch der schon hinter sich. Irgend eine hell ausgefärbte Edeljeans und weißes Hemd ohne Krawatte. Pullunder in einem blau - weißen Norwegermuster drüber.

Halbglatze und graue gelockte Strähnchen. Tja - Dein Leben ist auch festgeschrieben, Alter ! . Fehlt bloß noch, daß er furzt. Aber das macht man ja nicht. Nee !

Sie bemerkten daß ich sie musterte und schauten komisch rüber. Ich grinste sie unverschämt an und drehte meinen Kopf zu meiner unablässig redenden Tischgenossin zurück. Langsam merkte ich den Wein.

„Du hast wunderschöne Augen, wie kommt es eigentlich, daß so eine hübsche Frau wie Du alleine durch Frankreich reist ? "

Das saß !

Sie blickte kurz nach unten auf ihren Teller, hörte auf zu sprechen, sah mich an und meinte ich solle sowas nicht sagen, das mache sie unsicher.

„Aber die Wahrheit darf man doch sagen, oder ?"

Ich fühlte mich plötzlich ausgezeichnet und schenkte ihr von meinem Wein ein.

Sie mache sowas normalerweise nie. Eigentlich wäre es das erste Mal daß sie jemanden an ihren Tisch einlüde. Believe me - und außerdem würde ich ganz wirklich, ganz echt, lügen.

Für mich wäre es auch das erste Mal von einer so hübschen Frau eingeladen zu werden und wir sollten darauf anstoßen - daß wir uns so gut unterhielten. Der Abend hätte ja auch ganz anders - nämlich absolut langweilig ablaufen können - und ich säße hier und müßte mich für die Einladung in aller Form bedanken. Sie lächelte mich glücklich an und trank einen Schluck von „meinem" Wein.

Sie sei hier, weil sie zweimal im Jahr zu einem Spezialisten in Paris müßte. Zur Untersuchung. So einen Arzt gäbe es in Portugal nicht und sie würde den Trip dann jedesmal mit einem Besuch bei ihrer Familie verbinden, weil man von Paris aus so gut weiterfliegen könne.

Eigentlich komme sie gar nicht aus Portugal. Ja - sie lebe dort. Aber sie traue sich nie jemanden zu sagen wo sie wirklich herkomme. Die Menschen hätten nämlich alle Vorurteile und sie versuche jedesmal, wenn möglich, diese komischen Reaktionen zu vermeiden.

„Welche Reaktionen ?"

Sie komme aus dem Libanon. Aus Beirut. Und Beirut sei nur für Krieg und Terroristen berühmt.

Ich war verblüfft, aber ich glaube ich konnte es gut verbergen. Jedenfalls ließ sie sich nichts anmerken. Sie sah mich flehentlich an. Das Einzige was mir sofort durch den Kopf schoß, war, ob diese Frau, ob es wohl im Libanon genauso Sitte war wie in der Türkei, also ob diese Libanesin, genauso wie die Türkischen Frauen, eine rasierte Muschi hatte.

Mohammed hatte nämlich im Koran für alle Zeit festgelegt, daß kein Haar außer dem Kopfhaar, länger sein darf als ein Reiskorn. Ich hatte noch keine Erfahrung mit arabischen Frauen, aber die würde ich heute Nacht noch bekommen. Baby - du weißt es noch nicht, aber ich werde das heute Nacht 'rausfinden. Ich werde es wissen, morgen früh - darauf wette ich.

Und so lächelte ich sie verliebt an und fragte sie, warum sie dächte ich würde darauf komisch reagieren.

Ich trank einen Schluck Wein. Wir sahen uns an.

Sie begann vom Krieg in Beirut zu erzählen.

Sie erzählte von ihren Gefühlen. Von ihren Reaktionen, die sie hatte wenn jemand einen Koffer in einem geschlossenen Raum abstellte und rausging.

„Believe me - I would be out of this room like nothing, faster than everybody else here in this restaurant. I once wasn't fast enough and the bomb exploded right beside me. I still feel fear - after all those years."

Eine Bombe hatte sie erwischt als sie ein kleines Kind war. Deshalb muß sie noch immer zweimal im Jahr zu einem Spezialarzt. Die Knochen wurden zwar wieder zusammengeflickt, aber es wird nie wieder so sein wie früher.

Obwohl es schon so lange her war. Nächte in Kellern. Sie sei eine Tochter einer der reichsten Familien in Libanon und sie wuchs mit ihrem jetzigen Ehemann auf, der zehn Jahre älter war als sie.

Mit 17 war sie schwanger, und als er einen hochbezahlten Job in Portugal bekam, war sie froh, dieses vom Krieg zermalmte Land verlassen zu können. Jetzt war sie froh weg zu sein. Froh über ihre drei Kinder, aber ihre Familie war immer noch in Beirut, und da würde die auch bleiben. Sie freute sich, sie besuchen zu können, aber „Believe me" das Leben ist so anders in Portugal.

In Portugal war sie eine moderne Frau. Mountainbiken, mit den Kindern zum Wellenreiten. Freundinnen und so weiter. In Beirut dürfte sie nicht einmal - wie in ihrer Kindheit - alleine auf den Balkon und sich die Stadt anschauen. Die Nachbarn würden denken sie warte auf einen fremden Mann, einen Liebhaber. Sie könne nicht einmal ihre Freizeitklamotten anziehen, das wäre zu vulgär. Sie hätte ihren Mann noch nie betrogen, „believe me", und noch nie mit jemand anderes geschlafen, nicht wie die Frauen in Portugal, „Believe me", aber irgendwie sei alles so schwer.

Zwei Kulturen und sie wüßte nicht mehr wohin sie gehörte.

„Believe me - I love my husband."

141

Aber irgend etwas fehle ihr. Sie hatte noch nie jemanden an ihren Tisch eingeladen. Aber mit mir sei das anders. Ich wäre so Weise. Ich wüßte viel über das Leben. Sie sei so überrascht. Ich sei ein Philosoph. Und wie könnte das sein, daß ich, der ich so jung sei, schon so viel wüßte ?!

Ich dachte, unser Essen war jetzt kalt genug um abtransportiert zu werden und fragte sie, ob ich sie zu einer Flasche Champagner an der Bar einladen könnte. Der Wein war leer - der war in uns - und wir fühlten ihn.

Ich winkte der Bedienung und wir gingen, noch nicht wissend ob wir es dürften, aber jedenfalls ohne Umarmung, in Richtung Bar.

Die Bar war eine für diese Durchgangsreisenden gebaute, sterile, bistroähnliche Angelegenheit die kühl im Neonlicht glänzte.

Linoleumboden, ein paar Leuchtreklamen - Budweiser - und Plastikpflanzen. Am Boden festgeschraubte runde Tische und eine Jukebox, die aber nur zur Zierde anwesend war.

An den wenigen Tischen saßen, vereinzelt, gelangweilte Geschäftsreisende, teilweise sogar Pärchen, aber die Lokalität war größtenteils leer.

Wir wurden mit einer interessierten Gelangweilheit begutachtet. Ich konnte ihre Gedanken lesen, „selten so eine Schönheit hier reinkommen sehen. Interessiert mich aber nicht - habe meinen Wein und das Leben ist hart und grau. Darf mich nicht interessieren, mein Haustier sitzt mit am Tisch, nur keinen Ärger."

Und wieder zurück ins Glas schauen.

Wir nahmen einen Tisch in der Ecke, vielleicht gerade weit genug von den anderen Gästen entfernt um sich einigermaßen ungestört unterhalten zu können. Hoffentlich weit genug entfernt. Ich hatte keine Lust auf Zuhörer. Sowas hemmt nur.

Als wir dann saßen, stand ich auf und ging an die Theke um einen Champagner zu besorgen.

Mit Sekt fängt man Mädchen - mit Champagner Frauen !

Sie hatten diese Halbliterflaschen die in diesem Fall sehr günstig sind - preislich - und außerdem bewahren sie einen vor dem Vollrausch, der sich nach einer 0,7 Liter Flasche und den vorhergegangenen Getränken unweigerlich einstellt. Ach ja, geschlafen hatte ich ja auch schon eine ganze Weile nicht mehr. Richtig.

Was ein „Glücksfall !"

Der Champagner war erlesen und wurde mir in einem Chromkühler mit Eis und weißer Stoffserviette übergeben. Zwei Gläser.

Im Zuschauerraum beobachtete man mich leicht irritiert.

Ich brachte den Schampus wie einen Pokal für den ersten Preis zurück zum Tisch, und ehe ich mich setzen konnte um die Öffnung zu zelebrieren, stand sie auf und ging auf die Suche nach einem Aschenbecher.

Stilbruch. Aber ich beobachtete ihren reizenden in den schwarzen Jeans eingepackten kleinen Arsch und stellte zufrieden fest daß ich ein Glückskind war.

Tja Jungs - daß ihr mir dem ja nicht zu lange nachschaut. Ich lachte in mich rein.

Sie kam, setzte sich, schaute umher. Kaum wollte ich die Flasche entkorken stand sie wieder auf und machte den Vorschlag sich in den Innenhof mit den Wasserspielen zu setzen der hinter den Glasschiebetüren versteckt war. Da saß nämlich NIEMAND !

Die Tür ging schwer auf. Der Sektkübel in meinen Armen und der Rauch meiner im Mund verbliebenen Zigarette machten das Ganze auch nicht leichter.

Das war dem Barkeeper dann doch zuviel.

Wie ein tollwütiger Hund stach er auf mich zu. Wild gestikulierend, und irgendein unverständliches Zeug vor sich hin brabbelnd, schloß er die Tür und ließ mich wie einen Deppen stehen. Anscheinend war der „Wintergarten" um diese Zeit schon geschlossen und er hatte keinen Bock auf extra Arbeit.

Seufzend ließ ich mich wieder auf meinen Stuhl darnieder, schaute ihn an, gestikulierte auf meine Weise und brabbelte etwas für ihn Unverständliches. Er fand das offensichtlich gar nicht witzig und zog aber dann doch von dannen. Keinen Humor der Mann. Und ich dachte wir wären in der Stadt der Liebe.

Paris - C'est la guerre !

Ich schlug das Handtuch um meinen Unterarm, goß weltmännisch den Champagner ein, steckte mir zwei Zigaretten ins Gesicht, zündete beide an, und gab ihr eine davon.

„Auf uns !"

Ihre Hand lag auf dem Tisch und ich streichelte sie vorsichtig. Sah ihr in die Augen. Es war an der Zeit den Bann zu brechen.

Sie blickte scheu zurück, ließ ihre Hand aber da wo sie war und sagte leise: „Believe me - als ich Dich vorhin auf dem Gang sah hätte ich nie gedacht mit Dir heute abend hier zu sitzen."

Ich hätte es auch nicht gedacht. Aber manchmal ist das Leben eben wie in Liedern. „Sometimes truth is stranger than fiction (Mick Jagger)."

Erstaunlicherweise hielt sie beim Champagner - obwohl sie vor einer Stunde schon gesagt hatte, sie hätte schon genügend Wein getrunken - gut mit.

Die Gläser wurden leer und wieder voll.

Zum Glück kam kein dienstbarer Geist der den Aschenbecher ausleerte. Niemand strandete auf unserer kleinen Insel.

Sie spielte mit ihrem halbleeren Glas. Beobachtete den Champagner wie er perlte, legte den Kopf schief. Sie stellte das Glas behutsam auf den Tisch. Ich gab ihr einen Kuß. Ganz leise. Ganz langsam. Ihre verträumten Augen sahen mich von unten an. In diesem Moment hätte ich sie auffressen können.

Sie war ganz mein. Und ich war ihr.

Der Champagner lehnte kopfüber im Kübel. Die Zigaretten gingen zur Neige. Geht ziemlich schnell wenn man sich immer zwei anzündet um sie sich dann gegenseitig ins Gesicht zu stecken.

Die Welt um uns herum schien nicht mehr zu existieren. Wie ein Komet, der ohne Vorwarnung in die Erdumlaufbahn platzt, weißglühend die Schutzhülle durchbricht, mit stechender Hitze ein Loch in die Atmosphäre brennt, stand sie auf:

> „Let's go upstairs ! Now !"

Männer träumen von sowas.
Zum Glück bin ich nicht mehr nur ein Träumer.

So zu tun als wäre ich wie selbstverständlich die ganze Zeit parallel mit ihr geflogen und hätte nur auf den heißen Moment des Eintauchens gewartet. Naja - hatte ich in Wirklichkeit ja wohl auch.

Wie ferngesteuert packte ich, schon im Gehen, mit langem Arm Zigaretten und Feuerzeug vom Tisch. Riß das Jackett von der Stuhllehne, faßte sie um die Schultern, genoß ihren Arm um meiner Hüfte und ihr Gesicht halb vor meiner Brust. Führte sie zum Fahrstuhl.

Sie drückte auf „Kommen".

Die Spiegel im Aufzug verschwiegen keine Rundung, keine Naht, keinen Stich ihrer Jeans. Die Lichtschranke stieß nochmals zurück und entließ uns in den ersten Stock.

„ I trust you", waren die Worte als sie die Schlüsselkarte in den Schlitz stieß und die Tür mit einem trockenem Klacken nachgab.

Nur die Notbeleuchtung war zugelassen. Ich fieberte diesem Körper entgegen. Diesen Küssen, diesem Mund. Diesem Gesicht, das sich in meiner Brust vergrub. Diesen Händen, die meine Krawatte entknoteten und Hemdknopf für Hemdknopf öffneten.

Harte Nähte an ihrer Hose. Harter Stoff der nicht nachgab, besonders da wo er sollte. Hüften die sich irgendwo unterhalb meiner Hoden zwischen meinen Beinen rieben und weiche Brüste die ich seitlich von vorne erwischte. BH mit einer Schließe. Weiche Lippen die mit meinen Daumen spielten, saugten, und eine Zunge die mehr erahnen ließ.

Sie löste sich von mir - wir setzten uns aufs Bett und rauchten. Unterhielten uns. Kippten nach hinten über. Ich zog ihr das Oberteil über den Kopf. Ließ meine Zunge unter den BH gleiten, meine Hände enthakten den BH.

Dunkelrote, violette Knospen.

Sie wollte das Licht löschen.

Diese perfekten Formen sollten nicht im Dunklen verschwinden. Nein, nur das nicht.

Meine Zunge spielte mit ihrem Nabel, der fast noch vollständig vom Kupferknopf versteckt war, öffnete die Hose - da kam die nächste Zigarettenpause.

Noch bevor der Reißverschluß in Angriff genommen war.

44

Wir saßen wieder auf der Bettkante. Ich immer noch mit T-Shirt und Hose - und sie „Oben ohne".

Rauchten. Kuschelten.

Die fernöstliche Weise der Frauen kam mir in den Sinn. Den Mann wie einen König behandeln. Den Sex zu zelebrieren. Langsam zu machen. Ihn vollständig zu sedieren. Kirre zu machen. Von vorne bis hinten zu bedienen. Getränke zu reichen und ihm die Zigaretten anzuzünden. Zu umsorgen, zu spielen, zu entspannen, zu genießen. Pausen zu machen. Darin aufzugehen.

Sie hatte ihr Diplom. Da war ich sicher. Das hatte Methode. Das schien perfekt. Ich fühlte mich „well taken care of".

Sie nahm meine Zigarette. Drückte sie aus. Erhob sich mit wieder geschlossener (!) Hose von der Bettkante - ließ ihre Brustwarzen die Sterne sehen, drückte mir einen Kuß auf die Stirn und verzog sich ins Badezimmer. Ob ihre Haare wirklich nur Reiskornlänge ...

Ich beschloß, wenigstens meine Hose in Sicherheit zu bringen und legte mich erwartungsvoll aufs Bett.

Sie kam. Und wie sie kam.

Ein langes weißes Handtuch oberhalb ihrer Brüste verknotet, schwebte sie im letzten Lichtstrahl der Badezimmerbeleuchtung auf mich zu. Beugte sich über mich und küßte meine Lippen.

Zog mir mein weißes T-Shirt über den Kopf. Richtete mich halb auf, ließ ihre Zunge über meine Brustwarzen spielen.

Knabberte.

Kniete sich vor dem Bett zwischen meine Beine. Ließ die Hand in den Boxershorts verschwinden. Massierte meine Eier. Ließ Schwanz und Handwurzel miteinander spielen. Zog mich aus. Ließ ihr Handtuch einen winzigen Spalt zwischen ihren Oberschenkel aufklappen und spielte Miles Davies in Es-Dur. Kopf nach unten, Kinn an die Brust gepreßt.

Warme weiche langsame, kurze, schnelle Stöße, Flageolett mit Zungenschlag. Nie war ich dem Jazz so nahe wie jetzt.

Aber ich hatte ja noch was zu entdecken, und das wollte ich mit voller Gier entdecken, genauso langsam und noch voll mit meiner Flüssigkeit, voll von Energie, zitternd vor Neugier.

Ich zog sie zu mir nach oben und genoß meinen Geschmack. Wollte nun ihren schmecken. Mein Paket aufknöpfen, von der Notbeleuchtung der Bettlampe warm und weich eingehüllt. Es kostete einige Zeit sie zu überzeugen das Licht nicht zu löschen. Immer wieder kurz vor dem Entpacken, gerade wenn meine Hand damit beschäftigt war in dem Spalt des Handtuchs an den Innenseiten der Oberschenkel nach oben zu gleiten suchte ihre Hand nach dem Lichtschalter.

Es wurde zu einer Art Spiel. Wollte ich doch mein Geschenk des Abends sehen. Das Auspacken genießen. Ihr Mienenspiel deuten zu können. Die Formen genießen, Reaktionen ihrer Nippel provozieren, den Mund sehen dem ein leises oder lautes Stöhnen entweicht. Sehen wo das Schmatzen herkommt. Die weichen Hüftbogen und den wundervollen Arsch.

Vor allem wollte ich sehen ob die Libanesinnen sich rasierten, Reiskornlänge hätten, oder einen „70iger Jahre Busch" kultivieren.

So ging das jedenfalls nicht weiter.

Ich setzte mich auf ihren Schoß, nahm ihre Handgelenke und hielt ihre Arme hinter ihrem Kopf verschränkt auf das Kopfkissen gepreßt. Ein kleines, erstauntes, aber zufriedenes Stöhnen entfuhr ihrem dunkelroten Mund. Mit den Zähnen öffnete ich den Knoten oberhalb ihrer Brüste und wühlte meine Zunge zwischen warmen weichen straffen Pfirsichen. Streckte meinen Oberkörper, meine Arme und hinterließ mit meiner Zunge eine Schneckenspur in Richtung Nabel.

Sie drehte und wand sich. Gurrte wie eine Taube. Bog ihre Kreuz durch. Stöhnte auf und wollte sich befreien. Hob ihre Beine und drückte mir mit den Oberschenkeln meine Ohren zu. Und ich fühlte zum ersten Mal etwas, was ich noch nie in meinem Leben gesehen hatte.

Ich wußte nicht was es war. Doch dann durchfuhr es mich heiß und dumpf wie eine Rakete, die mit ihrem brennenden Schweif durch meinen Körper in meinen Kopf schoß und explodierte. Ja, und es war eine Bombe !

Eine richtige Bombe. Und sie hatte ihre Spuren hinterlassen. Ihre Kinder vielleicht auch. Deshalb kein Licht !

Unterhalb ihres Nabels fing es an, und hörte unterhalb der Hüftknochen wieder auf. Da war keine Haut mehr. Da war nur noch wildes Fleisch. Narben übersät.

Das heißt, da waren keine Narben mehr. Das sah aus als hätte jemand einen Fleischklopfer mißbraucht und sein Werk unvollendet gelassen.
Ihr Satz blitzte in meinem Kopf auf. Sie wollte nicht, daß ich das sehe.

„Believe me - I would be out of this room like nothing, faster than anybody else here in this restaurant. I once wasn't fast enough and the bomb exploded right beside me."

Die Haut war gedehnt, verbrannt, vernarbt und zerfurcht wie ein erstarrtes Lavafeld. Und sie glühte wie ein Lavafeld. Die Schamhaare waren zur Hälfte verschwunden, bedeckten nur eine Schamlippe vollständig. Hatten die Gestalt eines Parallelogramms und dazwischen glänzten mir zwei rosafarbenen Schamlippen aus der Spalte feucht entgegen.

Eine kleine dunkle Klitoris blickte mich an, hatte sie doch die Gunst der Narben genutzt sich ein bißchen nach vorne zu drängen. Und die Schamhaare waren - kurz. Sehr kurz ! Fast Reiskornlänge. Ich war am Ziel. ICH hatte es gesehen. Jedenfalls an diesem exemplarischen Fall. Meine Zunge verschwand da wo es wohltat. Die Oberschenkel hatten meine Ohren schon lange wieder freigegeben. Die Gebirgslandschaft ihres Unterleibes faszinierte meine Zunge und fand immer neue Täler und Flexen. Harte Haut die sich knabbern ließ und seidenweiche Täler die matt von Feuchtigkeit glänzten. Ihre Brustwarzen starrten den Himmel an. Ich ließ ihre Handgelenke los und sie zog mich an meinen Ohren nach oben.

Sie sprach arabisch zu mir, französisch. Ich verstand nichts.

„Fuck me !"

Mein Schwanz verschwand in einem finsteren Loch. Da wo eine Bombe 'mal Lichtblitze hinterlassen hatte und schon drei Köpfe das wiedergekehrte Dunkel verlassen hatten.

Langsam wollte ich sein. Sanft und alles auskosten. Drehen und rollen. Scham an Scham drücken. Halb 'rausziehen, warten und wieder zustechen. Genießen. Aber das war's wohl nicht.

„Fuck me!" „Hard !" „Hurt me !"

„Hurt me ?"

„Please hurt me! Come on! Hurt me !

Sie flehte, ihre Augen blitzten mich an.

„Please !"

Also ich war auf Vieles gefaßt. Aber ganz ehrlich - auf das nicht.

Eine Schrecksekunde durchzuckte mich. Hatte ich richtig gehört ? Schon viele Frauen hatten mit mir gevögelt, aber immer nur die in den Filmen waren diejenigen, die sowas forderten. Neuland. Wie oft eigentlich heute nacht schon Neuland ? Ich war am Zweifeln. Wollte sie wirklich was sie sagte ?! Meine Untätigkeit wurde durch einen harten Stoß ihres Unterleibes gegen mein Schambein bestraft.

„Come on !"

Sie bettelte. Sie war außer Kontrolle und versuchte mir Kontrolle zu geben. Also gut. Ich wußte aber immer noch nicht so genau ... bewegte mich wieder, etwas härter. Nahm ihre Brüste und quetschte sie ein wenig. Sie wollte mehr und krampfte meine Hände auf ihren Brüsten zusammen. Ich zog ihre Warzen in Richtung Decke. Sie stöhnte und schrie.

„Hit me !"

„Hit me?"

Tja.

Erst leicht mit der flachen Hand ins Gesicht. Sie liebte es. Ich kam mir vor wie in einem schlechtem Film und traute mir nicht zu glauben was ich da gerade erfuhr.

Sie wurde lauter und schneller.

„Harder !", „Hit me !" und „Yes !"

Als sie dann wieder ihr Becken mit Urgewalt gegen meines schleuderte, war es aus mit Technik und Taktik. Ich fickte sie wie ein Zuchtbulle aus Texas dem man gerade die Pheromone in die Nase gesprayt hatte.

Härter, schneller, rücksichtsloser. Ohne Gnade. Härter, tiefer, weiter.

Sie war kein menschliches Wesen mehr für mich. Tu ihr weh ! Spritz es rein. Laß sie leiden.

Und sie litt, sie genoß, sie war ekstatisch und drückte mir ihre Nägel in den Rücken, in den Arsch. Das Bett knallte gegen die Wand.

Bumm. Bumm. Bumm.

Ich wurde schizophren - und sie geiler und geiler.

Ich zog zum letzten Mal an ihren Nippeln, preßte ihre Beine unter einem langgezogenem Stöhnen zum Spagat, stieß zu und ließ alle Dämme brechen.

Nach einer Weile stand sie auf und schwebte ins Bad. Im Schlepptau das große weiße Handtuch.

Ich lag da.

Was war passiert ? Es war ruhig im Zimmer. Die Nachttischlampe leuchtete matt und gelb. Ich drehte mich auf die Seite und dachte nach. Mein Glied plumpste feucht glitzernd auf meine Hüftbeuge. Im Bad floß rauschend das Wasser.

Ich war ruhig. Ausgeglichen. Versuchte nichts zu erklären. Fühlte meine Gedanken durch mein leeres Gehirn huschen. Mein Kopf war voll, aber ich konnte keinen Gedanken fassen - wollte auch nicht.

Sie kam aus dem Bad und hatte das große weiße Handtuch wieder fest über der Brust verknotet. Es reichte ihr trotzdem weit über die Knie. Pappte fest. Es schmiegte sich über ihre Hüften wie eine zweite, aber pelzige dicke Haut.

Sie setzte sich auf die Bettkannte. Mit dem Rücken zu mir. Griff nach den Zigaretten, steckte uns zwei an. Drehte sich lächelnd zu mir um und steckte mir eine wortlos zwischen die Lippen.

Ihr Mund war immer noch von dieser dunklen rotbraunen Farbe. Die Augen feucht. Das Haar zerwühlt.

Wir sagten lange nichts. Bis ich mich aufstützte. Ihr mit der Hand über den Rücken strich.

Ihr den Nacken küßte, kraulte bis sie den Kopf nach hinten legte und sich zu mir umdrehte.

Mit halb geöffneten Lippen und geschlossenen Augen kam sie mir entgegen. So weich, aber so bestimmt. Unsere Zungen fanden sich. Sie faßte meinen Kopf mit beiden Händen, lag an meiner Schulter, begann mich heftiger zu küssen, als ich meine Hand durch den Schlitz im Handtuch langsam an den Innenseiten ihrer Oberschenkel nach oben wandern ließ.

Unvermittelt stand sie auf und starrte gegen das Fenster.

„I am sorry - there is no alcohol left."

Ich beobachtete sie von hinten wie sie da stand. Mitten im Zimmer.

Mit dem Rücken zu mir. In der linken Hand die Zigarette.

Scheiß auf den Alkohol. Ich hab 'ne Frau hier vor mir.

Sie öffnete den Kühlschrank und es stimmte. Die sonst gut gefüllte Minibar war leer. Nicht eine einzige Flasche. Sie sagte es tue ihr leid daß sie so eine schlechte Gastgeberin sei.

Schlechte Gastgeberin ?!

Etwas fordernd vielleicht, im Bett meine ich. Aber ich mußte zugeben daß es mir gefiel. Sie gab dem Gast alles. Nur eben keinen Alkohol. Aber auf den konnte man ja dann getrost verzichten. (Komm her, das macht doch nichts !)

Als sie wieder vor mir stand streichelte ich mit meinen beiden Händen über ihre Hüften (Zigarette im Mund). Fuhr von unten (wieder) über die Innenseiten ihrer Oberschenkel durch den Schlitz im Handtuch nach oben.

Ich fühlte ein weiches warmes (feuchtes !) Polster zwischen ihren Beinen. Sie drückte meine Schläfe zwischen ihre Brüste.

Ich fand der Knoten da vorne war etwas hart (Also was macht man dann ? - Richtig !) - „und ihre Hüllen glitten zu Boden ...".

Sie aber glitt zwischen meine Beine und ihr Mund um meine Eichel. Ihre Zigarette wurde von mir (fürsorglich) im Aschenbecher entsorgt und ich sah mir das Schauspiel zwischen ein paar Lungenzügen von oben aus an. 'Ne Frau am Mundstück ! Da schaut man doch gerne zu.

Genüßlich drückte auch ich meine Zigarette aus. Sie glitt mit der Zunge von der Schwanzwurzel an der Unterseite meines „Freundes" über die Eichel nach oben. Fuhr mit dem Daumen über die Koppe, küßte sie, schaute mich von unten aus an. Stumm. Ich ließ mich nach hinten aufs Bett fallen.

Sie packte meine Hoden und ließ meinen Schwanz gegen meinen Bauch schnalzen, knabberte wie ein Eichhörnchen an meinem brachliegenden Teil und steckte es sich bis hinter die Mandeln.

Das war zuviel ! Ich rearrangierte mich im Bett - Kopf ans Kopfende - um etwas Zeit zu gewinnen. Davon hielt sie wenig und krabbelte aufs Bett.

Ich sah ihren Püppchenkörper - mattgelb bestrahlt - seitlich in Hundestellung. Wir formten ein „T". Ihr Kopf pumpte wie ein Kolben einer 250 ccm Rennmaschine. Sie strich sich die Haare hinters Ohr und ihre Backen blähten sich. Ich steckte meinen Finger in die Shiluette ihres Hinterns und versank in einem dampfenden Honigtopf.

Der Rhythmus wurde langsamer. Unterbrochen von einem warmen Hauchen über meiner Eichel und gelegentlichem Aufseufzen.

Die Zunge spielte am Bändchen und der Daumen strich bemerkenswert professionell wie ein langsamer Scheibenwischer über seinen Kopf (gute Schule - ihr Mann ??).
Schließlich hielt sie es nicht mehr aus und rutschte an mir nach oben. Biß in meine Nippel und griff in meine Brusthaare.

Sie setzte sich auf und bog ihren Rücken durch. Faßte meine Fußgelenke und drückte mir ihre Arschbacken in die Lenden. Ihren festen schönen kleinen großen süßen Brüsten wuchsen Stielaugen.

Ich beschloß ihnen dabei noch ein wenig zu helfen und erntete als Dank deftige Stöße gegen meine Hüften.

Sie knallte gegen mich. Gutturale Laute verbreiteten sich in der Atmosphäre. Sie schnappte nach vorne, drückte meinen Hals mit ihren Armen zusammen. Die Oberarme hatte sie, ohne daß es mir bewußt geworden war, hinter meinem Kopf durchgefädelt. Luft ! Leiber klatschten aufeinander. Es wurde mir verdammt heiß. Unser Schweiß sammelte sich auf meinem Bauch, wurde vielmehr breitgeschlagen.

Sie quietschte auf, verdoppelte die Frequenz, keuchte wie ein Zehntausendmeterläufer. Riß an mir herum und grunzte wie ein brünstiger Elch. Sie schmiß sich in Ekstase nach hinten und schrie ein letztes Mal auf. Laut ! Der Schrei eines sterbenden Tieres das den Tod nicht akzeptieren möchte. Das letzte Aufbäumen vor der Erlösung.

Ihr Unterleib kreiste langsam, entspannt, befreit, auf mir. Und dann kam's MIR ! In diese plötzliche Ruhe hinein entlud ich mich wie ein eruptierender Vulkan. Mein Körper zitterte. Mir wurde schwarz vor Augen.

Sie schmiegte sich an mich, zog die Bettdecke hoch. Ich umarmte ihren Kopf der in der Armbeuge an meiner Brust lag.

Ruhe kehrte ein. Eine göttliche Ruhe. Ich schloß die Augen.

Die Welt war gut zu mir. Mein Kopf rieb sich auf ihrem und ich glitt in eine andere Welt hinüber.

Wir mußten eine ganze Weile dagelegen haben als ich merkte wie sie nach den Zigaretten griff.

Wo war ich ? In einem Hotel irgendwo außerhalb von Paris. Gleich am Flughafen. Sicher, das war die geographische Lage, aber wo befand ich mich wirklich ?

Im Halbdunkel, irgendwo zwischen Wachen und Träumen, zwischen Realität und etwas was nicht Phantasie sein konnte, aber irgendwo hinter der letzten Tür, die das Leben einem öffnete.

Zigarettenrauch stieg senkrecht in die Luft. Anfangs glatt und dann in Kräuseln. Betäubende Ruhe. Keine Flugzeuge zu hören. Nicht einmal das Ticken einer Uhr, oder das Ziehen an einer Zigarette. Keine Klospülung von Prostatikern oder Besoffenen in der Nacht. Nur diese unendliche Ruhe. Dieses Versinken in der Matratze. Kein Rascheln der Bettdecke (in diesen Hotels haben sie wirklich Decken und keine Daunenteile). Kleine Zehen die an meinen Schienbeinen entlangstreichelten. Da ! Das Knirschen einer Zigarette die in einem Glasaschenbecher ausgedrückt wurde - meine auch.

Der Aschenbecher wurde lautlos auf dem Filzboden abgestellt. Ein warmes dunkles Seufzen als sie die Arme um meinen Hals schlang und den warmen Körper an mich legte.

Stille umgab uns. Zeit zu schlafen. Zeit um wegzugleiten in eine bessere Welt -
nur wir zwei - nur ich allein. Die Welt und ich - und Du. Keine Amsel die sang.
Kein Gelächter in der Nacht. keine Geräusche von einem Mann und einer Frau
die sich gegenseitig irgendwelche Treppen irgendwo nach oben jagten. Kein
Gelächter in der Nacht. Nur sie und ich. Aber irgendwann, spät oder war es
früh, mußte sie aufs Klo - oder wenigstens ins Bad.

Der Übergang von „mellow" bis wach vollzog sich in Sekunden. Wieder ins
Bad. Wieder das Wasser laufen hören ?! Nein. Diesmal mit mir. Und diesmal,
diesmal war ich dabei. Ich zog ihr das Handtuch das sie wieder hinter sich
herschleifte aus der Hand und folgte ihr mit einigem Abstand ins Bad.

Ein kleiner brauner Körper ging vor mir, die Arschbacken waren bei jedem
Schritt dort wo sie sein sollten. Die Taille war die einer Biene und der Rücken
war der eines Tulpenblattes. Glatt, weich - wachsweich - und in der Mitte das
Rückrat wie die Mittelrippe eine Blütenblattes.

Man sagt, glaube ich, Seidenmatt zu dem was mir aus der Dunkelheit
entgegenschimmerte. Ich sah schon den Seifenschaum auf den Schulterblättern
herunterknistern.

Die Duschkabine war eng und groß genug zugleich. Das Wasser umspielte
unsere Körper und pappte ihre schwarzen Haare auf ihren Kopf. Ich griff in
ihre Hinterbacken und drückte sie von unten nach oben auseinander, stand
hinter ihr und küßte sie auf ihren Mund. Glitt über ihren Unterleib und fühlte
mit der Handinnenfläche ihre Scham. Ließ die Finger zwischen die Lippen
gleiten und fühlte diese wunderbare Textur einer Scheide die feucht wurde und
gleichzeitig von Wasser gereinigt ihre Schlüpfrigkeit verlor und deshalb etwas
pappte.

Ein leichtes Zittern, ein Aufwallen, ein Pressen gegen meine Hände, die von
vorne und von hinten Widerstand boten. Ich hatte sie im Griff. Und sie mich.
Ihre Faust pumpte meinen Schwanz auf und nieder.

„You want to make me crazy ?", fragte sie.

Ich biß in ihr Schlüsselbein.

„What are you doing with me what *are* you doing with me - what are
you *doing* … ?!"

Ich nannte das normalerweise „Sixpackgriff", aber dann wäre es mit nur einer
Hand gewesen. So hatte ich zwei, und zwei meiner Finger waren bis zum
Anschlag in beiden Löchern drin. Fast hätte ich sie hochgehoben. Das heißt, sie
stand gerade noch auf den Zehenspitzen und dann wollte sie Milde. Und ich,
ich wollte meinen Samen nicht mit dem Seifenschaum vermischt. Ploppte
meine Finger heraus, stellte die Dusche ab und rieb ihre Nippel mit dem harten
Frottierhandtuch ab.

Mit dem andere Ende des Tuches hatte sie mein bestes Stück in der Mangel. Aber auch da wollte ich meinen Saft nicht haben. Wenn schon dann in ihr.

Zwei Schritte zurück, ich saß auf dem Klo. Zwei wunderbare Oberschenkel öffneten sich. Die Muskelstränge an den Innenseiten zeichneten sich ab als sie sich herabließ, und das einzige womit wir uns berührten verschwand in dem warmen Spalt der den Unterschied zwischen unseren Geschlechter ausmachte.

Ihre Nippel waren ein Panoptikum vor meinen Augen, ich konnte ihnen nicht folgen. Ich zog ihre Hinterbacken auseinander.

Ich hatte das Gefühl ich würde sie im Stehen spalten. Pferde im Galopp. Aber kennt man die weibliche Physe und auch die Ausdauer, so wußte man daß der vollendete Traum nicht lange wären konnte. Ich hätte es gewollt - und zwar jetzt. Aber sie - „let go" - und so folgte ich ihr, den Schwanz in ihrer Hand, wie ein Pferd das zu den Boxen geführt wird zum Bett. Da packte ich sie an den Hüften und vergaß die Lektion nicht die ich an diesem Abend gelernt hatte.

„Bitte nimm Rücksicht auf nichts !"

Meine Hände griffen in Ihre Backen und trieben sie auseinander. Ihre Rosette schnappte wie ein um sein Leben kämpfender Guppy nach Luft und mein Schwert suchte den Amboß der es in glühender Hitze in Form brachte.

Sie schrie, sie flehte, sie wimmerte. Ich pumpte. Ich pumpte als läge das Öl in 20 Kilometer Tiefe. Und schließlich traf ich die Ader !

Die Erde bebte und zitterte. Die Körper übertrafen sich in spastischen Zuckungen und irgendwo sprudelte das „Köstlich' Naß" in eine noch dunklere Tiefe. Es mußte Spuren hinterlassen haben. Auf der Haut und in der Seele ... Es war eine doppelte Atombombe die die Wirklichkeit dahinriß als hätte es nie eine gegeben.

Es war eine Apokalypse. Zwischen Bewußtlosigkeit und Tot - lasse ich los - ich weiß nicht mehr wo. Ein zitternder und irkender Körper war da noch. Weich nachfedernd und gänzlich der eigenen Motorik beraubt als ich nach hinten zwischen Himmel zurückwich.

Umgehend beerdigt von einer wunderbaren warmen, weichen, federnden Masse. Und weg war ich. 98, 99, AUS.

Neben mir, an das Stirnende des Bettes gelehnt saß eine Prinzessin aus Tausend und einer Nacht. Völlig angezogen , ein Minikleid, und über und über mit Goldschmuck behängt.

Langsam wachte ich auf. Mein Radar nahm wieder Signale auf. Da war noch mehr Schmuck.

Dort auf der Anrichte, dem Bett gegenüber, war alles aufgereiht. Stück neben Stück. Gelbes Gold. Alles. Hindrapiert wie in der Auslage in einem Schaufenster. Ketten neben Ringen. Ringe neben Armreifen. Uhren, ein Diamant(?)kollier. Warum das Alles ?

Ich ließ mir eine Zigarette geben. Die erste eines Tages der schon mehrere gesehen hatte. Ich mußte leicht husten. Aber es war alles OK. War noch alles dran. Sie strich mir über die Haare. Ich kam zu mir. Wollte sie anlächeln. Konnte es aber nicht. Sie lächelte mich an und schien zufrieden.

Meine Uhr zeigte 6 Uhr 30. Mein Flieger ging in etwa eineinhalb Stunden. Mußte mich anziehen. Meine Sachen holen. Sie verstand. Wir würden zusammen Frühstücken. OK ? OK!

In meinem Zimmer war das Bett unberührt. Zähneputzen. Waschbeutel in den Koffer. Neues Hemd. Krawatte.

Ich klopfte an ihre Türe. Schmiß mein Zeug rein. Und da stand sie ! In ihrem Minikostüm. Stoff fast wie Krepp. Blauweiße Nadelstreifen. Fast. Perfekt Geschminkt und gepudert. Ein Parfüm lag in der Luft. Süß und teuer. So zwischen Chanel No. 5 und Samsara.

Goldene Ringe an den Fingern. Das Kollier schmückte ihren Ausschnitt. Keine Bluse unter ihrem Blazer. Nackte Haut nur.

Ich küßte sie - zum Abschied.

„How handsome. Handsome.", murmelte sie.

Hielt mich mit langem Arm von sich gestreckt und musterte mich von oben bis unten. Wir umarmten uns. Strichen uns über den Rücken. Ich packte noch mal ihre Hinterbacken. So zum Abschied. Knetete sie. Erinnerungen wurden wach. Sie küßte mich auf den Hals. Knabberte an meinen Ohrläppchen.

Der Rock war eng, aber er ließ sich nach oben schieben. Ein Stück. Meine Hand suchte das Fließ zwischen ihren Beinen. Und da war es um mich geschehen ! Kein Schlüpfer. Reiskornkurze Haare. Eine geschwollene Vulva. Morgentau. Heißer Morgentau. Sie im Dress - und er im dunkelgrauen Anzug. Halb sank sie hin, halb stieß ich sie - aufs Bett.

Der Rock war weiter hochgerutscht. Die Beine leicht gespreizt. Eines abgewinkelt. Sie sah so verletzlich aus wie sie dalag und mich mit ihren großen braunen Augen ansah. Bambi !

Ich machte den Gürtel los, ließ die Hose um meine Knöchel fallen. Zog die Boxershorts nach unten. Einmal noch. Einmal. Businesskostüm ohne Schlüpfer.

Ich lag auf ihr. Öffnete ihren Blazer, streifte mein Sakko ab. Saugte mich an ihren Brüsten fest. Sie schloß die Augen. Wir fanden uns. Und es war wieder

155

anders. Ich kam schnell. Blieb in ihr, auf ihr. Eine Welle durchfuhr ihren Körper von ihrem Unterleib aus wie steigende Brandung. Sie ballte die Fäuste und schlug aufs Bett. Zweimal, dreimal, viermal - dann war's vorbei.

Ich drückte mich nach oben, zog die Hose hoch. Schloß den Gürtel. Kam mir vor wie der Chef, der gerade seine Sekretärin gevögelt hatte. Sie verschwand ins Bad.

Wir hatten noch Frühstück im Restaurant. Sie bestand darauf mich einzuladen. Brachte mich zum Zubringerbus. Sie umarmte mich und ich sie. Ich fühlte mich unendlich traurig.

„Four times." sagte sie „Unbelieveable. So handsome."

Sie gab mir einen Kuß. Kurz bevor der Bus abfuhr wendete sie sich ab. Es waren grausame Momente.

Ich kam im Flughafen an. Ich war müde. Sehr müde.

Der Boden wellte sich mir entgegen.

45

Ich saß also wieder in so einer Flugmaschiene. Nach Deutschland. Hundemüde. Meine Gedanken wanderten wieder zurück nach NYC und zu meinem Homey. Ich hätte mir das ganze ja ersparen können. Jeder normale Mensch hätte ihr damals den Laufpass gegeben. Aber ich wußte was Alkohl so alles anrichten kann. Und ich hab' damals die Gelegenheit nicht am Schopf ergriffen. Wäre 'ne gute Ausrede, ne' guter Fall, gewesen, hätte jeder verstanden. Ich Arsch. Ich wußte damals schon, daß sie in einem fremden Land wahrscheinlich nicht zurecht kommen würde. Aber das war eben nur so ein Gefühl.

Ich dachte ich wäre ihr etwas schuldig. So lange mit mir ausgehalten zu haben. Jedenfalls ging mir die Geschichte die ganze Zeit im Kopf 'rum. Ich konnte es nicht ändern. Und sie hielt mich wieder mal vom Schlafen ab. Ich wußte damals,daß es knallen würde ! Eigentlich wußte ich es nicht wirklich. Aber ich hatte da so ein Gefühl. Und wenn aus dem Bauch kommt, so direkt unter dem Nabel - und es kitzelt - und es ist warm und irgendwie doch nicht da, dann, ja dann, dann passiert was. Irgend etwas großes. Besond'res. Übles.

Also, wie geagt, ich wußte an dem Tag nicht wirklich was es war, aber ich wußte es war da - und das Setting war perfekt. Ein Polterabend, vorher in der Happy Hour einen zuknallen, und danach auf eine Hausabrißfeier.

Meine Kumpels holten mich mit niedrigen Beweggründen mit dem Fahrrad ab.

Zur Happy Hour.

Wir hatten uns lange 'ne Zeitlang nicht gesehen - vielleicht hatten sie sich auch viel zu erzählen. Jedenfalls ich fuhr schneller. Vorne weg. Irgend etwas zog mich. Nicht unbedingt in die Kneipe, aber von was weg - und wie ein Gummiband zu was hin.

Es würde etwas explodieren. Vielleicht auch nur der Alk in meinem Blut. Aber egal.

Die Bedienung war freundlich. 'Nen aufgeblasenen flapprigen Ballonarsch. So holländisch. Keine Titten. Arme Sau. Wenn schon so'nen Arsch, dann wenigstens Titten. Die war arm dran.

Gespielte Freundlichkeit, oder Erstaunen. 7 Longdrinks in 2 Stunden sind natürlich schon etwas viel, aber wir waren eben voll da. Und zum Spaß. Oder so was ähnliches.

Bestrahlt wie die Mitternachtssonne zurück.

Meine Nase sagte mir was. Und langsam schien ich zu verstehen.

Ich war nahe dran. Aber was es war, wußte ich immer noch nicht. Eines war trotzdem klar. In dem Zustand würde das nicht zimperlich werden. Wurde es auch nicht.

Die Teller aus dem 2ten Stock In den Hof geworfen. Ein Orgasmus würde etwa die gleiche Stufe erreichen.

Unten kamen sie aus dem weßen Zelt 'raus und schauten sich die drei Idioten an, die Frisbees aus den Tellern machten. Tontauben. Direkt aus dem Küchenschrank. Ein paar falsche Teller waren dabei. Das war egal. „Dilletanten Ole ! " Der Comic war in Farbe. Der würde aber noch schwarz - weiß werden. Besonders nach all den Bieren - und dann wurde es mir schlagartig klar :

Wir gingen zur „Hausabrißfeier" !

Der eine riß seine Beziehung ab, die guten alten Zeiten, Heirat. Und die Anderen feierten auf die guten alten Zeiten. In dem Haus mit Garten das abgerissen werden sollte.

Ich kam da an, und es war mir schneller als ein Fingerschnippen bewußt was lief.

Ziemlich gut für meinen Zustand, fand ich.

Meine Haustier war da. In ihrem alten Haus. Und ihr alter Freund. Die hatten da gewohnt - mit ein paar anderen. Früher. Wie gesagt - ich kam! Sie war so treu umsorgend mit mir !

Der Typ.

Ich saß neben ihm.

Er setzte sich weg.

Er sprach nicht mit mir. Er vermied mich.

Ja - klar !

Ich hängte mich an dem Geld auf, daß er ihr schuldete und ihr seit Jahren nicht zurück zahlte. Nicht daß er keines hatte. Das war's nicht.

Aber die Seite der Story, die ich kannte war, daß sie sich trafen, und sie ihm jedesmal die Zeche zahlte - und er sie dann bis zum nächsten Mal vertröstete - bis zum nächsten halben Jahr.

Zwischendurch machte er Fotos von Modells. In Miami und so.

Arschloch ! Kein Geld, oder ? Die Art wie er Gutmütige ausnützte und sie auslachte.

Das schlachtete ich aus. Das benützte ich. Das erzählte ich jedem, der es nicht wissen wollte. Ich konnte mich ja schlecht hinsetzen und mich darüber aufregen, daß er heute noch meine Alte ficken wollte. Wäre ich auf der Verliererstraße gewesen. Hätten alle gegrinst und gegen mich verwendet. Man kennt das ja. "Du bist ja betrunken - Spinnst Du ? - usw. ". Wäre ein Schuß nach hinten geworden. Soll man vermeiden, sowas.

Bis mir jemand sagte er wäre *kein* Arschloch !

Und das war **SIE** !!!

Ich trank mein Glas aus und schleuderte es hinter mich - sagend, daß es das wohl wäre.

Jetzt wußte ich was es war, was explodieren wollte. Ein Glas zerschellte und ich ging. Die sich aufregenden Arschlöcher hinter mir brabbelnd...

Zurück zur anderen Abrißfeier. Im Koma ins Bett.

Früh um halb neun bin ich aufgewacht. Allein. **SIE** kam nicht nach Hause. Wollte ich es wissen ? Zweifel ?! Aber warum nicht.

Nahm meine Jeansjacke und packte einen neuen Film ein. Steckte die Kamera ein. **Er** war ja schließlich Fotograf.

„Und er stieg in seinen Jaguar, und er fuhr los."

Das Gute an diesen Schlitten ist ja, daß man eine Menge Blech zwischen sich und den anderen Idioten hatte, falls sie den Fehler machen sollten einem Besoffenen in die Quere zu kommen.

Ich ging ums Haus. Die Haustür war nämlich abgeschlossen. Der Schlüssel lag auch nicht da wo er sonst immer lag ! Wäre ein besserer Auftritt gewesen einfach 'rein zu gehen.

So sah ich einfach durch alle Fenster. Bis ich sie sah. Perfekt gemachtes Bett. Soweit man es auf einem Sofa machen konnte.

Umschlungen unter den weißen Decken. Der Hund schlug an.

Und da sah er mich.

Ja-ha !

Scheiß Situation Alter !

Meine Alte mit Dir als Ex unter einer Decke und der "Kumpel" kommt früh um 9 Uhr und gibt Dir 'ne schlechte Zeit !

Sie kriegte dann auch schließlich irritiert mit was war. Machte das Fenster auf und ging in die Offensive. ... „Warum ich nicht gleich 'reingekommen bin..."

„Tja - die Haustür ist abgeschlossen."

Sie stand auf um mir zu Öffnen.

Ich muß zugeben - ich war erleichtert als ich sah daß Sie ihren Slip noch anhatte. Und den BH. Und T-Shirt.

Er war nackt. Quasi. 'Ne schwarze "Fruit of the Loom" Unterhose. Keine Flecken. Flecken sieht man nämlich ziemlich gut auf Schwarz. Besoners die, die sie Joghurtflecken nennen.

Ich sah ihnen beim Anziehen zu.

Rauchte.

Zeitweise im Nebenzimmer.

Die „Privatsphäre" muß man ihnen ja wohl lassen.

Nur wie's zu lange dauerte - und ich dann hörte wie sie zu ihm sagte „Schatzi - unsere Zeit ist schon lange vorbei" - ging ich wieder 'rein und sagte, daß er dieser Frau ja wohl noch Geld schuldete.

Er war der Meinung, daß das mich wohl nichts anginge.

Ich machte ihm klar, daß das wohl anders war - und er hielt die Klappe.

Er wußte wahrscheinlich gar nicht wie nahe er am Abgrund war.

Etwas später kam er dann doch noch zu mir und erzählte mir daß er diese Frau 7 Jahre lang geliebt hatte. Ich konnte mich gerade noch zurückalten ihm stilvoll, mit aller, in langen Jahren gelernten Kunst, die Fresse so richtig gründlich zu polieren. Offentsichtlich, daß das der Unterschied zwischen ihm und mir war. Er hatte diese Frau geliebt - und ich liebte sie jetzt.

Er hielt dann die Klappe. Gut für Ihn.

Er wäre andernfalls ein Fall für die Notaufnahme geworden.

Meine Kippe verbrannte mir die Haut zwischen Zeige- und Mittel finger. Aber das sollte ich erst später am Nachmittag 'rausfinden.

Mein Homey ging dann mal kurz zwischen uns, weil sie dachte wir würden streiten War aber nicht so. Nicht so ! Sie hätte es beinahe noch eskalieren lassen. Für nix - und im nachhinein, für wieder nix.

„Und wir gehen jetzt heim - Pack Deine Sachen".

Sie gab ihm noch einen Abschiedskuß. Fand ich geschmacklos.

Aber da war wohl nicht mehr.

Armes Arschloch.

Und dann gingen wir zum Auto - und ich grinste.

Erstaunlich.

Und da war ich, und „stand" neben mir - und es war gut.

Weil es gut war - für mich.

Dachte ich.

„... und er saß im Auto und grinste. Er wußte nicht warum er gerade jetzt so gut 'drauf war. Es entsprach überhaupt nicht den gängigen akzeptierten Reaktionen. Aber er wußte eines - jetzt hatte er sie in der Hand. Und er würde ihr in ein paar Minuten ins Gesicht spritzen - Ja !

Und sie würde sich ab sofort Mühe geben.

Und sie gab sich Mühe !"

Bis NYC !

46

Kennst Du Henderson ?

Ich war seit langer Zeit mal wieder in meiner Stadt. Vieles hatte sich geändert seit damals, Vieles. Vieles aber war auch gleich geblieben.

Es gab da ein Haus in der Stadt in dem sich die gesamte Subkultur traf. Man hatte ein Einverständnis mit der Behörde daß dieses Haus eine polizeifreie Zone war. Es war ein Stein des Anstoßes für alle braven Bürger. War es doch zu nahe am Bahnhof, zu direkt an der Stelle, an der die Fremden, kamen sie denn in diese Stadt, einen schlechten ersten Eindruck bekommen würden. Ein Schandfleck also.

Zeige mir jemand einen Bahnhof in Deutschland der in Fremden nicht schon beim Verlassen des Zuges einen schlechten Eindruck erweckt. Dreckig in den Ecken. Nach Pisse stinkend. Wermut trinkende Penner. Dealende Asylanten.

Aber Bahnhöfe konnte man halt schlecht sperren oder schließen.

So verschloß man die Augen und versuchte in einem bundesweiten „macht die Bahnhöfe schöner" etwas Licht auf die gelben Emaillekacheln der 60er scheinen zu lassen.

Ich stand vor diesem Haus. Es war ziemlich heruntergekommen seit damals. Dieses komische fliederfarbene Rosa mit dem das Gebäude vor langer Zeit „kostenfrei" vom Stadtsäckel verschönert wurde ließ die Spuren der Jahre deutlich erkennen.

Der Schriftzug war abgenommen worden, aber der Ruß der Abgase hatte die Schatten der Buchstaben erhalten. Man konnte den Namen noch deutlich erkennen. Die Eingangstüre fehlte, ebenso die Fenster zur Straße. Glas und Rahmen. Das Gebäude machte eine ausgebrannten Eindruck. Die große Bogentüre - ein schwarzer klaffender Mund, und im ersten Stock zwei leere dunkle Augenhöhlen. Es starrte mich an.

Tote Augen - Toter Mund.

Links vom ehemaligen Eingang stand eine buntgekleidete Gruppe von etwa 20 bis 30 Personen. Einige schienen wie an die Wand gepreßt, der Rest diskutierte untereinander.

Es lag etwas in der Luft. Eine schwelende Unruhe, eine gewisse Nervosität. Eine Nervosität die bis auf die andere Straßenseite zu spüren war. Ich sah neugierig 'rüber. Die Traube der herumstehenden Palaverer dort drüben wurde lebendiger, manchmal schlenderten einige hinzu, oft aber rannten einige aufgeregt fort um nach kurzer Zeit zurückzukehren und offensichtlich über etwas Bericht zu erstatten. Jedenfalls hatte es den Anschein.

Ich sah etwas Bizarres an der nahen Kreuzung stehen. An einem „Markewitsch" Kran, einem dieser riesigen Kranwägen mit sechs oder mehr Achsen, hing ein Gebilde aus Stahlbeton das einem Bungalow sehr ähnelte.

Es war weiß gestrichen, hatte mehrere Fensteröffnungen, sogar eine Eingangstüre. Quadratisch wie es war, hing es in der Luft wie ein zerschossener Bunker an Drahtseilen.

Rostige Armiereisen staken aus den Wänden die wie mit Pockennarben von, so schien es, Maschinengewehrsalven übersät waren. Pockennarben von hellgrauem Stahlbeton.

Eine Ruine an Fäden. „Angefressen" an seinen Ecken und Kanten. Ein Übungsobjekt für schnelle Eingreiftruppen. Hatte vermutlich schon vieles mitgemacht. Man konnte sich richtig vorstellen wie es in die Fassade des Hauses krachen könnte, Sandstein zerbröckelnd, Ziegelsteine zersprengend. Es würde einige Löcher reißen.

Mein Blick schweifte zurück auf die Menschenansammlung neben der Eingangstüre. Alles war aufgeregt und in Bewegung. Ein Gestoße und Geschubse. Wortfetzen, Streitereien, allgemeine Aufruhr. Ich sah jemanden ganz in schwarz von links blitzartig in die Truppe stoßen und verschwinden. Zwei Typen prügelten sich, schlugen sich, Arme flogen durch die Luft. Niemand schien es zu stören. Keiner nahm großartig Notiz. Sie kämpften verbissen und taumelten durch die Menge wie zwei tollende Hunde. Fielen und stießen gegen Leute, wurden zurückgestoßen. Es hatte etwas Lächerliches an sich wie die beiden sich da mitten in der Menge keilten. Zwei dürre Gestalten, Kraft- und saftlos von zuviel Drogen, stöhnend von der bloßen Anstrengung dem Anderen eins in die Fresse zu donnern. Viele Schläge landeten in der Luft. Und dann klammerten sie, rissen sich gegenseitig nieder, strauchelten, rafften sich wieder auf, nur um dieses jämmerliche Schauspiel weiterzuführen. Ausgemergelte Amateure. Es wurde fast langweilig, als da plötzlich der „Schwarze" wieder auftauchte.

Er bahnte sich langsam entschlossen einen Weg durch die Menge. Er ging direkt auf die beiden zu. Sie stolperten rückwärts gegen ihn. Eigentlich nur der Eine, der mit Vollbart.

Der Andere war schon wieder kraftlos in eine Gruppe von Leute gefallen , die stießen ihn weg in eine anderes Grüppchen. Das kostete ihm nun völlig die Balance und es zog ihm die Füße unter den Beinen weg. Fump !

Der Bärtige lehnte unterdessen wie ein Besoffener rückwärts an dem Schwarzen. Er schien zu Boden zu gleiten. Der Schwarze packte ihn bei den Haaren, riß ihn nach oben. Ein lautloser Schrei. Er hatte ein Messer. Drei, viermal. Schnell und kurz stieß er zu. In die Nieren. Von hinten. Er ließ los. Der Bärtige stand teilnahmslos in der Menge.

"Das ist doch Henderson !", schrie ich.

Henderson schien die Stiche nicht zu bemerken. Der Schwarze drehte sich ab, beobachtete den Rest der Gruppe. Er wischte beiläufig das Blut von seinem Messer an seinem Hintern ab, blieb einige Sekunden mit herunterhängenden Armen, das Messer in seiner Rechten, stehen und verschwand langsam in der sich hin und her wälzenden Menschenmenge. Verschwand darin wie in einer Woge. Henderson war nicht mehr zu sehen.

Ich suchte und sah nichts. Ich suchte nochmals, es mußte doch irgend etwas … .

Es war wie in einem Traum.

Plötzlich stand er vor mir. Eine Erscheinung aufgetaucht aus dem Nichts. Einen Kopf kleiner als ich. Kurze schwarze Haare. Schwarzes Seidenhemd, bis zur Brust geöffnet. Brusthaare quollen. Silberkette. Jeans, schwarz. Schwarz.

Er starrte mich an.

"Kennst Du Henderson ?"

Das Messer in seiner Hand hatte eine erstaunlich kurze aber sehr breite Klinge. Plastikgriff. Er rollte es in seiner Hand. Ich hatte Schiß ohne Ende. Nacktes Entsetzen.

"Henderson ?" fragte er wieder.

Seine Augen prüften in einer hektischen Nervosität die Gegend hinter mir ab. Flogen von einer Seite zur Anderen. Links, rechts. Linksrechts. Ich ! Er machte einen halben Schritt auf mich zu.

"Ich - hab' nur ziemlich viel Spaß dem Treiben von hier, von der anderen Straßenseite aus zuzuschauen."

Seine Augen suchten immer noch den Gehsteig hinter mir ab. Dann steckte er das Messer in seinen Hemdsärmel. Dann ging er. Seine Jeans steckten in seinen Stiefeln.

An den Absätzen waren silberne Totenköpfe mit gekreuzten Knochen genagelt. An dem "V" der Schäfte war auch etwas gekreuztes, konnte aber nicht erkennen was es war. Er ging langsam. Sehr langsam. Bog in die Seitenstraße ab. Verschwand.

Mit einem Mal knallte es gewaltig. Etwas flog gegen den Mast des Straßenschildes neben mir und ließ das "Parken Verboten" wie einen schlechten Tempelgong scheppern. Ein Körper krümmte sich um die Stange. Das Gesicht und Bart waren blutverschmiert.

Die Hände umgriffen den Stahl. Wie der Soldat in dem berühmten Denkmal der mit Hilfe seiner Kameraden die Fahne in den Gipfel der eroberten Anhöhe pflanzte. Blut quoll dunkel durch den Hosenbund seiner Jeans. Der Blick war gebrochen, in die Ferne gerichtet. Sein Kopf sank erschöpft aufs Pflaster.

An seinem Oberarm konnte ich das blau verwaschene Tattoo erkennen, daß er sich selbst, in seiner Jugend zugefügt hatte. Ein kaum noch zu erkennendes Zeichen, darunter „KIEL" in verwaschenen Buchstaben und noch etwas was ich nie hatte entziffern können. Es war Henderson. Zwei Weißbehelmte prügelten mit ihren Schlagstöcken auf den liegenden Halbtoten ein. Ich wünschte mir nicht hier zu sein. Ich wollte das nicht sehen. Überall waren sie. Überall um mich herum. Ich hörte nichts mehr. Fratzen.

47

Noch Flaum auf dem Bauch ...

„Weißt Du - eigentlich ist es ja ganz nett mit euch Alten."

„Mit uns Alten?"

Ich hatte nicht die geringste Lust sie anzubaggern.

Zugegeben es wäre wieder mal ganz nett gewesen einen Arsch zwischen den Fingern zu haben, den das Leben noch nicht in eine Kröte verwandelt hatte, und ich wußte sehr wohl, daß, obschon sie ein wenig pummelig war, ihr Arsch, und auch der Rest, im Vergleich zu den Frauen die sich in meinem Alter befanden, klein und drall anfassen würde. Aber ich hatte eigentlich andere Ziele. Ich wollte die Mutter von einem früheren „Bekannten" ficken. Ich hatte ihn als Kid, als er 12 war, kennengelernt - jetzt war er 18 und ein ganzer Brocken.

Seine Mutter hatte sich schon eine Flasche Weißwein eingestülpt und warf mir diese Blicke zu. Leichtes Spiel dachte ich mir. Bräuchte sie nur weglotsen. Zu ihrem BMW Cabrio mit dem offenen Verdeck. Man müßte es schließen, denn es sah nach Regen aus. Und dann hätten wir auf dem Rücksitz mal „Erwachsene" gespielt.

Wir waren auf einer Grillfeier von einem Tennisverein und mein Freund versuchte gerade die Freundin von der Pummeligen flachzulegen.

Er war nur ein Jahr jünger als ich.

„Wir Alten?"

„Naja, klar, es ist schon ein wenig komisch - aber ihr seid anders. Nicht so albern wie die Jungs in unserem Alter. Die sind zu jung."

„Ja, und wir wissen wenigstens wie man fickt. Was ein Vorspiel ist. Wir kommen vielleicht etwas später, aber dafür wissen wir wann ihr kommt - wann, und manchmal auch wie."

„Ich weiß nicht.", sagte sie nach kurzem Überlegen.

„Ich schon.", und drehte mich um und widmete mich wieder dem Wesentlichen.

Ich hatte genug von diesen Spielen.

Vorhin hatte sie mir interessiert beim Pinkeln zugeschaut und mir dabei den Arm um die Schultern gelegt. Fast hätte ich sie gefragt ob sie ihn auch noch abschütteln wollte. Und jetzt das. Ich war zu alt für diese Spiele. Und sie - sie wußte wahrscheinlich noch gar nicht was ein guter Fick war, und ich - ich wollte es ihr nicht zeigen.

Später kam die Mutter zurück.

Sie hatte sich umgezogen. Sie hatte ihren besoffenen Alten von der Kneipe abgeholt und heimgefahren. Sie lungerte noch ein wenig 'rum, aber der Abstand war zu groß geworden. Ich wäre der Held gewesen, wenn ich seine Mutter gevögelt hätte. Aber es hatte nicht sollen sein. Er hätte es mir wahrscheinlich nicht 'mal krumm genommen. Und sie, sie hätte mal was anderes als einen verschrumpelten, versoffenen, toten Pilz zwischen den Beinen gehabt. Aber so war das nunmal im Leben.

Ich wachte am nächsten Tag auf einem Sofa auf. Mordskater.

Keine Ahnung wie ich da hingekommen war. Mein Kumpel stand in der Küche und ich roch den frisch gebrühten Kaffee. Auch er war nicht zum Stich gekommen. Aber das sollte sich ändern. Ich wußte es. Saukerl. Ich konnte mir ein Grinsen nicht verkneifen und schwankte dem Kaffee entgegen.

Die Sonne stand schon hoch am Himmel, der Himmel blau wie die Hölle, na - der Tag fing ja schon mal wieder gut an.

48

Cracking

Wir nannten es „Cracking" ! Ich denke mal daß wir nicht die ersten waren die es taten. Auf eine derart „professionelle" Weise. Oder auch wieder nicht. Aber wir genossen es jedenfalls.

Feuchte, verheiratete Frauen. Wir sprechen hier von Frauen Mitte 30.

So spitz. So vernachlässigt - so offen.

Die Beine meine ich.

Die fragen dich danach sogar ob's gut war. Sie sind alle so unsicher.

Verheiratete Frauen, mit Ehemännern so in den Vierzigern. Vögeln war früher wunderbar. Die „gute Partie" gemacht zu haben, ließ sie sich so sicher fühlen. So gut behütet. Weißt Du.

Ihre Typen wurden so um die Mitte 30 so richtig gut in ihren Jobs. Da haben die angefangen massiv Kohle zu machen. Sex verkam dann zu einer normalen Sache. Etwa zu der selben Zeit als sie dann angefangen haben härter und länger zu arbeiten, weil sie ihren (Deinen) Lebensstandard halten wollten, oder auch verbessern.

Sie arbeiten viel. Überstunden. Dann kriegten sie Bäuche. Sex verkümmert zum Wochenendvergnügen.

Oder Freitag abends nach Bieren vorm Fernseher, oder nach gelegentlichem weggehen zu zweit.

Mittwochs manchmal auch.

Du kennst die Prozedur. Du öffnest Deine Beine und hörst auf zu denken.

Sei ein gutes Mädel !

Mach ihn kommen !

War da nicht noch etwas anderes ? Aber das, das ist schon Lange vorbei ...

Du wirst schon fast wund zwischen den Beinen.

Er macht sein Ding.

Er dreht sich um. Er schnarcht.

Du beginnst mit Deinen Freundinnen auf Parties zu gehen.

Du tanzt.

Du nimmst sogar ein wenig ab.

Du hast immer noch gute Beine.

Dein Körper, Dein Arsch, ist nicht mehr so toll. Du weißt das.

Aber Du hast auch gelernt daß es die Frau ist, die den Mann bekommt, und daß es nicht der Mann ist, der die Entscheidung trifft.

Du spielst mit Deiner Erfahrung - und mit den Eindrücken die Du erwecken kannst. Reifer Sex ! Dreckiger Sex.

Du bläst - und Du schluckst. Das ist genau daß, was Du auf dem Dancefloor vermittelst. Schluß mit „Lustig". Du weißt, daß sie das wissen. Deshalb geniest Du Dein „kleines Schwarzes".

Vergißt den beginnenden Ansatz an den Hüften. Du reibst Dich an ihnen, fragst sie ob sie ein Taxi mit Dir teilen möchten.

Du beißt ihnen in die Hälse. Du willst es. Du bist feucht. Und Du sitzt oben !

Du bläst. Du wirst geleckt. Dein Mann macht das nicht mehr. Du weißt Du solltest Dich untenrum ein wenig rasieren, aber das würde es zu offensichtlich machen. Du schnurrst. Du bist heiß. Er hat keinen Bauch.

Mit ein bißchen Glück betrügt er nicht mal seine Frau mit Dir. Du weißt er spielt mit Dir. Aber eigentlich doch nicht.

Er spielt nur mit Deinem Körper. Deine Brüste hängen - aber Du genießt es wenn er auf sie abspritzt. Du verstreichst es dann sogar ein wenig und lutscht 'nen Finger ab.

Dann sorgst Du dafür daß er Dich küsst und er es schmeckt.

Und Du seufzt dann.

49

Ich möcht' 'ne Frau mit dicken Titten
Ich möcht' 'ne Frau mit 'nem kleinen Arsch
Ich möcht ihr in den Arsch 'reinficken
und die dicken Dinger dengeln sehn.

„Ficken !", sagte er, wäre das wohl Einzige was er noch genießen könne.

„Wichsen", dachte ich war wohl das Einzige was er noch bringen könne.

Er war beim vierten Bier. Nuckelte an der Flasche. Sein Körper bebte jedesmal bevor er rülpste.

Glasige Augen suchten die Vorstadtkneipe ab.

„Schau ! Die alle wissen doch gar nicht mehr was ein guter Fick ist.

Einfach d'rauf. Zack. Einfach so - seine Hände hielten einen imaginären Arsch vor sich - Bamm ! Und feste rein. Kein 'rumgezappel, und fertig. Jahaa !"

Noch'n Schluck.

„Glaub mir. Das isso ! Woll'n die. Trau'n sich aber nicht zu sagen.

Ich stellte mir die Haare auf seinem fetten Bauch vor. Wie Bauch gegen Arsch um genügend Platz kämpften um seinen runzligen Schnörpfel mehr als einen Zentimeter Tiefgang zu verschaffen.

Wahrscheinlich würde er gar nicht merken wo er da so war. Und wahrscheinlich würde er ihnen auf den Arsch klopfen und sie auf die Seite stoßen.

„Mädchen - Du kannst ja nicht mal einen richtigen Mann befriedigen !"

Bloß weil die Hopfenbrühe seine Standfestigkeit schon vor Jahren in die ewigen Jagdgründe entlassen hatte ...

„Hast recht !", sagte ich und ging aufs Klo.

Er brabbelte dumpf vor sich hin.

Manche, dachte ich mir, merken's halt nie.

Die Bedienung hinter der Bar spielte mit ein paar Gästen Würfel. Einer der Spieler versuchte, mit den wahrscheinlich einzigen zwei Fremdwörtern die er kannte, Eindruck zu schinden. Der Unterschied zwischen „Agio" und „Disagio" !

Ein anderer in der Ecke hielt ein Zwiegespräch mit seinem Bier. Zu seinem Glück trank er es nicht aus. Sonst hätte ihm wahrscheinlich nicht einmal mehr sein Bier zugehört.

Unter dem Tresen fand ich „Neue Revue" und „Praline" vom Vorjahr. Ich ließ mich zwischen aalglatten Leserbriefen „Ich glaube mein Mann hat ein Verhältnis, soll ich ihn verlassen ?" und Ratgebern „Wie bringe ich mehr Spannung in unser Liebesleben - Überraschen sie ihren Mann in Dessous wenn er von der Arbeit kommt", über die Reize eines Urlaubs in Kärnten aufklären.

Die zweite Bedienung war unheimlich stolz auf ihr Medizinstudium. Niemand half ihr. Keine Unterstützung von ihren Eltern. Deswegen arbeite sie hier.

Guter Spruch für's Trinkgeld allemal.

Die Bierdümpfel ließen keine Gelegenheit aus zu glotzen, wenn ihr Arsch mal in Sichtweite war, und versuchten angestrengt eine einigermaßen intelligente Unterhaltung mit ihr anzufangen.

Schafft Eindruck, sowas.

„Agio!" Naja.

Der Typ, der am Eingang saß, der, der jeden so begrüßte als wäre er sein bester Freund (wahrscheinlich hätte er eine psychiatrische Behandlung verdient - zwanghaftes Freundlichsein), verstummte urplötzlich, als ein gesetzter Herr mit aufgespannten Regenschirm - es war eine laue Sommernacht - auf der Matte stand.

„Galliam est divisa in partes tres ..."

„Ich hab Dir doch gesagt Du hast hier Hausverbot ! Du sollst Dich hier nicht mehr blicken lassen. Schau daß Du Dich schleichst !"

Die würfelspielende Bedienung wurde renitent (und plötzlich verdammt schnell !!!), und zauberte einen Baseballschläger aus der Versenkung hervor.

„ ... quorum unam Galliam habitant ..."

Achterbahn ! Oh Gott. „Schweinsrouladen Pfälzer Art - Kochen einmal anders !" - sehr interessant.

Er sah einfach zu komisch aus wie er da mit seinem aufgespannten Regenschirm mitten im Sommer auf der Schwelle stand und den ersten Satz aus den „Bellum Gallicum" rezitierte.

Perfekt gekleidet war er. Abgetragener schwarzer Anzug (Karl Valentin lebt !) und ein speckiges weißes Hemd. Die Anderen dachten wohl, er würde sie verarschen. Vielleicht tat er das wohl auch. Nur der Typ mit dem „Agio" hielt die Klappe. Der hatte wohl seinen Professor des Lateinischem gefunden und wußte das auch. Mit einem Grunzen drehte er dem Eindringling spürbar gelangweilt den Rücken zu. Kein weiterer Kommentar.

Die Bedienung sprang Valentin, den Baseballschläger über dem Kopf schwingend, an.

„Strickbündchen in den neuen Sommerfarben".

Es kam Leben in die Kneipe.

50

A late night show ...

Später, später, sehr viel später, ich war schon eine lange Zeit wieder zurück in New York City, hatte ich das erste Mal in meinem Leben die Möglichkeit mich im Fernsehen zu sehen.

Mein erstes Buch war in englischer Sprache erschienen und hatte in Amerika einiges an Aufsehen erregt. Man hatte mich dann in eine dieser Late Night Shows eingeladen. In die mit dem Typen mit dem Kinn wie Joe Dalton.

Heute Abend sollte mein Teil ausgestrahlt werden.

Die Glotze lief schon den ganzen Abend bei mir. Als es dann aber endlich soweit war, konnte ich nicht hinschauen. Ich verzog mich in die Küche und verschanzte mich mit einer Bierflasche hinter der Kühlschranktür.

Anfangsmusik. Übliche Ansage. Werbung.

„And now, Ladies and Gentlemen, we return to ...“

Blablabla ...

Geklatsche

Naja.

„Blablabla ... - ... glad to have you her tonite. Sag mal, Du hast ja schon eine ganze Menge Dinge in Deinem Leben hinter Dich gebracht. Ich höre da so Sachen wie: Du liebst es zu schreiben ... .“

Gelächter

„ ... Musik zu hören, joggen. Du bist den New York Marathon mitgelaufen ....“

Applaus

„ ... aber was ist Dir am wichtigsten in Deinem Leben. Oder anders gefragt ... was genießt Du am Meisten ?!“

(Au Mann. Ich lehne mich über die offene Kühlschranktür und verschränke die Arme.)

„Guten Sex !“

(Jaaa ! Ich muß verhalten Lachen und nippe von der Flasche.)

„Excuse me ?!"

„Guten Sex."

(Alles Arschlöcher. Ich gehe aufs Klo, lasse die Tür offen und höre zwischen meinem Geplätscher weiter zu. Der „Meister" räuspert sich. Gut daß sie das dringelassen haben. Die Meute klatscht verhalten, einige wenige Lacher haben sie dazugemischt.)

„Guten Sex.", wiederhole ich. „Die meisten Frauen heutezutage haben doch keine Ahnung mehr was ein guter Fick ist ... ."

(Ohwei - ich stütze mich auf der Klospülung ab - das Wasser rauscht in Hektorlitern.)

„ ... Die denken alle das wäre was Mystisches. Spezielles. Weißt Du, die denken die schenken Dir was Besond'res, dabei machen sie nur die Beine breit."

„Ähmm ... was ist dann guter Sex ?"

„Oh Mann, das ist 'ne rhetorische Frage, oder ?

(Ich kam richtig in Fahrt an dieser Stelle ... „Wichser" schrie ich aus meinem Klo - ich hatte die Spülung losgelassen)

„Leidenschaft !!! Weißt Du was Leidenschaft ist ?! Leidenschaft und ein offenes Wesen - Spaß !!! Dreckige Sachen. Nicht dieses bemitleidenswerte „Honey, paß bitte auf meine Haare auf. Hab mich gerade frisch frisiert, und gewaschen sind sie auch. Spaß !! Experimente ! Sich gehen lassen. Mache zu was man sich gerade fühlt. Es einfach genießen. Die meisten Hühner (Aua !) heutzutage denken es reicht, einfach dazuliegen und ein paar Geräusche von sich zu geben. „ Der Typ hat so hart daran gearbeitet mich ins Bett zu kriegen. Er hat es sich jetzt verdient. Jetzt laß ich ihn halt ..." Weißt Du, da ist keine Initiative mehr."

(Mensch, hätte Ich bloß meine Klappe gehalten !)

„Ich denke das ist jetzt nicht der richtige Zeitpunkt um ... ."

„Was ist bloß los mit diesem Land ? ich sag Dir was los ist. Amerika war berühmt für seine „Blowjobs". Jetzt kann das mittlerweile jede arabische Frau besser als diese hochnäsige New Yorker Bräute. Das ist, was falsch ist in diesem Land. Wenn die hier T-Shirts mit „New Balance" über ihren Titten gedruckt tragen, dann bekommt diese „Balance" einen ganz neuen Hintersinn ... ."

Der Typ fällt mir ins Wort.

„Ähm, sehr interessant. Wirklich. Wir haben hier einen Werbeblock. (Zu den Zuschauern gewandt) Schalten Sie nicht ab, wir sind gleich wieder zurück."

Ich komme aus dem Klo, greife mir die Fernbedienung. Schalte ab.

Das war's dann wohl.

51

Die Tür geht auf. Da steht sie. Breitbeinig. Hände in die Hüften gestemmt. Sie hat ihre engen Bluejeans an. Den dünnen quergestreiften Stretchpulli der ihren „90 D Vorteil" nicht gerade dezent, aber sehr kalkulierend, in den Vordergrund stellte. Kein Gepäck, keine Tasche. Die Tür nicht zugeknallt, aber achtlos hinter sich ihrem Schicksal ergeben lassen.

Sie schaut mich herausfordernd an:

„Na !"

Diese vordergründige Aggression - mit der sie sich eigentlich nur selber schützt. Dieses Überspielen der eigenen Unsicherheit. Ich starrte sie an wie ein Wesen von einem anderen Stern. Unvorbereitet. Verwundert über die Tatsache daß sie überhaupt noch existiert. Sie steht da, füllt den Raum aus. .Ich kenne Sie, aber sie scheint so weit weg. Meine „Frau", Freundin, Lebensgefährtin. Die, die sich mit einem Zettel aus dem Leben geschrieben hatte steht plötzlich wieder da und erbittet anscheinend Einlaß oder zumindest eine Erklärung. Wasauchimmer. Ich hätte jetzt wahrscheinlich fragen sollen wo sie herkommt. Wo sie die ganze Zeit über war. Ob es Ihr gut geht. Ihr um den Hals fallen nur um ihr die Gelegenheit zu geben mich abweisen zu können. Wie wollte sie ihr Auftreten legitimieren ? Wollte sie um Verzeihung bitten weil sie 'ne ganze Zeit nicht da war ? Wie schon öfters ? Aber nicht mit diesem „Na!". Ich konnte nichts sagen das Wesen das da vor mir steht kenne ich aber es ist zu weit weg . Zu viel hat sich getan. So sehr hat sich mein Leben wieder um mich gedreht. Den Platz, den sie einnahm mit etwas anderem ausgefüllt.

Wo war meine Traurigkeit geblieben ? Hatte ich an sie gedacht ? An die Traurigkeit ? An Sie ?. Anfangs. Ich hatte die Bierflasche noch immer in der Hand. Einen Arm auf der Sofalehne - und gegenüber von mir stand die Frau mit der ich so viele Stunden, Tage, Jahre verbracht hatte. Soweit entfernt.

Meine Starre, meine nicht vorhandenen Begrüßung, ließ diese Frau, die versuchte in Ihrem Aufzug etwa so auszusehen wie die weiblichen Helden in japanischen Comikheftchen (bißchen zu viel Reißverschlußbauch vielleicht), unruhig werden. Ihre Position veränderte sich leicht.

Schließlich rauschte sie zum Kühlschrank, öffnete die Tür, köpfte eine Flasche, zündete sich eine Zigarette an, lehnte sich rückwärts gegen die Spüle.

Preßte den Rauch durch ihre Lippen.

„ Na !? Willst du nicht wissen wo ich war ?

Gleich Frage, gleiche Antwort meinerseits, dachte ich mir.

„Denkst Du das ist ein Spiel ? ", fragte ich sie langsam.

Ich stellte die Glotze ab, zog meinerseits am Bier. Ein Gespräch schien sich anzubahnen.

„Mach Dir keine Sorgen, das Leben ist zu ironisch um es Ernst zu nehmen."

Sie schien es nicht zu hören. Sie zog an ihrer Kippe, blies den Rauch hektisch von sich und zog an der Bierflasche, wiedermal wieder ohne Luft reinzulassen. Ein Schmatzen ploppte durch die Stille, durch den leisen Song von Red Hot Chilie Peppers „Under the bridge". Ich hatte vergessen den Radio abzustellen, als ich den Fernseher einschaltete.

„Was willst Du hier ? "

Sie ließ ihren Schutzwall fallen. Die Hand mit der Flasche senkte sich und sie sah mich erstaunt an, ungläubig. Fast hatte sie „Es" gesagt. Aber sie konnte nicht. Nicht in diesem Eröffnungsakt des Schauspiels. Sie konnte nicht zugeben, daß sie zurückkommen wollte. Oder nicht. Oder was auch immer. Ich sah kein Gepäck. War es ein Spiel !? Ein „Taktischer Vorteil" ? Eine Tür die noch offen stand. Eine Hintertür um das Gesicht nicht zu verlieren, sondern meines zu nehmen ? War es mir wichtig ? Egal.

Wollte ich es wissen ?

Die letzten Wochen blitzten durch meine Gehirn.

Was hatte ich durchgemacht ? Eine Katharsis ? Mit welcher Schlußfolgerung ? War es so abnormal ? Würde mich das Leben, würde sie mich vor einer Wiederholung schützen. War *das* normal ? War das schlecht ? War das es eben wie es sich so entwickelte ? Fragen über Fragen. Fragen die unbeantwortet mit in den Tod gehen. Ich glaube nicht daran daß in den letzten Sekunden vor dem Dahinsiechen die Erleuchtung kommt, und man dann sieht worum sich das alles gedreht hatte. Die plötzliche Erkenntnis - den Sinn des Lebens zu verstehen ?? Blödsinn. Mir war es das nicht wert. Carpe Diem - Blödsinn, das auch. Es ist einfach so. Ein Aufgewärmter ist ein Kalter ! Man kann Geschichte nicht im nachhinein verbessern. Nur anders aufschreiben, und eigentlich war ich zufrieden mit dem Zustand in dem ich war. Es wird besser werden und es wird wieder schlechter werden. Schlecht war es eigentlich nie mit Ihr, aber da ist noch so viel vor der Tür. Wie ihr Gepäck. Es sollte Ihre Entscheidung sein das Gepäck zu holen. Das ganze Gepäck wieder in unsere Beziehung schicken. Das ganze alte Gepäck, das was wir schon kannten.

Und so sagte ich zu Ihr: „.... wartet da jemand ... (ich war kurz davor mir ins Gesicht zu fassen um zu testen ob ich eine Gasmaskenbrille aufhatte) ...draußen vor der Tür ?!"

Und sie verstand mich nicht, wie so oft. Und so ging ich vor die Tür. Zündete meine Zigarette an, mußte meine Augen zusammenkneifen als ich den Himmel betrachtete. Beobachtete eine Hure, wie sie mich taxierte und konnte ein plötzliches Lachen nicht unterdrücken.

„Die spinnen die Römer !"

Danksagung

An dieser Stelle möchte ich all denjenigen Danken ohne die dieses Buch nie zustandegekommen wäre.

Louise, die immer an mich geglaubt hat und mir die Energie gab das Buch fertigzustellen. Josh, und dem „Pink Pony" für guten Kaffee und einem warmen Platz zum Schreiben. Dem Mäc und dem Doggder für – na die wissen wofür – ohne sie gäb's kein Buch. !!! Sandra, Theodor, Otto, Jonathan, Werner und allen anderen die mir die Stange gehalten haben.

Danke.

Mehr vom Tommes gibt's bei: **http://www.tommesart.com**